JILL SHALVIS

ese beso...

Cualquier forma de reproducción, distribución, comunicación pública o transformación de esta obra solo puede ser realizada con la autorización de sus titulares, salvo excepción prevista por la ley.
Diríjase a CEDRO si necesita reproducir algún fragmento de esta obra.
www.conlicencia.com - Tels.: 91 702 19 70 / 93 272 04 47

Editado por Harlequin Ibérica.
Una división de HarperCollins Ibérica, S.A.
Núñez de Balboa, 56
28001 Madrid

© 2018 Jill Shalvis
© 2019 Harlequin Ibérica, una división de HarperCollins Ibérica, S.A.
Ese beso..., n.º 183 - 24.4.19
Título original: About That Kiss
Publicada originalmente por HarperCollins Publishers LLC, New York, U.S.A.

Todos los derechos están reservados, incluidos los de reproducción total o parcial en cualquier formato o soporte.
Esta edición ha sido publicada con autorización de HarperCollins Publishers LLC, New York, U.S.A.
Esta es una obra de ficción. Nombres, caracteres, lugares, y situaciones son producto de la imaginación del autor o son utilizados ficticiamente, y cualquier parecido con persona, vivas o muertas, establecimientos de negocios (comerciales), hechos o situaciones son pura coincidencia.

® Harlequin, HQN y logotipo Harlequin son marcas registradas por Harlequin Enterprises Limited.
® y ™ son marcas registradas por Harlequin Enterprises Limited y sus filiales, utilizadas con licencia. Las marcas que lleven ® están registradas en la Oficina Española de Patentes y Marcas y en otros países.
Imagen de cubierta utilizada con permiso de Shutterstock.

I.S.B.N.:978-84-1307-789-5
Depósito legal: M-8069-2019

Para los mejores lectores del planeta... ¡los lectores de novela romántica! Os lo agradezco a todos vosotros todos los días.

¡Que tengáis una feliz lectura!

¡Besos!

Capítulo 1

#LaVidaEsComoUnaCajaDeBombones

Kylie Masters lo vio entrar en su tienda como si fuera suya, aunque hizo como que no lo veía. Era una actuación difícil que cada vez se le daba mejor. El problema era que, le gustara o no, aquel tipo con el ceño fruncido, de un metro ochenta centímetros, delgado y musculoso, que se había plantado ante ella con las manos en los bolsillos y una actitud de frustración, sí acaparaba toda su atención.

Kylie suspiró, dejó de fingir que estaba concentrada revisando el teléfono móvil y alzó la vista. Se suponía que debía sonreír y preguntar en qué podía ayudarlo. Eso era lo que hacían todos cuando estaban en su turno de trabajo detrás del mostrador de Maceras recuperadas. Tenían que mostrarles a los posibles clientes sus artículos personalizados, cuando, en realidad, lo que querían eran estar en el taller de la trastienda llevando a cabo sus propios proyectos. La especialidad de Kylie eran las mesas y sillas de comedor, lo cual significaba que llevaba un grueso delantal y unas gafas protectoras, y que siempre estaba cubierta de serrín.

Tenía el pelo y los brazos llenos de partículas de madera y, si aquel día se hubiera puesto algo de maquillaje, también las tendría pegadas a la cara. En resumen, no era así como quería estar cuando tuviera a aquel hombre delante otra vez.

—Joe —dijo, a modo de saludo.

Él inclinó la cabeza.

Bien. Así que no quería ser el primero en hablar.

—¿Qué puedo hacer por ti? —le preguntó. Estaba segura de que no había ido a comprar muebles. No era exactamente del tipo doméstico.

Joe se pasó la mano por el pelo. Lo tenía oscuro y lo llevaba cortado al estilo militar y, con aquel gesto, se puso los mechones de punta. Llevaba una camiseta negra y tenía los hombros anchos y los abdominales marcados. Llevaba también unos pantalones cargo que remarcaban la largura de sus piernas. Tenía el físico de un soldado, algo que había sido hasta hacía muy poco. El hecho de mantenerse en forma era parte de su trabajo.

Se colocó las gafas sobre la cabeza y, al apartárselas, dejó a la vista sus glaciales ojos de color azul, que podían mostrar la dureza de una piedra cuando estaba trabajando, pero que también podían suavizarse cuando él se divertía o se excitaba, o se lo pasaba bien. En aquel momento no estaba sucediendo ninguna de aquellas tres cosas.

—Necesito un regalo de cumpleaños para Molly —dijo.

Molly era su hermana y, por lo que ella sabía de la familia Malone, estaban muy unidos. Todo el mundo sabía eso, y los adoraba a los dos. Ella también adoraba a Molly.

Pero no adoraba a Joe.

—De acuerdo —le dijo—. ¿Qué quieres comprarle?

—Me ha hecho una lista —dijo él, y sacó un papel plegado de uno de los bolsillos de su pantalón.

Lista de regalos para mi cumpleaños:
Cachorros (¡sí, en plural!).
Zapatos. Me encantan los zapatos. Tienen que ser tan glamurosos como los de Elle.
$$$
Entradas para un concierto de Beyoncé.
Una huida para la inexorable llegada de la muerte.
El maravilloso espejo de marquetería que ha hecho Kylie.

—Falta un tiempo para su cumpleaños —le dijo Joe, mientras ella leía la lista—, pero me dijo que el espejo está colgado detrás del mostrador, y no quería que lo vendierais. Es ese —dijo, y lo señaló—. Dice que se ha enamorado de él. No es de extrañar, porque tu trabajo es increíble.

Kylie hizo todo lo que pudo para disimular su satisfacción.

Joe y ella se conocían desde hacía un año, el tiempo que llevaban trabajando en aquel edificio. Hasta hacía dos noches, lo único que habían hecho era molestarse el uno al otro. Así que el hecho de que él pensara que había hecho algo increíble era toda una novedad.

—Ni siquiera sabía que te habías fijado en mi trabajo.

En vez de responder, él se fijó en la etiqueta del precio que estaba colgada del espejo, y soltó un silbido.

—Yo no soy la que pone los precios —dijo ella, a la defensiva, y se irritó consigo misma por tener aquel impulso de justificarse. No sabía por qué motivo él la alteraba tanto sin hacer ningún esfuerzo, pero lo mejor era no ponerse a analizar los motivos.

Nunca.

Joe había sido miembro de Operaciones especiales y todavía conservaba la mayoría de sus capacidades, que seguía utilizando en su trabajo actual en una agencia de detectives e investigación que tenía su sede en el piso de arriba. A falta de un término mejor, él era un profesional dedicado a encontrar personas y cosas y a arreglar situaciones. En el trabajo era una persona calmada, impenetrable e implacable y, fuera del trabajo, era un listillo, también calmado y también impenetrable. Los peores días, sus sentimientos hacia él oscilaban; los mejores, él hacía que sintiera cosas que ella prefería reprimir, porque dejarse llevar por aquel camino con Joe sería como saltar en paracaídas: emocionante y excitante, pero también con el riesgo del desmembramiento y la muerte.

Mientras ella estaba rumiando aquellas cosas y otras que no debería pensar, Joe estaba mirando con los ojos muy abiertos una caja de bombones abierta que había sobre el mostrador. Un cliente se la había llevado un rato antes. Había una pequeña tarjeta en la que decía *¡Sírvete tú mismo!*, y él tenía la mirada fija en el último bombón de Bordeaux, que, casualmente, eran sus preferidos. Lo había estado reservando como recompensa para última hora si conseguía pasar todo el día sin pensar en estrangular a nadie.

Misión fallida.

—Irá directamente a tus caderas —le advirtió ella.

Él la miró a los ojos con diversión.

—¿Te preocupa mi cuerpo, Kylie?

Ella aprovechó aquella excusa para mirarlo de arriba abajo. Era musculoso y delgado. Tenía un cuerpo perfecto, y los dos lo sabían.

—No quería mencionarlo —le dijo—, pero creo que está empezando a salirte un michelín.

—¿De verdad, Kylie? —preguntó él, ladeando la cabeza—. ¿Un michelín? ¿Y qué más?

—Bueno, tal vez te esté creciendo un poco el culo.

Al oírlo, él sonrió de oreja a oreja, el muy petulante.

—Entonces, a lo mejor deberíamos compartir el bombón —dijo él, y le ofreció el Bordeaux, acercándoselo a los labios.

Ella, sin poder evitarlo, le dio un mordisco al chocolate, y tuvo que contenerse para no clavarle también los dientes en los dedos.

Él se echó a reír como si le hubiera leído la mente, se metió la otra mitad en la boca y se lamió algo de chocolate derretido que se le había quedado en el dedo. El sonido de succión fue directamente a sus pezones, lo cual fue muy molesto. Era febrero y hacía muchísimo frío en la calle, pero, de repente, ella estaba acalorada.

—Bueno —dijo él, cuando terminó de tragar el chocolate—. El espejo. Me lo llevo —afirmó, mientras sacaba la tarjeta de crédito de otro de los bolsillos—. Envuélvelo.

—No puedes comprarlo.

Entonces, él se quedó sorprendido. Parecía que nunca le habían dicho que no.

—De acuerdo —dijo—. Ya lo entiendo. Es porque no te llamé, ¿verdad?

—Pues no —replicó ella—. No todo tiene que ver siempre contigo, Joe.

—Es verdad. Esto tiene que ver con nosotros. Y con ese beso.

Oh, no. No era posible que acabara de mencionarlo

así, como si fuera intrascendente. Kylie le señaló la puerta.

—Márchate.

Él sonrió. Y no se marchó.

Demonios. Ella se había prohibido a sí misma pensar en aquel beso. Aquel beso estúpido en estado de embriaguez que la tenía obsesionada mientras dormía y mientras estaba despierta. Sin embargo, en aquel momento, todo volvió a su cabeza e hizo que se le inundara el cuerpo de endorfinas. Tomó aire, cerró las rodillas y el corazón y tiró la llave a un precipicio.

—¿Qué beso?

Él la miró con sorna.

—Ah, ese beso —dijo ella. Se encogió de hombros y tomó su botella de agua—. Casi no me acuerdo.

—Qué curioso —dijo él, en un tono de puro pecado—, porque a mí me dejó alucinado.

Ella se atragantó con el agua. Tosió y tartamudeó.

—El espejo no se vende —dijo, por fin, secándose la boca con el dorso de la mano.

«¿Que yo lo dejé alucinado?».

La cálida mirada de diversión de Joe se transformó en una seductora y carismática.

—Puedo hacerte cambiar de opinión.

—¿Sobre el espejo, o sobre el beso? —preguntó ella, antes de poder contenerse.

—Sobre las dos cosas.

No había duda de eso.

—El espejo ya está vendido —dijo ella—. Su nuevo dueño viene a buscarlo hoy.

Daba la casualidad de que el nuevo dueño era Spence Baldwin, también propietario del edificio en el que se encontraban. El Edificio Pacific Pier, para ser exactos, uno de los más antiguos del distrito Cow Hollow de San Francisco. En el primer y segundo piso del edificio había empresas de diversos tipos. En el tercero y el cuarto, apartamentos. El edificio tenía un patio empedrado con una fuente que llevaba allí desde que el terreno era una pradera llena de vacas llamada Cow Hollow.

Spence había comprado el espejo para su novia, Colbie, aunque ella no se lo iba a decir a Joe, porque Spence y Joe eran amigos, y cabía la posibilidad de que Spence acabara cediéndole el espejo a Joe.

Y, aunque no sabía por qué, ella no quería que lo tuviera Joe. Bueno, sí, sí lo sabía. Para Joe, las cosas siempre eran fáciles. Era guapo y tenía un trabajo interesante... la vida era fácil para él.

—Pues quiero encargar otro igual —dijo Joe, sin preocuparse—. Puedes hacerlo, ¿no?

Sí, y, en otras circunstancias, el hecho de que le encargaran una pieza como aquella habría sido una gran noticia. A Kylie le hacía falta el trabajo. Sin embargo, en vez de sentir entusiasmo, se sintió... inquieta. Porque, si aceptaba el encargo, tendría que mantenerse en contacto con él. Tendría que hablar con él.

Y ese era el problema: no confiaba en Joe. No, no era así. Lo que ocurría era que no se fiaba de sí misma con él. Si ella lo había dejado alucinado con el beso, él la había dejado anonadada, y la verdad era que no le costaría nada volver a besarlo otra vez y terminar pegada a sus labios.

—Lo siento, no. Pero puedes adoptar unos cachorritos para Molly.

Y, hablando de cachorritos, en aquel momento se oyó un ladrido agudo que provenía de la trastienda. Vinnie acababa de despertarse de la siesta. Después, se oyó el ruido de unas zarpas en el suelo. En la puerta de la tienda, se detuvo y alzó una pata para palpar el aire que había delante de él.

Hacía poco, su cachorro adoptado se había golpeado de cara contra una puerta de cristal. Desde entonces, hacía aquel gesto cada vez que se encontraba ante una puerta. Pobre Vinnie; tenía estrés post-traumático, y ella era su apoyo emocional humano.

Cuando Vinnie se convenció de que no había cristales ocultos, echó a correr de nuevo. Era un cachorro de color marrón oscuro, de menos de treinta centímetros de altura y menos de seis kilos, y al verlo corriendo hacia ella, sonriente, con la lengua fuera, dejando un reguero de babas a su paso, a Kylie se le derritió el corazón.

Se agachó para tomarlo en brazos, pero él pasó de largo como una bala.

Joe se había agachado y lo estaba esperando, y Vinnie saltó a sus brazos.

Joe se irguió mientras frotaba la cara contra la de Vinnie, y Kylie tuvo que hacer lo posible para no derretirse por completo. Era una mezcla de bulldog francés y teleñeco, y tenía una expresión traviesa, cómica y adorable.

–Eh, pequeñajo –murmuró Joe, sonriéndole a su cachorro, que estaba intentando lamerle la cara. Joe se echó a reír, y el sonido de su risa llegó directamente a lo más profundo de Kylie. Aquello era cada vez más exasperante.

No tenía ni idea de qué le ocurrían últimamente a sus hormonas, pero, afortunadamente, no eran ellas las que estaban a cargo. Era su cerebro. Y su cerebro no tenía interés en Joe, por muy bien que besara. Ella tenía una larga historia con el género masculino, una historia rápida, salvaje, divertida y, también, peligrosa.

No era su propia historia, sino la de su madre, y ella se negaba a seguir su estela.

—Estoy dispuesto a pagar un precio más alto —dijo Joe, mientras seguía haciéndole carantoñas a Vinnie, para deleite del cachorro—. Por encargar un espejo igual.

—No puede ser —dijo ella—. Hay más encargos primero, y tengo que terminarlos a tiempo. No puedo vender un espejo que todavía no he empezado.

—Todo se puede vender —dijo Joe.

Ella cabeceó, metió la mano bajo el mostrador y sacó una pelota de tenis en miniatura de su bolso. Se la mostró a Vinnie, que comenzó a mover las patas al aire para tratar de agarrarla.

—Eres una tramposa —le dijo Joe, pero dejó a Vinnie en el suelo.

Al instante, el cachorro se puso a roncar de emoción y salió corriendo hacia Kylie, y le mostró todo su repertorio de habilidades: se sentó, le ofreció la patita, se tumbó, rodó sobre sí mismo...

—Qué mono es —dijo Joe—. ¿Te trae la pelota?

—Por supuesto —respondió ella.

Aunque, en realidad, no era lo que mejor se le daba a Vinnie. Los gruñidos, las flatulencias y los ronquidos, eso era lo que mejor se le daba. Además, se ponía como loco de repente y echaba a correr por todas partes frenéticamente, hasta que empezaba a jadear y se desmayaba. Pero no sabía llevar la pelota a su dueña.

—Vinnie, tráemela —dijo Kylie, y se la lanzó a unos cuantos metros de distancia.

El cachorro dio un ladrido de alegría y salió disparado hacia la pelota. Como siempre, el mayor problema fue el frenado, y se pasó de largo. Para corregir su trayectoria, volvió sobre sí mismo bruscamente, derrapó y se deslizó hacia la pared. Después, se recuperó y corrió de nuevo hacia la pelota.

Pero no se la llevó a Kylie. La tomó con los dientes y se fue rápidamente a la trastienda. Seguramente, se llevaba su tesoro a la camita.

—Sí, se le da estupendamente el juego —dijo Joe con una expresión seria.

—Todavía estamos trabajando en ello —respondió ella.

Justo en aquel momento, un hombre salió de la parte trasera del local y se reunió con ellos en el mostrador.

Gib era su jefe y su amigo, y el hombre del que había estado enamorada mucho tiempo, aunque él solo sabía las dos primeras cosas, porque a ella nunca le había parecido buena idea salir con su jefe. Además, él nunca se lo había pedido. Era el dueño de Maderas recuperadas, y Kylie le debía mucho. Él la había contratado cuando ella había decidido seguir los pasos de su abuelo y ser ebanista. Gib le había dado la oportunidad de ganarse una excelente reputación. Era un buen tipo, y tenía todas las cualidades que debía tener un hombre, en su opinión: era bondadoso, paciente y dulce.

En otras palabras, lo opuesto a Joe.

—¿Algún problema? —preguntó Gib.

—Estaba intentando hacer una compra —dijo Joe, señalando el espejo con un gesto de la cabeza.

Gib miró a Kylie.

—Te dije que era extraordinario.

Gib casi nunca hacía cumplidos, y Kylie se sorprendió. Después, se puso muy contenta.

—Gracias.

Él asintió y le apretó la mano. Aquello la dejó sin palabras, porque... él nunca la tocaba.

—Pero el espejo ya está vendido —le dijo a Joe.

—Sí —respondió Joe, aunque no dejó de mirar a Kylie ni por un momento—. Eso ya lo he entendido.

De repente, había cierta tensión en el ambiente, una tensión extraña que Kylie no supo entender. Sus padres eran adolescentes cuando ella nació, así que se había criado con su abuelo. Había aprendido cosas poco habituales para una niña, como, por ejemplo, a manejar un cepillo de mesa o una regruesadora sin perder los dedos, y a hacer apuestas en las carreras de caballos. Además, se había hecho una persona introvertida. No se abría con facilidad a los demás y, por ese motivo, nunca se había dado el caso de que hubiera dos tipos interesados en ella a la vez. De hecho, durante largas temporadas, no había habido ningún tipo interesado.

Así pues, con el beso de Joe todavía dándole vueltas por la cabeza, que Gib mostrara interés después de años hizo que se sintiera como una adolescente con pánico. Señaló la trastienda con el dedo índice.

—Yo, eh... tengo que irme —dijo, y salió corriendo como si tuviera doce años en vez de veintiocho.

Capítulo 2

#SiLoConstruyesÉlVendrá

Una vez a solas, Kylie se apoyó en la puerta del taller y se tapó la cara ardiente con las manos. «Bien hecho, Kylie. Has quedado estupendamente».

–¿Qué te pasa? –le preguntó Morgan, la nueva aprendiza de Gib. Era una muchacha que, después de algunos encontronazos con la ley, había conseguido encauzar su vida y, aunque no tenía experiencia en la ebanistería, tenía mucho entusiasmo por aprender.

–Nada –murmuró Kylie–. No he dicho nada.

–No, pero has gemido un poco.

Kylie suspiró y se acercó a la mesa donde tenían la cafetera para servirse una taza de café.

–¿Sabes lo que me pasa? Que los hombres existen. Los hombres son lo que tiene de malo la vida.

Morgan se echó a reír como si estuviera de acuerdo y siguió apilando piezas de teca para un proyecto de Gib. Aparte de eso, el enorme taller estaba en silencio, porque los otros dos trabajadores tenían el día libre. Reinaba la calma.

Kylie pasaba muchas horas allí. Para ella, aquel lugar era como un hogar que la reconfortaba. Sin embargo, aquel día no sentía aquella paz, pese a estar delante de su banco de trabajo con varios proyectos pendientes y con Vinnie acurrucado a sus pies, mordiendo la pelota. Intentó concentrarse en el trabajo. Tenía que hacer el tablero de una mesa con una pieza de caoba.

Gib entró al taller. Era un hombre grande y estaba en buena forma gracias a todo el trabajo físico que tenía que hacer en su profesión. Era tan guapo que muchas mujeres suspiraban por él, y Kylie nunca había sido inmune a él, ni siquiera cuando eran jóvenes. Él le hizo una señal para que apagara la máquina con la que estaba trabajando.

–¿Qué pasaba ahí fuera? –le preguntó.

–¿A qué te refieres?

–A esas vibraciones –dijo él, señalando con un gesto de la barbilla hacia la tienda–. ¿Hay algo entre Joe y tú?

–Claro que no –dijo ella. Como estaba muy nerviosa y necesitaba hacer algo con las manos, se sirvió otra taza de café mientras Gib la observaba.

Lo conocía desde que estaba en el colegio, y sabía interpretar la expresión de su rostro: era feliz, tenía hambre, le apetecía hacer deporte, estaba concentrado en el trabajo y estaba enfadado. Aquel era su repertorio. Ella sabía que también tenía una expresión de lujuria, pero nunca la había visto.

Sin embargo, en aquel momento, su expresión era completamente nueva e indescifrable.

–Voy a hacer una barbacoa después del trabajo –le dijo Gib–. Deberías venir.

Ella se quedó mirándolo con asombro.

–¿Quieres que vaya a tu casa a cenar?

–¿Por qué no?

«Sí, claro, ¿por qué no?». Llevaba tanto tiempo esperando a que le pidiera que saliera con él, que no sabía qué hacer. Miró a Morgan, que, disimuladamente, le hizo un gesto de aprobación estirando los pulgares hacia arriba.

—Bueno —dijo Gib—, ¿vas a venir?

—Claro —respondió ella, tratando de utilizar el mismo tono despreocupado—. Muchas gracias por invitarme.

Él asintió y se fue hacia su puesto, donde estaba haciendo una estantería que parecía un roble. Sus creaciones eran preciosas y cada vez tenían más demanda. Estaba haciendo realidad su sueño, algo que le había enseñado el abuelo de Kylie cuando Gib era su aprendiz.

Ella se giró hacia su mesa. Estaba haciéndola para uno de los clientes de Gib, porque él había tenido la amabilidad de recomendársela a ese cliente.

Después de unas horas de concentración, se dio cuenta de que eran las seis en punto y de que se había quedado sola en el taller. Recordó vagamente que Gib y Morgan se habían ido hacía una hora, y que ella se había despedido sin mirar, moviendo la mano.

Cerró con llave el taller, metió a Vinnie en el transportín con sus juguetes y tomó su bolso de la estantería que había debajo del mostrador. El bolso se había inclinado y el contenido había caído al suelo. Al recogerlo, se dio cuenta de que le faltaba algo: su pingüino.

Era una talla de unos diez centímetros de longitud que le había hecho su abuelo hacía años; era lo único que conservaba de él y siempre lo llevaba consigo, como si fuera su amuleto. Si tenía aquel pingüino, su último lazo con su abuelo, todo iría bien.

Pero había desaparecido. Lo buscó por toda la tienda, pero no lo encontró. Con un nudo de pánico en la garganta, llamó a Gib, pero él tampoco lo había visto. Llamó a Morgan, a Greg y a Ramon, los otros dos ebanistas, pero nadie había visto su pingüino. Volvió a llamar a Gib.

—No está por ningún sitio.

—¿No te lo has dejado en alguna parte y se te ha olvidado? —le preguntó él, en un tono racional.

—No. Sé dónde estaba: en mi bolso.

—Aparecerá mañana —le dijo él—. A lo mejor está con esa regla que me perdiste la semana pasada.

Ella se sintió frustrada.

—No me estás tomando en serio.

—Claro que sí —dijo él—. Estoy preparando todo para la barbacoa, haciendo mis famosos kebabs. Para ti. Así que vente para acá.

—Gib, creo que alguien me ha robado el pingüino.

—Mañana por la mañana te ayudo a buscarlo, ¿de acuerdo? Lo encontraremos. Vamos, ven ya.

—Pero…

Pero nada, porque él ya había colgado. Kylie miró a Vinnie.

—No me ha hecho ni caso.

Vinnie estaba muy cómodo en el transportín, y se limitó a bostezar.

Ella suspiró y salió de la tienda. Al atravesar el patio, se relajó. Adoraba aquel edificio. Notó el empedrado bajo los pies y observó la gloriosa arquitectura de aquello que la rodeaba: las ménsulas de ladrillo y la viguería de hierro, los enormes ventanales.

Había humedad en el ambiente. Estaba anocheciendo y las guirnaldas de luces que habían colocado en los bancos de hierro forjado que había alrededor de la fuente estaban encendidas.

Kylie pasó por delante de la Tienda de Lienzos y de la cafetería, que ya estaban cerradas, como la mayoría de los locales.

Sin embargo, el pub sí estaba abierto, y ella decidió parar un momento. Casi todas las noches, alguna de sus amigas estaba allí. Aquella vez encontró a la administradora del edificio, Elle, a la hermana de Joe, Molly, y a Haley, que era optometrista y tenía la óptica en el segundo piso.

Sean, uno de los propietarios del pub, estaba detrás de la barra. Estaba muy moreno, porque había hecho un viaje a Cabo con su novia Lotti, y acababan de volver. Sean sacó una galleta para perros de un frasco que tenía debajo de la barra y se la dio a Vinnie.

Vinnie se la tragó entera.

—¿Lo de siempre? —le preguntó a Kylie.

—No, esta noche, no. No me voy a quedar. Aunque… bueno… ¿Un café rápido?

Elle y Molly llevaban traje. Elle, porque dirigía el mundo. Molly, porque dirigía la oficina de Investigaciones Hunt, la agencia de detectives en la que trabajaba Joe. Haley llevaba una bata blanca y unas gafitas adorables.

Por su parte, ella no se preocupaba en absoluto de la moda, así que llevaba unos pantalones vaqueros, una sudadera de los Golden State Warriors y algo de serrín pegado a la ropa. Tenía más ropa para estar en casa y para dormir que para salir a la calle.

Haley estaba hablando de su última cita, que había salido muy mal. La mujer con la que había salido había hecho circular el rumor de que se habían acostado para vengarse de una antigua novia. Haley suspiró.

—Las mujeres son un asco.

—Bueno, los hombres tampoco son para tirar cohetes —dijo Molly.

—Gib me ha pedido, por fin, que salga con él —soltó Kylie.

Todas soltaron un jadeo muy dramático, y ella se echó a reír. Llevaba un año trabajando en su taller, y no había parado de deshacerse en elogios hacia él.

—Me va a hacer una barbacoa en su casa esta noche.

Otro jadeo colectivo. Kylie supo que estaban muy contentas por ella. Y ella también estaba muy contenta.

¿Verdad?

Sí, claro que sí. Había esperado aquello mucho tiempo. Entonces, ¿por qué no dejaba de pensar en Joe y en aquel maldito beso? No se le iba de la cabeza cómo había deslizado el brazo por sus caderas y cómo había hundido la otra mano en su pelo, cómo se lo había agarrado lentamente con el puño para sujetarla mientras la besaba despacio, profundamente. Había sido el beso más erótico de toda su vida...

Porque se saboteaba a sí misma. Por eso. Había heredado aquel rasgo de su madre, que era especialista en sabotearse a sí misma. Su droga eran los hombres. Los hombres equivocados. Y ella no estaba dispuesta a seguir sus pasos.

En aquel momento entró una mujer en el pub y se dirigió hacia la barra. Tenía el pelo negro, con algunos mechones teñidos de morado. Lo llevaba recogido con un lapicero, a modo de moño alto. Llevaba una camiseta con la leyenda *Keep Calm and Kiss My Ass*, unos pantalones vaqueros muy ajustados y unos botines que hicieron suspirar a Elle y a Molly. Se llamaba Sadie, y era tatuadora. Trabajaba en la Tienda del Lienzo.

Saludó a Sean con un gesto de la cabeza y le dijo:

—Ponme unas alitas, unas patatas fritas y lo que tengas de postre. Bueno, y ¿sabes qué? Ponme doble ración de todo eso.

Miró a Kylie y al resto de las chicas, y les dijo:

—Cuando necesitas un minuto para tranquilizarte en el trabajo, porque la violencia no está bien vista.

—Y que lo digas —le respondió Molly—. Bonita ropa, por cierto.

Kylie suspiró.

—Yo tengo que aficionarme un poco a la moda.

—Mi única afición es intentar cerrar la puerta del ascensor antes de que se suba alguien más —dijo Sadie.

Elle asintió.

—Eh, si alguien dijera que se ha acostado contigo cuando no es verdad, ¿qué harías? Haley tiene un problema.

—En primer lugar, no te molestes en negarlo. No te va a servir de nada —dijo Sadie—. En vez de eso, úsalo. Dile a todo el mundo lo inútil que era e invéntate que tenía fetiches raros, como... que gritaba el nombre de su madre justo antes del orgasmo, o algo por el estilo. Hay que destruir al sujeto.

—Vaya, eso es muy buena idea —dijo Haley.

—No es la primera vez que me pasa —dijo Sadie.

Kylie se tomó el café de un trago y se puso en pie con Vinnie.

—Bueno, cariño, nos vamos a casa de Joe.

Todo el mundo se quedó mirándola con asombro, y ella se corrigió rápidamente.

—Quiero decir que nos vamos a casa de Gib.

Elle la señaló.

—Ha dicho Joe.

Haley asintió.

—Claro que ha dicho Joe.

—Espera, espera. ¿Joe, mi hermano? —le preguntó Molly.

—Yo no conozco a otro Joe, ¿y tú? —inquirió Elle.

—Y está buenísimo —añadió Haley—. ¿Qué pasa? —preguntó, al ver que todas la miraban—. Soy lesbiana, no es que esté muerta.

Molly hizo un gesto de horror y se tapó los oídos con las manos.

—Por favor, chicas. Es mi hermano.

Con desesperación, Kylie le hizo otro gesto a Sean.

—Creo que necesito otra dosis de cafeína.

Molly le dio un golpecito en el hombro.

—Y yo necesito que me digas lo que pasa entre Joe y tú.

—Para llevar —le dijo Kylie a Sean.

Él la miró con asombro.

—¿Cuántos cafés te has tomado ya hoy?

—No demasiados —dijo ella, y tomó un sorbito. Tenía las manos temblorosas. Miró a Molly, y le dijo—: La respuesta a tu pregunta es «nada». Entre Joe y yo no hay nada, aunque estoy segura de que no nos caemos demasiado bien el uno al otro, no te enfades.

Molly se encogió de hombros.

—Es una persona peculiar. Yo lo quiero porque es mi hermano, así que no me enfado.

—No solo no nos caemos bien —puntualizó Kylie—, además, nos irritamos el uno al otro. Solo con respirar. Todo el tiempo.

—Um... —dijo Molly, y miró a Elle—. ¿Estáis oyendo lo mismo que yo?

—Sí. El clásico caso de protestar demasiado.

—No —dijo Kylie—. De verdad.

—Está en periodo de negación —dijo Elle.

—¿Lo ves? Por eso nunca se debe negar nada —dijo Sadie, con calma.

—¡Lo niego porque no es verdad! —exclamó Kylie—. Lo de Joe no es nada.

—Y ahora hay un «lo de Joe» —dijo Haley—. Fascinante.

—Bueno, adiós —dijo Kylie, tomando el transportín de Vinnie—. Nos vamos a la barbacoa.

Vinnie se animó al oírlo. Vinnie adoraba la comida.

—Que es en casa de... ¿quién, otra vez? —preguntó Haley, con inocencia.

—En casa de Joe —dijo Kylie. Rápidamente, se tapó la boca con la mano—. ¿Qué me pasa?

Sus amigas sonrieron.

—No, no. Voy a casa de Gib —se corrigió, con horror, y deletreó el nombre—: G-I-B. Gib —dijo. Y, antes de empeorar aún más la situación, se marchó.

Dejó a Vinnie en casa, con un abrazo y su cena. A los treinta minutos, estaba en el porche de casa de Gib. Él había heredado una pequeña residencia victoriana en Pacific Heights. Era una casita muy mona, de ancianita, y todo el mundo que la visitaba se reía de él por quedársela.

A Gib no le importaba. En San Francisco, la vivienda estaba por las nubes, así que él había acondicionado la casa para adecuarla a sus expectativas. Había añadido un par de toques modernos, una televisión de ochenta pulgadas y otra nevera, y se había dado por satisfecho.

Kylie llamó, pero él no respondió. Seguramente, porque la música estaba a todo volumen, y porque había mucha gente dentro de la casa.

Aquello no era una cita. Era una fiesta.

Se sintió como una tonta y se dio la vuelta para marcharse. Justo en aquel momento, Gib abrió la puerta.

—¡Eh! —exclamó. Al verla, sonrió—. ¡Has venido! Oye —le dijo, en voz más baja, mirando hacia atrás subrepticiamente, por encima de su hombro—: Han aparecido unos cuantos amigos por sorpresa, y han...

Desde detrás, alguien le rodeó la cintura con ambos brazos. Entonces, apareció la cara sonriente de Rena, su bellísima y perfecta exnovia, que apoyó la barbilla en su hombro.

–Hola, Kylie –dijo, y lo estrechó con afecto–. ¿Qué tal estás?

–Bien –dijo Kylie, automáticamente, sin apartar la mirada de Gib.

Él le dijo, en silencio, formando las palabras con los labios:

–Lo siento.

Sin embargo, Kylie era la que más lo sentía. Se sentía una completa idiota.

–No puedo quedarme. Ha surgido algo y tengo que...

Gib se zafó de Rena, la agarró, tiró de ella hacia dentro y le puso una copa de vino en la mano.

–Quédate, bebe. Diviértete –le dijo, y bajó la voz–. De verdad, lo siento muchísimo. No la esperaba. Quédate, por favor.

Kylie se tragó el vino y, después, reuniendo valor, bailó con Gib. Dos veces. Y le pisó solamente una vez.

Cuando quedó claro que Rena no iba a marcharse antes que ella, Kylie se marchó a casa justo antes de la medianoche, porque, al igual que Cenicienta, tenía que trabajar a la mañana siguiente.

Como estaba un poco frustrada y muy cansada, no se dio cuenta de que había un sobre marrón en el suelo, un sobre que alguien había metido por debajo de la puerta. Saludó a Vinnie, que estaba adormilado y tan adorable como siempre, y fue a la cocina a sacar el helado del congelador y tomar un poco. Al apoyarse en la encimera con la cuchara y el bote, vio el sobre, que estaba justo delante de la puerta.

Era extraño, porque había recogido todo el correo aquella tarde, al dejar a Vinnie. Dejó el helado en la encimera y tomó el sobre. Dentro había una foto Polaroid que le paró el corazón.

Era un primer plano de su pingüino de madera en peligro mortal, colocado como si fuera a caerse del Golden Gate Bridge a la bahía.

¿Qué demonios...?

Alguien le había robado el pingüino y, lo que era peor, la estaba provocando con él. ¿Por qué? No se le ocurría ningún motivo, y se dio cuenta de que tenía que hablar de aquello con alguien. ¿Con quién? No podía ser con Gib, porque no quería ir corriendo a llorar al hombro de su amor platónico como una damisela en apuros en pleno siglo XXI. Podía ir a la policía, pero ya se imaginaba cómo iba a ir la denuncia: «Hola, alguien me ha robado mi pingüino de madera y está fingiendo que lo tira a la bahía».

Se reirían de ella.

No podía hacer nada, pero quien hubiera hecho aquello la conocía o, por lo menos, sabía dónde vivía. Se asustó. Comprobó que todas las cerraduras de las ventanas y las puertas funcionaban bien. Después, acostó a Vinnie, apagó la luz y se metió en la cama.

Y se quedó allí despierta, atenta, sobresaltándose con cada pequeño crujido de la casa.

Dos minutos después, se levantó, tomó a Vinnie y se lo llevó consigo a la cama. Normalmente, Vinnie no tenía permitido subirse a la cama, así que se puso muy contento y se acurrucó en la almohada, junto a ella. Una ráfaga de viento hizo chocar la rama de un árbol contra su ventana, y ella se puso rígida.

—¿Has oído eso?

Vinnie, que debía de sentirse seguro, cerró los ojos.

Pero Kylie, no. No pudo dormir ni un segundo y, a la mañana siguiente, sabía perfectamente que no podía seguir así. Necesitaba respuestas.

Lo cierto era que detestaba tener que pedir ayuda. La habían educado para que contara solo consigo misma, así que iba contra su instinto. No obstante, el miedo la motivó. Necesitaba hablar con alguien a quien se le dieran bien aquellos asuntos.

Archer, el director de Investigaciones Hunt, fue la primera persona en la que pensó. Podría acudir a él. Sin embargo, él sabía que ella no andaba muy bien de dinero, así que no querría cobrarla, y ella se sentiría culpable por apartarlo de su trabajo para atenderla.

Se estrujó el cerebro, pero solo se le ocurrió otra respuesta: Joe. Podría hacerle el espejo a cambio de su ayuda.

Mierda.

Capítulo 3

#AjústenseLosCinturonesEstaNocheVamosATenerTormenta

A Joe Malone nunca le habían gustado las mañanas. Cuando era pequeño, la alarma para despertarse era su padre dando golpes con una sartén sobre los fuegos de la cocina. Más tarde, en el ejército, era alguien de rango más alto gritándole al oído.

Aquel día solo se levantó por una cuestión de responsabilidad. Trabajaba en una agencia de detectives que aceptaba investigaciones de delitos en general y en el ámbito de pequeñas y grandes empresas. Hacían labores de seguridad y vigilancia, y elaboraban informes sobre corporaciones. Algunas veces, hacían trabajo forense, perseguían a acusados que hubieran quebrantado la libertad condicional, hacían trabajos para el gobierno, y más cosas. El director, Archer Hunt, era un jefe muy duro, pero aquel era el mejor trabajo que él había tenido en la vida. Era el segundo al mando y se encargaba de las Tecnologías de la Información. Aunque no había empezado en ese campo, en realidad...

No, él había empezado su carrera allanando moradas.

Se olvidó de aquellos viejos recuerdos, se puso la ropa de correr y llegó al punto de reunión sin matar a nadie por mirarlo mal. Se trataba de toda una hazaña, teniendo en cuenta lo temprano que era.

Spence lo estaba esperando y, sin decir una palabra, le entregó un café. Esperó a que la cafeína hubiera hecho efecto, y le dijo:

—Llegas tarde.

—No ha sonado la alarma —respondió Joe.

—Porque tú no usas alarma —replicó Spence.

Cierto. Él tenía un reloj interno. Era una de las cosas que podía agradecerle al ejército.

—¿Estás bien? —le preguntó Spence—. Normalmente, a estas horas estás de mal humor, pero no parece que estés especialmente malhumorado hoy.

—Vete a la mierda.

Spencer era muy rico, y tan inteligente, que una vez había estado trabajando para un gabinete estratégico del gobierno. Joe no era rico, aunque también había trabajado para el gobierno, en su caso, para el ejército. Sin embargo, no era su cerebro lo más demandado, sino el hecho de que podía ser letal cuando fuese necesario.

Su improbable amistad con Spencer había comenzado en la partida de póquer semanal que se celebraba en el sótano del Edificio Pacific Pier. Spence era el dueño del edificio, así que jugaba al póquer con desenfreno. Él jugaba al póquer del mismo modo que vivía la vida: de un modo temerario. Eso les había unido.

A Spence tampoco le gustaba madrugar, y no era precisamente tierno, así que aceptó el «Vete a la mierda» de Joe como un «Estoy bien». Entonces, tiraron los vasos de café a una papelera y empezaron a correr. Aquel día, llegaron a las escaleras de Lyon Street, un tramo de 332 peldaños. La tortura de subirlo aumentaba porque, con la niebla de aquella mañana, no se veía el último tercio, y parecía un ascenso interminable, una meta inalcanzable. Ellos no permitieron que eso les detuviera. Se esforzaron más aún, tratando de superarse el uno al otro.

Cuando llegaron al final de la escalera, no se detuvieron, sino que entraron en Presidio, un parque en el que se podía correr kilómetros por pistas forestales. Casi inmediatamente, la ciudad quedó atrás y se desvaneció detrás del bosque de eucaliptos.

Spence estaba en una forma física excelente, pero, para Joe, el entrenamiento era su forma de ganarse la vida. Ocho kilómetros después, Joe adelantó a Spence y llegó el primero al edificio, entre jadeos, sudando.

—Estás loco —le dijo Spence, sin aliento. Se inclinó hacia delante y se apoyó con las manos en las rodillas—. Espero que hayas dejado atrás a tus demonios.

—No corro lo suficiente como para conseguir eso —dijo Joe.

Spence se irguió con el ceño fruncido.

—¿Lo ves? Sabía que pasaba algo. ¿Están bien tu padre y Molly?

—Sí, están bien, y yo, también —dijo Joe, cabeceando. No sabía lo que le ocurría, aparte de sentirse inquieto. Su padre era... bueno, era su padre.

—¿Es por el trabajo? —le preguntó Spence.

Joe cabeceó. Su trabajo era gratificante y le proporcionaba la dosis de adrenalina diaria que necesitaba.

—Estoy bien —repitió.

—Sí, eso es lo que tú dices —respondió Spence, y

agitó la cabeza–. Voy a estar aquí. Vamos a quedarnos en San Francisco unos cuantos meses.

Spence se había enamorado, no hacía mucho tiempo, de Colbie Albright, una autora de libros fantásticos que vivía en Nueva York. Desde entonces, habían estado repartiendo su tiempo entre las dos ciudades, pero los dos preferían San Francisco y vivían en un ático del quinto piso del Edificio Pacific Pier donde trabajaba Joe.

Colbie había sido fantástica para Spence. Había conseguido que fuera más humano que nunca, y mucho más feliz. Joe se alegraba por él, aunque no entendía enteramente la vida que vivía Spence en nombre del amor. Entendía la necesidad o el deseo de compartir la vida, pero no pensaba que él tuviera nada que ofrecer. Era un soldado curtido en el ejército que se había convertido en experto en seguridad, y sabía cómo proteger a los demás, pero ¿qué más podía darle a una mujer? ¿Enseñarle a manejar un arma? ¿Enseñarle cómo incapacitar a un hombre en un segundo y medio? No eran cosas que quisiera saber o que necesitara saber una persona normal.

Y, en el sentido emocional, tenía aún menos que ofrecer. Después de todo lo que había visto y había hecho, ni siquiera estaba seguro de poder abrirse ni poder sentir la vulnerabilidad necesaria para sustentar una relación. Sin embargo, no estaba seguro de si Spence lo entendería, así que se limitó a asentir.

–Gracias –le dijo.

Se despidieron, y Joe se fue a casa a ducharse. Llegó a trabajar a las siete y dos minutos de la mañana.

–Llegas dos minutos tarde –le dijo Molly, su hermana, desde el mostrador de la entrada de Investigaciones Hunt. Se puso de pie y fue a recoger su iPad.

Aquel día, su cojera era más notable de lo habitual, y eso significaba que tenía dolor. Al verlo, Joe sintió la vieja punzada de la culpabilidad. Sin embargo, no dijo nada, porque ella se enfadaba cuando sacaba el tema o, peor aún, se echaba a llorar, como había sucedido la última vez.

Él odiaba que su hermana llorara, así que jugaban a un juego con el que él estaba muy familiarizado. Un juego llamado «Ignora todos los sentimientos».

—Ya sé que llego tarde, gracias —le dijo.

Él era el hermano mayor. Tenía treinta años y Molly, veintisiete, pero ella pensaba que estaba a cargo de él. Y las cosas no eran así.

Habían tenido que crecer y madurar rápidamente. En su vecindario, no tenían más remedio. Su padre sufría estrés postraumático crónico después de haber luchado en la guerra del Golfo, así que él era quien había estado a cargo de la familia desde muy temprano. Eran muy pobres. Él se había juntado con malas compañías muy pronto, y había hecho cosas que no debería haber hecho, con tal de poder tener un techo y comida.

—Archer está cabreado —le dijo Molly, en voz baja.

Archer era un obseso de la puntualidad. Llegar a la hora en punto significaba llegar tarde. Y llegar dos minutos después de la hora debida era algo imperdonable. Joe alzó una caja de la pastelería.

—He traído sobornos.

—Oh, dame, dame eso —dijo ella.

Su hermano le mostró la caja, pero no se la cedió cuando ella trató de quitársela.

—Elige uno.

—¿Es que no te fías de mí? —le preguntó Molly, mientras tomaba uno de los donuts.

—No se trata de eso. Es que, si bajo la guardia, eres capaz de morderme los dedos para comerte todos los demás donuts.

—¿Y?

—Y... que me hiciste jurar, ante la tumba de mamá, que no te iba a dar más de un donut por día.

—Eso fue la semana pasada.

—Sí, ¿y qué?

—Que la semana pasada tenía el síndrome premenstrual y me sentía gorda. Necesito otro donut, Joe.

—Dijiste que me ibas a matar mientras dormía si cedía —le recordó él.

—Eso puede suceder de todos modos.

Él se quedó mirándola. Sabía que era una Malone que quería otro donut. Y como sabía que nunca había sido capaz de decirle que no, se lo dio.

—Gracias —dijo ella—. Y buena suerte —añadió, con la boca llena, señalándole la puerta del despacho de Archer con un gesto de la barbilla—. Te está esperando.

Magnífico. Otra batalla. Algunos días, su vida le parecía un videojuego. Entró en el despacho, donde estaban su jefe, Archer, y su novia, en el sofá, discutiendo.

—Necesito el mando a distancia para enseñarte mi presentación de PowerPoint —decía Elle.

Archer hizo un gesto negativo.

—Te he dicho que yo no lo tengo.

—Estás sentado encima, ¿a que sí? —dijo ella.

Archer estuvo a punto de sonreír.

—Vaya, qué curioso, la confianza en la pareja desaparece en cuanto está en juego el mando a distancia.

Elle suspiró.

—Eres imposible.

—E irresistible —dijo él—. No olvides irresistible.

—Umm... —murmuró Elle.

Joe carraspeó para anunciarse, porque, si les daba un minuto más, cabía la posibilidad de que decidieran solucionar aquello desnudándose. Sí, eran polos opuestos, pero estaban locamente enamorados.

Y eso era estupendo para ellos. Sin embargo, él prefería una guerra. Sabía cómo manejarse en una guerra. La guerra tenía normas. Uno luchaba, y tenía que ganar a cualquier precio.

En el amor no había reglas. Y, que él supiera, nadie podía ganar en el amor.

Soportó una mirada fulminante de Archer, que habría conseguido amedrentar a cualquiera. Él no se asustaba fácilmente, pero se mantuvo a distancia del sofá y les lanzó la caja de donuts.

Archer la agarró al vuelo y asintió.

Soborno aceptado.

—¿Dónde están los demás? —preguntó Joe, refiriéndose al resto del equipo que trabajaba en Investigaciones Hunt.

—He pospuesto la reunión matinal —respondió Archer, y mordió un donut de chocolate—. Cosa que sabrías si hubieras llegado puntual.

Habían pasado exactamente cuatro minutos de su hora de entrada al trabajo, pero no dijo nada. Archer detestaba las excusas.

—Bueno, me voy a trabajar —dijo Elle, de camino hacia la puerta, llevándose la caja de donuts.

—Muy bien. ¿Qué está pasando con Kylie? —le preguntó Archer.

Joe se enorgullecía de estar siempre preparado, pero aquello le sorprendió con la guardia baja.

—Nada. ¿Por qué?

—¿Nada?

Aquello no tenía buena pinta porque, normalmente, Archer no charlaba por charlar. Eso significaba que sabía algo.

—Corre el rumor de que os habéis besado. ¿Es cierto? —inquirió su jefe.

Dios. Aquel beso había sucedido en el callejón que había junto al patio del edificio, a oscuras. Él estaba seguro de que no había nadie más en los alrededores.

—¿Cómo es posible que siempre lo sepas todo?

Archer se encogió de hombros.

—Uno de los grandes misterios de la vida. ¿Es necesario que hablemos de los riesgos de hacerle daño a una de las amigas de Elle?

—Pues claro que no —dijo Joe, mirando hacia atrás para asegurarse de que Elle ya se había marchado—. No es nada personal, pero tu mujer está loca.

Archer sonrió.

—Mira, tío, si una mujer no te ha dejado ver lo loca que está, es que no le gustas tanto.

Mientras Joe procesaba aquello, Archer continuó.

—Te he puesto al mando del caso Rodríguez —dijo—. Tienes a Lucas en exclusiva. Es una buena oportunidad para entrar en la residencia familiar a las diez para hacer una vigilancia. La información está en la carpeta. Aprovecha la ocasión.

Joe asintió. Lucas era un buen amigo, además de compañero de trabajo. Era inteligente y hábil, y tenía mucho carácter cuando era necesario. Por otro lado, a él le vendrían muy bien las dos horas que quedaban hasta la reunión para estudiar el expediente. Se trataba de un testamento, y algunos miembros de la familia habían contratado a Investigaciones Hunt para demostrar que se les estaba ocultando una parte importante del patrimonio. Era una familia grande en la que todos se estaban demandando entre sí. En aquel caso no sería necesario arriesgar la vida ni algún miembro del cuerpo, y eso siempre era una ventaja. Salió del despacho de Archer y se dirigió al suyo. Mientras recorría el pasillo, escribió a Lucas un mensaje.

Joe: Te voy a enviar por correo electrónico la información de nuestro nuevo caso.
Lucas: Ya la tengo. Has llegado tarde.
Joe: ¡Dos minutos!
Lucas: Da igual. Te toca pagar.

Quien llegara tarde tenía que invitar a donuts. Mierda. Joe le envió un mensaje a Tina, la dueña de la cafetería que había en el patio y le pidió más donuts, porque a Lucas había que pagarle con donuts o con tiempo de pelea en el ring. Joe había recibido entrenamiento en artes marciales mixtas, pero ni siquiera él podía ganar a Lucas en el ring. Además, le gustaba su cara tal y como la tenía. Así pues, donuts.

Acababa de sentarse en la butaca de su escritorio cuando alguien irrumpió en el despacho.

Kylie.

Llevaba una chaqueta de tipo marinero de color amarillo, llena de pelo de Vinnie, y unos pantalones vaqueros con un roto en la rodilla y unas botas robustas. Estaba preparada para el trabajo y tenía una expresión desafiante. Y no había nada que a él le gustara más que un desafío, sobre todo, si tenía un envoltorio tan bonito: Kylie era una extraordinaria ebanista y tenía el temperamento de una artista, lo cual significaba que no tenía miedo de decir lo que pensaba.

Él se había fijado en Kylie hacía un año, cuando ella había empezado a trabajar en Maderas recuperadas. Había sentido un enorme interés, tanto, que incluso se había detenido de vez en cuando delante de la tienda solo para verla trabajar con aquellas enormes herramientas. Tenía que admitir que volverse loco con aquello era un poco ridículo.

Además, aunque había creído ver una chispa de interés en sus ojos, ella siempre la reprimía con tanta rapidez, que él no sabía si solo era que se estaba haciendo ilusiones. Así que no había querido pensar más en ello.

Hasta hacía tres noches, en una fiesta del pub O'Riley's, que estaba en el patio del edificio. La fiesta era para Spence y Colbie. Habían cantado en un karaoke con algo de alcohol en el cuerpo y habían jugado al billar y, al final, aunque Joe no pudiera creérselo, se habían dado aquel beso tan abrasador.

Habían salido a tomar un poco de aire fresco a la vez. Estaban mirando la fuente y, al minuto siguiente, estaban en el callejón. Ella se había girado hacia él, le había mirado los labios con anhelo y, al instante, los dos estaban intentando tragarse las papilas gustativas del otro.

Él llevaba desde ese momento intentando negarse la realidad a sí mismo: que la deseaba desde hacía mucho tiempo.

Sin embargo, desde el beso, ella se había dedicado a ignorarlo, cosa que le molestaba, a decir verdad.

—Buenos días —le dijo—. Deja que lo adivine. Has venido por otro beso —añadió, sonriendo—. Siempre vuelven por más.

Ella entrecerró los ojos y se quedó mirándolo fijamente a medio camino entre la puerta y su escritorio. Parecía que quería matarlo.

—Muda —dijo—. Me gusta.

Entonces, Kylie se puso en jarras.

—He venido por una cuestión de trabajo.

—Decepcionante —replicó él.

Ella soltó una carcajada irónica.

—Vamos. Los dos sabemos que yo no soy tu tipo.

Era lista. Dura. Sexy. Y todo eso, sin saberlo. Era exactamente su tipo.

—¿Por qué piensas eso?

—Porque no voy a medio vestir ni tengo unas tetas postizas de tamaño gigante.

Él sonrió. Le estaba tomando el pelo y, por algún extraño motivo, a él le encantaba.

—Además, no eres demasiado simpática —dijo—. Y a mí me gusta la simpatía.

—Um... Seguro que la simpatía está en tu lista de prioridades justo detrás de... ¿una buena personalidad?

Él se echó a reír.

—Tan joven y tan sarcástica. Tienes una opinión muy mala de mí.

—Sí, tengo la costumbre de pensar siempre lo peor —respondió Kylie, y dejó un sobre en su mesa—. Necesito contratarte para que encuentres una cosa.

Como parecía que hablaba en serio, él tomó el sobre y lo abrió. Dentro había una fotografía Polaroid de algo que parecía un pingüino de madera cayendo del Golden Gate al agua.

—Necesito que encuentres esa figura tallada.

Él la miró, y volvió a mirar la foto.

—Qué gracioso.

—No estoy de broma.

Él volvió a mirarla, y se encontró con una expresión solemne. Sus ojos, de color marrón claro tenían una mirada muy seria. Ella estaba ojerosa y no, no parecía que estuviera de broma.

—Está bien. ¿Qué es lo que estoy viendo?

—Es una figurita de madera de un pingüino. Mide diez centímetros. Me la robaron ayer.

—¿Y por qué no llamas a la policía?

—Porque se reirían de mí —dijo ella. Al ver que él también quería echarse a reír, Kylie suspiró—. Quiero recuperar la figura, Joe.

—¿De verdad? ¿Igual que yo quería comprar el espejo ayer para Molly?

—Con respecto a eso… Si haces esto por mí, si encuentras mi figurita, te haré un espejo nuevo para Molly.

—Entonces, ¿es que estamos haciendo un trato?

—Sí.

Interesante. La miró a los ojos, que eran del mismo color que el whiskey que él había estado bebiendo antes de que se dieran aquel famoso beso, y pensó: «¿Por qué demonios no iba a hacerlo?». Teniendo en cuenta que, normalmente, en sus trabajos solía haber muerte y violencia, y que tenía que tratar con la escoria de la población, aquello podía ser un alivio. Ayudaría a aquella chica tan mona y alocada y, además, podría hacerle a su hermana el regalo de cumpleaños que quería.

—De acuerdo.

—¿De acuerdo? —preguntó ella, aún muy seria—. ¿Tenemos un trato?

Claramente, había algo más que Kylie no le estaba contando. Para empezar, él se dio cuenta de que sus ojeras no tenían nada que ver con el hecho de que se sintiera molesta por tener que hablar con él. Estaba nerviosa. Lo disimulaba bien, pero estaba asustada, y eso hizo que él reaccionara.

—¿Cuándo lo viste por última vez? —le preguntó.

—Si lo supiera, no estaría aquí.

Joe suspiró.

—¿Cuándo te diste cuenta de que había desaparecido?

—Anoche, justo antes de cerrar la tienda. Lo vi ayer por la mañana, así que pudo desaparecer en cualquier momento del día. El problema es que yo dejo el bolso debajo del mostrador, pero algunas veces, si tengo que ocuparme de la tienda, estoy en el taller hasta que entra algún cliente, y puede que no me dé cuenta inmediatamente.

—Entonces, tu bolso no siempre está vigilado.

—Eso es.

Él no se molestó en decirle que tenía suerte de que aquello no le hubiera ocurrido antes. Kylie ya lo sabía. Lo tenía escrito en la cara. Y también estaba claro que detestaba tener que pedirle ayuda.

—Pero ¿por qué iba a robarte alguien esta figura y a enviarte esta foto?

—No lo sé, y no me importa. Quiero recuperarla.

—Sí, sí importa.

—¿Por qué?

—Porque sí. Me da la sensación de que no conozco las partes buenas de esta historia. ¿Va a ser esto como el juego Clue? ¿El coronel Mustard en la biblioteca con la pistola?

Ella se puso en pie.

—Esto no es ningún juego, Joe. Y, si no vas a ayudarme, ya encontraré a alguien que quiera hacerlo —dijo, y se fue hacia la puerta.

En aquel momento, Joe se dio cuenta de que había encontrado a alguien más obstinado que él mismo. Y, según sus amigos y su familia, eso era imposible.

Capítulo 4

#AspirabaAlTítulo

Joe alcanzó a Kylie justo cuando salía de su despacho. La agarró por la muñeca y la obligó a que se volviera hacia él.

—No he dicho que no fuera a ayudarte, Kylie.

Cuando él pronunció su nombre, ella le miró los labios. Y, en aquel instante, él se dio cuenta de que ella se acordaba perfectamente de su beso.

—Entonces, ¿vas a ayudarme?

—Sí, te voy a ayudar.

—A cambio del espejo —le dijo ella; claramente, no se fiaba de él, y quería dejar bien claros los términos del acuerdo—. Nada más.

Él sonrió.

—¿Y qué tiene eso de divertido?

Ella entrecerró los ojos.

—Dilo, Joe.

Él se rio.

—Está bien, está bien. Mi ayuda a cambio del espejo. ¿Sabes una cosa? Puede que seas la mujer más cabezota que he conocido, y eso ya es decir mucho.

—Haz el favor de no compararme con las mujeres con las que sales —le dijo ella—. O lo que hagas con ellas. Todos sabemos que solo te acuerdas de cómo se llaman porque las llevas a la cafetería por las mañanas y ves su nombre escrito en los vasos de café.

Bueno, en cierta época de su vida, eso era cierto, pero estaba empezando a tomarse las cosas con más calma. Acababa de cumplir treinta años y ya no se divertía tanto ligando. Aunque eso no iba a reconocerlo delante de Kylie.

—Para ayudarte en esto necesito que me des algunos detalles. Todos, en realidad.

—Está bien.

Entraron de nuevo en el despacho, y ella pasó de largo las sillas de las visitas y se acercó a la ventana para mirar al patio.

—Ese pingüino no vale nada, salvo para mí —le dijo—. Era de mi abuelo, y es lo único que tengo de él.

—Tu abuelo Michael Masters, ¿no?

—Sí.

—Era un artista. Un ebanista como tú. ¿Tienen valor sus obras?

—No la tenían —dijo ella, sin volverse—. Por lo menos hasta que murió, hace casi diez años.

Por su tono de voz, que era cuidadosamente monótono, él supo que aquello no era ninguna broma para ella.

—¿Cuántas figuras hay como esa?

—Yo solo conozco esta. Mi abuelo me la hizo a modo de juguete. Me dijo que los pingüinos se quedan con sus familias para siempre. Creo que una vez mencionó que había otro pingüino, pero yo nunca lo vi.

—¿Y quién sabía que existía este?

—Nadie. El pingüino era un juguete para que yo me

divirtiera de pequeña. Que yo sepa, nunca hizo ningún otro para vender.

Sin embargo, estaba claro que había otra persona que sí lo sabía. Kylie se dio la vuelta y lo miró. Al ver su expresión de vulnerabilidad y dolor, Joe se quedó sin aliento. Mierda. Iba a hacer aquello de verdad. Iba a buscar un pedazo de madera. Él nunca tomaba sus decisiones basándose en la emoción, por lo menos, desde aquel lejano día en que tuvo que buscar a su hermana. Se dejó dominar por las emociones, y estuvo a punto de hacer que la mataran.

—Cuéntame más cosas de tu abuelo.
—Murió en un incendio en su taller.
—¿Estabais muy unidos?
—Sí. Yo vivía con él en aquel momento.
—¿Y tú resultaste herida?
—No estaba allí aquella noche.

Joe percibió toda la culpabilidad de su tono de voz. Con el corazón encogido, le dijo:

—Vaya, Kylie, lo siento muchísimo.
—Fue hace mucho.

Sí, pero él sabía muy bien que el tiempo no curaba aquellas cosas.

—¿Y tus padres?
—¿Qué quieres saber de mis padres?
—¿Por qué vivías con tu abuelo, y no con ellos?

Kylie se encogió de hombros.

—No valían para ser padres. Cuando me tuvieron eran unos niños, y no eran pareja, ni nada de eso. Mi padre desapareció, y mi madre no estaba... preparada para cuidarme en ese momento.

—¿Y te ves con ellos ahora? —preguntó Joe, con curiosidad. Sabía que Kylie era callada, pensativa y creativa. Siempre se había preguntado el porqué de aquella personalidad. Ahora que sabía que la había criado su abuelo, las cosas tenían mucho más sentido. Por ejemplo, el hecho de que tuviera tanta sabiduría, o que pudiera entrar en una habitación y que todos se volvieran a mirarla sin que ella se diera cuenta.

–Mi padre trabaja en el Golfo, en una plataforma petrolífera. Viene a San Francisco cada pocos años. Mi madre está viviendo la vida loca en Mission District con su novio actual, pero nosotras no nos vemos ni nos llamamos demasiado.

Joe recordó lo unido que estaba a su madre antes de que muriera, cuando él tenía diez años. Y, aunque no sabía cómo podía describir la relación que mantenía con su padre, formaban parte de la vida del otro, estaban atados para siempre con los lazos de la familia y la sangre. Lo mismo podía decir de Molly. Ellos tres tenían muchos defectos, pero se querían. Se querían y se odiaban, sí, pero, a pesar de todo, él no tenía ninguna duda de que estarían a su lado para apoyarle en cualquier situación, sin preguntas.

Bueno, sí. Habría preguntas. Y muchos gritos. Pero estarían a su lado.

Parecía que la única persona que había estado junto a Kylie había muerto, y eso era terrible. Al pensarlo, le pareció que la vida que ella llevaba, y su éxito como artista, eran más increíbles aún de lo que él ya creía, porque estaba consiguiendo muchas cosas por sí misma, sola.

–Cuéntame más sobre el incendio –le dijo–. ¿Se quemó todo el taller? ¿Se hizo algún inventario de lo que quedó?

–No, quedó todo destruido.

–En ese caso, cualquier obra suya que ya estuviera vendida aumentaría mucho de valor inmediatamente, ¿no?

Ella se giró a mirarlo con el ceño fruncido.

–Sí. Supongo que no lo había pensado.

–Por eso me pagan lo que me pagan –dijo él, sonriendo, con la esperanza de que se diera cuenta de que estaba bromeando–. Bueno, voy a empezar con la documentación.

Kylie se sobresaltó.

–¿Te refieres a que hay que rellenar formularios?

–No, no. Una lista. ¿Cuánta gente os conocía a los dos? ¿Es posible que alguien tuviera algo en contra de vosotros y quisiera vengarse?

Ella lo miró como si estuviera loco.

–No, nadie tenía nada en contra de mi abuelo. Era el hombre más generoso, bueno y adorable del mundo.

Umm... Él sabía que todo el mundo tenía secretos. Y que todo el mundo tenía un lado oscuro.

Ella leyó la expresión de su rostro y negó con la cabeza.

–Nadie estaba enfadado con él. Ni conmigo.

Él enarcó las cejas.

–Eh –dijo Kylie–. Yo soy una delicia.

Él se echó a reír, y ella puso los ojos en blanco.

–Está bien, está bien. Soy una pesada, o lo que quieras. Pero encuentra mi pingüino.

–Entonces, dices que nadie estaba enfadado con él, ni contigo.

–Sí, exacto.

–Pues enfoquémoslo desde otro punto de vista: avaricia, en vez de venganza.

–De acuerdo –dijo ella, lentamente. Dubitativamente. Y Joe lo entendió. La mayoría de la gente no pensaba mucho en los motivos que podían conducir a un crimen.

Pero él no era como la mayoría de la gente.

—Es alguien que os conocía a los dos —le dijo—. O alguien que se enteró de algo por medio de alguien que sí os conocía. De lo contrario, nadie habría sabido que existía esta pieza de madera.

—Mi abuelo era un hombre sencillo —dijo ella—. Y callado. No salía, y no tenía amigos. Le gustaba quedarse en casa y estar conmigo.

Joe se alegró al pensar que Kylie había tenido a aquel hombre en su vida cuando no podía contar con sus padres, pero pensó en lo sola y protegida que debía de haber vivido.

—¿Y sus empleados?

—No tenía.

—¿No tenía a nadie? ¿Ni un aprendiz, ni un ayudante?

—Yo contestaba al teléfono y llevaba las agendas y la contabilidad, aunque sí tuvo algún aprendiz de vez en cuando. No había pensado en ellos.

—¿Y podrías hacerme una lista de esas personas?

—Creo que sí. Pero…

Él le hizo un gesto para que se sentara y le dio papel y bolígrafo.

—De acuerdo —dijo Kylie, y se concentró sobre el papel. Al bajar la cabeza, su pelo castaño claro, largo, ondulado, se le cayó por la cara. Con un ruidito de fastidio, se lo apartó y se hizo una coleta con una goma que llevaba alrededor de la muñeca. Estuvo escribiendo en silencio durante unos minutos y, al final, le devolvió la libreta.

—Estos son los aprendices que tuvo mientras yo estuve con él. Son nueve. Te he puesto los nombres y de dónde eran. Uno era mayor que mi abuelo y no es un sospechoso viable. Otro murió. Otros dos viven fuera del país. Y de los que quedan, no creo que ninguno haya hecho esto. Todos querían a mi abuelo tanto como yo.

Aquello era algo subjetivo y, tal y como hacía siempre en su trabajo, él ignoró la subjetividad y la emoción.

—¿Hay algo más que deba saber? —preguntó.

Ella se mordió el labio y, después de una pausa, negó con la cabeza.

Joe tuvo que contener un suspiro. Kylie mentía muy mal.

—Necesito que me lo cuentes, Kylie.

Ella respondió sin mirarlo a los ojos.

—No hay nada más que necesites saber.

Claro, claro. Él no la creyó, pero sabía que no debía presionarla más, o se cerraría en banda. Se puso a leer la lista y se quedó sorprendido.

—Este es el nombre de tu jefe.

—¿Gib? Sí —dijo ella—. Pero lo he marcado para indicarte que no es una posibilidad.

—Los has marcado a todos —dijo él, con ironía—. De todos modos, empecemos por Gib. ¿Por qué no lo consideras sospechoso?

—Porque nos criamos juntos —dijo ella—. Mi abuelo le enseñó todo lo que sabe. Él consideraba a Gib de la familia, incluso le dio un lugar para vivir cuando lo necesitaba.

—Entonces, él debe de saber lo importante que es el pingüino para ti, ¿no? Y lo que vale.

—No es Gib —dijo ella, con terquedad—. Ha sido muy bueno conmigo, muy bueno.

—¿Hasta qué punto ha sido bueno?

—¿A qué te refieres? —preguntó ella, desconfiadamente.

Joe tenía un instinto muy fino a la hora de estudiar

a la gente. Había estado varias veces en Maderas recuperadas, y nunca había percibido tensión sexual entre Gib y Kylie, pero tenía que preguntarlo de todos modos.

—¿Hay algo entre Gib y tú, Kylie?

—¿Tú crees que esta pregunta es necesaria?

Era necesaria para calmar sus celos, pensó Joe.

—Sí; podría ser el móvil —dijo él, para justificarse.

—No —respondió ella—. Nunca ha habido nada entre Gib y yo.

Ella respondió con sinceridad, pero titubeó lo justo para que él se diera cuenta de que había algo más.

—¿Y en el futuro? ¿Habrá algo?

Ella se cruzó de brazos.

—No sé que tiene que ver eso con el caso.

Mierda. A ella le gustaba Gib. Joe la observó atentamente durante un instante.

—Te lo voy a preguntar otra vez. ¿Gib y tú vais a...?

—Eso no es asunto tuyo. Déjalo, por favor.

Eso sería lo más inteligente, cierto.

—De acuerdo. Pero él se queda en la lista.

—Como quieras. Y ahora, ¿qué?

—Tú te vas a tu trabajo y yo, también. Tengo que ir a una sesión de vigilancia.

Para ahorrar tiempo, empezó a recoger todo lo necesario y abrió el armario de las armas para empezar a abrocharse al cuerpo las que necesitaba. La Glock, en la cadera derecha. El cuchillo, prendido en el interior de un bolsillo. El teléfono móvil, en el bolsillo delantero. La Sig, atada a la pierna. Se puso una gorra de los Giants con la visera hacia atrás y un chaleco antibalas. Al alzar la vista, se dio cuenta de que a Kylie se le habían oscurecido los ojos mientras lo miraba, y sonrió para sí mismo.

—Te aviso en cuanto haya investigado la lista. Voy a empezar esta misma noche, después del trabajo.
—¿Cómo? No, no. Yo quiero participar. Somos socios en esto.
—Yo trabajo en solitario, Kylie.
—Esta vez, no.
—Escucha...
—¿Quieres el espejo de Molly, o no? —le preguntó ella.
—Sabes que sí —respondió él, con tirantez.
—Entonces, nos vemos después. Socio.
Mierda. Estaba completamente perdido.

Capítulo 5

#FrancamenteQueridaMeImportaUnBledo

Después de su reunión con Joe, Kylie se fue al trabajo. Pero, por primera vez, no pudo concentrarse. No podía dejar de pensar en el pingüino. Ni, tampoco, en la forma en que Joe se había abrochado las armas al cuerpo, porque, demonios... Ella había estado enamorada de Gib durante años porque era guapo, sólido y... seguro.

Pero Joe... Joe no tenía nada de seguro y, sin embargo, la atracción que sentía por él dejaba bien claro que a ella no le importaba. Nunca se había arriesgado demasiado en la vida, y eso tenía que cambiar y, si para conseguir cambiarlo tenía que volver a besar los increíbles y sexis labios de Joe, estaba dispuesta a hacerlo. Su boca. Su cuerpo. Y, pensando en cosas tan estúpidas, hizo un corte excesivo en el tablero de la mesa en la que llevaba trabajando desde hacía semanas. Al tratar de corregir el error, se clavó una astilla en la palma de la mano derecha.

—¡Mierda!

Apagó la máquina y se miró la palma. Después, miró la pieza de madera, que había quedado inservible.

No era nada bueno. Le dolía la mano. Llamó al proveedor de madera para hacer un pedido y recibió malas noticias: la primera, que la madera de caoba que necesitaba iba a costarle cien dólares más y que no llegaría hasta después de dos semanas.

Se trataba de un error de principiante que podía costarle un cliente.

Trató de sacarse la astilla con la mano izquierda, pero solo consiguió empeorar las cosas. Al final, con la palma ensangrentada y llena de frustración, subió a la consulta de Haley.

–Ayuda –dijo, y le mostró la mano.

–Oh, Dios mío, ¿qué has hecho? –le preguntó su amiga–. ¿Te has apuñalado a ti misma con una navaja?

–Solo quería sacarme una astilla.

–¿Con una navaja?

–Eh, me clavo un montón de astillas –replicó Kylie, para defenderse–. Y en el taller tenemos un dicho: «Márcalas y sácatelas en tu tiempo libre. Después del trabajo». Así que tenía prisa.

–Sois un hatajo de bárbaros –dijo Haley, mientras la llevaba a la sala de curas. Le aplicó antiséptico en la palma de la mano y se la colocó bajo una lámpara. Después, empezó a trabajar con unas pinzas.

–¡Ay! –exclamó Kylie.

Haley soltó un resoplido, pero no dejó de trabajar.

–¿No te importa apuñalarte a ti misma en repetidas ocasiones, pero te estás encogiendo por mis pinzas?

Kylie suspiró.

–Es distinto cuando es otra persona la que te hurga en la carne. ¡Ay!

–Ya está –dijo Haley. Alzó las pinzas y mostró una astilla de dos centímetros y medio.

–Vaya.

—Sí, de nada —le dijo Haley—. Me debes una bolsa de magdalenas de Tina.

—Pensaba que estabas haciendo una dieta estricta, o alguna bobada por el estilo. Algo del biquini, el verano y...

Haley suspiró.

—No entiendo cómo he pasado de tener dieciséis años y comer pasta todos los días, y tener una talla treinta y cuatro, a tener veintiséis años, comer kale y pensar en si me pongo una camiseta para ir a la piscina.

—Pues a mí me parece que estás genial —le dijo Kylie, con sinceridad.

Haley le dio un abrazo.

—Gracias. Y ya estoy harta. Quiero de verdad... No, necesito magdalenas.

Después de que Kylie estuviera vendada y le hubiera pagado la cuenta con las magdalenas, volvió a Maderas recuperadas atravesando el patio. En aquel momento, tuvo una llamada de su madre. Hablaban cada pocas semanas, cuando había pasado el tiempo suficiente para dejar que el cariño aflorara.

—Hola, nena, ¡gracias por el vale regalo de Victoria's Secret y Charlotte Russe! —exclamó su madre, alegremente—. Ropa interior nueva y vestidos para salir, ¡allá voy! ¿Cómo lo sabías?

Kylie se echó a reír.

—Porque es lo mismo que quieres todos los años.

—Bueno, pues ha sido un detalle precioso. Gracias. ¿Cómo te va el trabajo? ¿Ya estás con tu guapísimo jefe?

—Mamá —dijo Kylie, pellizcándose el puente de la nariz—. No.

—Bien. Es un chico decente, pero no es tu media naranja. Sé que no quieres que yo te diga esto, pero tú necesitas a alguien que te saque de la cáscara.

Kylie se estremeció.

—Yo no estoy en una cáscara.

—Estás tan metida en tu cáscara, que ni siquiera ves lo que hay fuera.

Kylie puso los ojos en blanco. Aquel era un tema recurrente entre ellas. Su madre pensaba que Kylie no se divertía lo suficiente en la vida, y Kylie pensaba que a su madre le vendría bien prestarle un poco más de atención a la vida y no divertirse tanto.

—Bueno, tengo que volver al trabajo.

—¿Lo ves? Todo es trabajo para ti. Sal conmigo alguna vez. Nos tomaremos una copa y podrás relajarte un poco y conocer a alguien que te dé una alegría.

—Mamá, la solución de mis problemas no es un hombre.

—Claro que no, boba, pero seguro que te ayudará a olvidarlos. Piénsatelo. Llámame de vez en cuando.

Kylie suspiró, guardó el teléfono y entró en la tienda. El problema era que no tenía la madera necesaria para seguir con la mesa, que le dolía muchísimo la mano y que no podía dejar de pensar en que, aunque Joe había aceptado que fueran socios en la investigación del robo de su pingüino, tenía pensado revisar toda la lista.

Sin ella.

Sabía que aquella era la mentalidad de un lobo solitario, pero se sentía como si él le hubiera dicho que no la necesitaba para nada. Ella lo había contratado y él había aceptado el caso y, sin embargo, era como otro rechazo.

Sin embargo, no se iba a dejar apartar del caso con tanta facilidad. Se había puesto en contacto con Molly con varios mensajes de texto. En Investigaciones Hunt no ocurría nada de lo que Molly no se enterara y, según ella, los chicos estaban hasta arriba de trabajo en aquel momento y, para rematar la situación, habían recibido el encargo de capturar a un preso que había violado la libertad condicional, y necesitaban resolverlo aquel mismo día, porque el tribunal había impuesto un plazo.

Eso quería decir que Joe no iba a empezar a investigar sobre su lista hasta que volviera. Las horas pasaron lentamente hasta que, aquella tarde, Molly le envió un mensaje para decirle que el equipo había llegado a la oficina.

Joe le había preguntado si había algo que él tuviera que saber.

Pues sí, pero ella no tenía intención de contárselo. Ni a él, ni a nadie. Se levantó y empezó a limpiar el taller. Vinnie intentó ayudarla recogiendo todas las virutas que había por el suelo y repartiéndolas por debajo de sus pies. Ella no dejaba de tropezarse con él, así que, para distraerlo, le lanzó lejos uno de sus juguetes.

—¡Tráelo! —le dijo.

Él soltó un ladrido de pura felicidad, salió corriendo detrás del juguete y se lo llevó a su cesta. Ella suspiró y siguió barriendo. Cuando terminó y recogió a Vinnie para marcharse, Gib asomó la cabeza y sonrió.

—¡Eh! —le dijo—. ¿Todo bien?

—Claro —respondió ella—. Aunque es el momento perfecto para que alguien me diga que soy la princesa de Genovia.

—¿Quién?

—No importa. ¿Qué querías?

—He pensado que a lo mejor podríamos ir a cenar.

Kylie se quedó helada. ¿Le estaba pidiendo que salieran juntos? No estaba segura.

—¿A cenar porque los dos hemos estado trabajando hasta tarde y tienes hambre y yo voy a pedir comida para llevar?

—No —respondió él—. A cenar porque quiero llevarte a un restaurante —dijo, y sonrió—. Yo creo que ya es hora, ¿no?

Kylie esperó una explosión de entusiasmo, pero... no ocurrió. No sabía cuándo, pero aquel enamoramiento que siempre había sentido por él estaba empezando a desaparecer.

—Lo siento, pero esta noche no puedo. Tengo planes.
—¿Con Joe?
—Sí, pero no es lo que piensas —dijo ella.

En vez de tomar el transportín, Kylie metió a Vinnie en el bolsillo grande de su sudadera con capucha, que era el sitio preferido de Vinnie, y se levantó para marcharse. Sin embargo, Gib la tomó de la mano.

—Siento mucho lo que ocurrió ayer en la fiesta —le dijo—. De verdad, no sabía que Rena iba a estar allí.
—No importa, de verdad.
—Sí, a mí sí me importa —dijo él. Tiró de ella suavemente para acercarla a sí y la miró a los ojos—. He cometido algunos errores contigo, Ky, y quiero enmendarlos.
—¿Qué clase de errores? —preguntó ella, con curiosidad.
—Para empezar, dejar que te marcharas anoche.
—¿Por qué?

Él se quedó confundido al oír su pregunta.

—¿Que por qué?
—Sí. ¿Por qué querías que me quedara, si no nos hemos visto casi nunca fuera del trabajo?
—Porque me he dado cuenta de una cosa —dijo él, y, sin dejar de mirarla a los ojos, se inclinó hacia ella y le rozó la boca con los labios. Unos labios cálidos y preciosos. Aunque Kylie se quedó paralizada al notar el contacto, su cerebro, no.

¡Gib la estaba besando!

Todavía estaba anonadada cuando él se retiró y le sonrió.

—Piénsalo —le dijo.

Y, cuando él se alejó, se quedó mirándolo fijamente.

Gib le había hecho una proposición real.

Y ella debería estar haciendo cabriolas. ¿Por qué no estaba dando saltos de alegría? Cerró la tienda y se marchó. Se sentía más desconcertada que nunca. Pensó en sentarse en uno de los bancos que había junto a la fuente del patio, para poder ver el segundo piso y la entrada de Investigaciones Hunt. Así, podría esperar a que Joe saliera de la oficina y abordarlo. Sin embargo, cuando llevaba cinco minutos esperando, recibió un mensaje de Molly:

Se va a retrasar treinta minutos porque tiene una reunión con Archer.

Vaya. Kylie se dirigió al pub para tomar algo. Se acercó a la barra y se sentó al lado de Sadie.

Sadie sonrió distraídamente, pero no dijo nada.

—¿Estás bien? —le preguntó Kylie.

—Buena pregunta —comentó Sean, desde el otro lado de la barra—. Acabo de hacérsela yo también.

—¿Y? —preguntó Kylie.

Sean miró a Sadie.

—Me ha dicho que no malinterprete su silencio, que no lo tome como una muestra de debilidad, porque nadie planea un asesinato en voz alta.

Kylie se echó a reír.

Sadie, no.

—Bueno, está bien. ¿A quién estás pensando en asesinar? —le preguntó Kylie cuando Sean se alejó.

—Todavía no lo tengo claro —dijo Sadie, y le acarició la cabecita a Vinnie, que se había asomado por el bolsillo del jersey de Kylie–. Voy a decidirlo ahora, mientras como.

–¿Qué estás tomando?

–Una macedonia.

–Vaya, pues a mí me parece una sangría.

–Ah, sí –dijo Sadie, y le dio un sorbito a su macedonia.

Kylie se echó a reír.

–Bueno, entonces, tú también has tenido un mal día –dijo con un suspiro–. Nunca me pareció que ser adulto fuera tan difícil, cuando estaba al otro lado.

–No es culpa nuestra –dijo Sadie–. Es culpa del Monopoly, y de todas las falsas esperanzas que crea. ¿Por qué no puedo comprarme una casa? ¿Dónde está la carta que te libra de la cárcel? ¿Dónde está mi bono de doscientos dólares? –preguntó, mientras le daba un trocito de *pretzel* a Vinnie.

A Vinnie le encantaban los *pretzels*. En realidad, le encantaba toda la comida, salvo los pepinillos. Eso era algo que Kylie había descubierto por casualidad, el otro día, cuando Vinnie se había zampado su sándwich de la comida; todo, salvo los pepinillos, que había dejado esparcidos cuidadosamente por el suelo para que ella pudiera pisotearlos sin darse cuenta al pasar.

Entró un hombre al pub. Iba hablando por el teléfono móvil. Era un tipo alto, delgado y fuerte, y llevaba un traje estupendo. Kylie sabía cómo se llamaba: Caleb. Era el socio de Spence y, a veces, también trabajaba en Investigaciones Hunt. Siempre estaba muy serio, pero, aparte de eso, era guapísimo.

–Relájate, Susan –dijo él, al teléfono, mientras se acercaba a la barra–. No voy a llegar tarde. Estoy en el coche en este momento, de camino.

—¡No es verdad, Susan! —gritó Sadie—. ¡Está en un bar!

Caleb la fulminó con la mirada.

—Disculpa, trajecitos —le dijo ella, sin atisbo de arrepentimiento, y le dio otro sorbo a su macedonia—. Nadie le miente a Susan delante de mí.

Caleb entrecerró los ojos. Sadie sonrió sin mostrar los dientes. Él la señaló con un dedo y, después, se alejó de ellas.

—¿Trajecitos? —le preguntó Kylie a Sadie.

Sadie se encogió de hombros.

—Lleva más dinero en ropa de lo que yo he ganado en todo el año. Es muy molesto.

—Aquí pasa algo —dijo Kylie—. Cuéntamelo.

—Es demasiado estirado —repitió Sadie—. Además, a mí me gusta estar soltera. Me he hecho egoísta con mi tiempo y mi espacio personal. Puedo dejar abierto el tubo de la pasta de dientes y dormir como si fuera una estrella de mar.

Todo eso era cierto.

Cuando, por fin, Molly le envió un mensaje para avisarla de que Joe estaba a punto de marcharse de la oficina, Kylie salió del pub y se dirigió al aparcamiento. Joe había dejado allí su furgoneta, y ella estaba apoyada en el vehículo cuando él apareció, cinco minutos después. Iba vestido de trabajo, con unos pantalones oscuros de loneta y una camiseta de manga larga, y Dios sabía con cuántas armas que ella no podía ver. Llevaba una bolsa grande colgada del hombro, e iba hablando por teléfono.

A pesar de que tenía puestas las gafas de sol, ella sabía que la estaba mirando. Terminó de hablar por el teléfono móvil, colgó y se lo guardó en uno de los bolsillos del pantalón.

—¿Qué te ha pasado en la mano? —le preguntó.
Ella se miró la venda.
—Una astilla.
—¿Te la has sacado?
—Me la ha sacado Haley.
—¿Y te la has limpiado bien?
—Haley.
Él asintió y la miró.
—Bueno...
—Bueno... —repitió Kylie, y se mordió el labio.
Él enarcó una ceja.
—¿Qué estás haciendo aquí, Kylie?
—Esperar a que me lleven.

Aunque él no había sonreído al saludarla a ella, sí sonrió al acariciar con afecto a Vinnie, que había asomado la cabecita otra vez.

—¿Y adónde quieres que te lleven? —le preguntó.
—Adonde tú vayas. Supongo que irás a ver a alguien de la lista, ¿no?

Él no suspiró. No delataba sus emociones con tanta facilidad. No obstante, ella notó su exasperación cuando él le hizo la última caricia a Vinnie y abrió su coche con el mando a distancia. Kylie se sentó en el asiento del pasajero antes de que él pudiera echarla.

Joe se puso al volante con una expresión de tirantez. No estaba contento. A ella no se le escapó la ironía de la situación. Después de una eternidad, la habían besado dos hombres aquella semana: uno que quería estar con ella, y otro que no.

Y allí estaba, sentada con el hombre que no quería. Claramente, ella necesitaba ayuda. Mientras se abrochaba el cinturón de seguridad, pensó que se sentía doblemente agradecida por el hecho de que Joe no la hubiera llamado después del beso, porque, ¿en serio? ¿Se había emborrachado un poco y había besado a un tipo? ¿A aquel tipo? ¿Al tipo que no le convenía? ¿Quién era, su propia madre?

Besar al tipo que menos le convenía era lo que hacía su madre, como tomar decisiones equivocadas constantemente en lo relacionado con el sexo masculino. En lo relacionado con la vida, a decir verdad. Ella no quería ser esa persona ni cometer ese tipo de errores. Y Joe, por muy sexy que fuera, representaba los errores que ella siempre había visto durante su infancia, era como el tipo de hombres a los que su madre llevaba a casa. Era el tipo con el que todo acababa de forma rápida y decepcionante y que, después, desaparecía para siempre.

Sin embargo, a pesar de toda su determinación por no convertirse en su madre, por vivir la vida de una forma más seria, tenía que reconocer la vergonzosa realidad: durante los cinco minutos que había estado entre los brazos de Joe, se había sentido transportada. Paralizada.

E increíblemente excitada.

Y no había sentido nada de eso con Gib, un poco antes.

Se apartó todo aquello de la cabeza y preguntó:

—Entonces, ¿dónde vamos?

—Al Embarcadero —dijo Joe—. Rowena Butterfield fue la última aprendiz de tu abuelo.

—Ro —dijo Kylie, con una sonrisa.

Rowena era como una hippie de los años sesenta. Tenía cuarenta años, pero parecía atemporal, y era poseedora de un gran talento. Su abuelo y ella la habían querido mucho.

—Es estupenda. Ella no tiene nada que ver con esto, Joe.

—La despidieron de su último trabajo por una conducta reprobable y ahora está vendiendo sus piezas en un puesto pequeño, cerca del Pier 39.

—No —dijo Kylie—. No es posible.

—Sí, sí es posible.

Ella lo miró.

—Explícame qué es «conducta reprobable».

—Robó una botella de vino de cien años en una tienda y, cuando la interrogaron, golpeó al dueño con la botella en la cabeza.

—No. Eso no puede ser verdad.

Joe no respondió. Atravesó la ciudad hasta que llegaron a Embarcadero, donde aparcó. Ella iba a salir del coche, pero él la señaló:

—No.

Kylie enarcó una ceja.

—¿Qué?

—Que tú te quedas aquí con Vinnie. Me muero de hambre, así que, si compro algo de comida, ¿qué quieres tú?

—No. No pienso quedarme en el coche.

Él se puso las gafas de sol en la cabeza y la miró fijamente.

—Sí, sí te vas a quedar en el coche.

Ella se cruzó de brazos.

—Eso solo ocurrirá si me pones unas esposas. ¿Acaso vas a esposarme, Joe?

Él sonrió ligeramente, y le ardieron los ojos.

—Solo si me lo pides con mucha amabilidad.

A ella le temblaron todas las zonas erógenas.

—Supongo que sabes que estamos en el siglo XXI, y que ya no puedes decirles a las mujeres que no o que sí, ¿verdad? —le preguntó.

—Kylie, esta mujer te reconocería.

—Sí, claro —reconoció ella.

—Pues, entonces, tienes que quedarte aquí. Y tú, también —le dijo a Vinnie, que le lamió el dedo.

—Espera. Yo...

—Te conoce, Kylie. Y, seguramente, le caes bien. No va a admitir nunca que te ha robado el pingüino si estás delante mientras la interrogo.

De acuerdo. Seguramente, Joe tenía razón.

Él la observó durante un momento y, cuando creyó que ella iba a quedarse allí y se sintió satisfecho, asintió.

—Ahora vuelvo.

Kylie esperó tres minutos y salió del coche, después de ponerse una sudadera negra muy grande con capucha que había en el asiento trasero y unas gafas de sol que había en la guantera del coche.

—Ya está —le dijo a Vinnie—. Incógnito. ¿Qué te parece?

Vinnie ladeó la cabeza hacia un lado y otro. Le temblaban las orejas de la emoción, porque presentía la aventura, y a él le encantaban las aventuras. Ella le puso la correa y se dirigió al Pier 39, buscando a Joe con los ojos bien abiertos.

Delante del muelle había una zona con puestos de venta, y estaba llena de gente, la mayoría, turistas. Eso le proporcionaba una buena tapadera.

Vinnie y ella se detuvieron delante del primer puesto, en el que se vendían trajes para perros. ¡Perfecto! Tomó a Vinnie en brazos y le mostró un traje de león, con melena incluida.

—¿Qué te parece?

Vinnie lo lamió.

Había dado su aprobación, así que Kylie se lo compró y se lo puso.

—Ahora tú también vas de incógnito —le dijo.

Veía la fila de puestos que recorría todo el muelle. Varios más allá estaba el de Rowena, que parecía que estaba vendiendo cajas de madera tallada de todos los tamaños.

Kylie no vio a Joe. Um... Estaba allí parada, indecisa, cuando alguien la tomó de la nuca y se la apretó con suavidad.

Capítulo 6

#LoQuePasaAquíEsQueFallaLaComunicación

Kylie estuvo a punto de dar un salto. Entonces, una voz masculina y muy familiar le dijo al oído:

—Sabía que no ibas a ser capaz de quedarte en el coche.

—Joe —jadeó ella, tambaleándose un poco—. Me has asustado. No te había visto.

—No fastidies. Pero todos los demás sí te hemos visto a ti, y a tu pequeño león.

Kylie miró a Vinnie, que se había quedado dormido a sus pies y estaba roncando a volumen máximo. Lo tomó en brazos. El perro se acurrucó contra su hombro y siguió durmiendo.

Y roncando.

—Un fiero perro de guarda —le dijo Joe, al tiempo que la guiaba para alejarla de los puestos hacia el aparcamiento—. ¿Te has puesto mi sudadera?

—Sí, y tus gafas. Es mi disfraz.

Él movió la boca. Ella se dio cuenta de que, con total seguridad, se estaba riendo por dentro.

—¿Qué has averiguado? —le preguntó.

—Aquí, no.

Cuando volvieron al coche, él recibió una llamada por Bluetooth.

—A las cuatro de la madrugada, mañana —le dijo Archer—. Armado.

—Recibido —dijo Joe, y colgó apretando un botón que tenía en el volante.

Kylie se quedó mirándolo con fijeza.

Joe siguió mirando la carretera.

—¿A qué se refería? —le preguntó ella.

—Al trabajo de mañana.

—¿A las cuatro de la mañana, armado? ¿Qué clase de trabajo es ese?

—La clase de trabajo del que no puedo hablar.

Ella suspiró e intentó apartarse el tema de la cabeza, pero sentía demasiada curiosidad.

—¿Es un trabajo peligroso?

Él la miró de reojo, con cara de diversión.

Claro. Todos sus trabajos eran potencialmente peligrosos. Hacía poco tiempo, Archer había recibido un disparo. Y Joe también había recibido un golpe en la nuca en un incidente terrible. Kylie estaba pensando en lo diferentes que eran sus vidas, cuando él tuvo otra llamada.

En aquella ocasión, era Molly.

—Necesito ayuda con papá —le dijo.

Extrañamente, al oír aquello, Joe se puso más tenso que con la llamada anterior. Paró el coche y desconectó el Bluetooth.

—¿Qué ocurre? —preguntó. Escuchó un instante y, después, se pellizcó el puente de la nariz—. Sí. Está bien. Yo me encargo.

Después, colgó y escribió un mensaje. Lo envió, esperó un minuto, recibió una respuesta, la leyó y volvió a enviar un mensaje, más corto en aquella ocasión. Después, arrancó de nuevo el coche.

Todo ello, sin decir ni una palabra.

Kylie no pudo contenerse.

—¿Va todo bien?

—Sí.

—Esta conversación sería más satisfactoria si utilizaras más de una palabra a la vez —le dijo ella.

Él exhaló un suspiro.

—Mi padre tiene algunos problemas que hay que resolver —dijo, por fin.

A ella se le encogió el corazón.

—¿Necesitas que te ayude?

Él la miró de reojo.

—Eh —dijo Kylie—. Se me da bien ayudar.

Entonces, Joe sonrió apagadamente.

—Gracias, pero esto solo puedo hacerlo yo. Mi padre tiene muchas facturas médicas —dijo—. Yo intento pagarlas todas, pero, algunas veces, él esconde el correo.

—¿Y por qué hace eso?

—Dios sabe —dijo él, con una carcajada que no tenía nada de alegre—. Pero parece que le han llamado de una agencia de cobros y que él los ha amenazado con mucha imaginación. Han llamado a la policía.

Kylie no supo qué decir.

—¿Lo han detenido?

—No. Tengo amigos en la policía. Me he ocupado de ello.

Joe se mantuvo en silencio durante el resto del camino. Debía de haber gastado todas las palabras. Y ella se pasó todo el tiempo preguntándose qué clase de tipo se ocupaba de su hermana y de su padre con tanta dedicación.

Un buen tipo, pensó, y suspiró. Demonios.

Joe paró delante de su edificio, y ella lo miró con sorpresa.

—¿Cómo sabes dónde vivo?

—Sé muchas cosas de ti —dijo él, y bajó del coche para abrirles la puerta a Vinnie y a ella.

—¿Por ejemplo?

—Por ejemplo, que alguien más, alguien que no debería, también sabe dónde vives.

La acompañó hasta la puerta del portal.

—¿Las llaves? —le preguntó.

—Espera —dijo Kylie.

Se puso a rebuscar por su bolso, pero no las encontró. Vinnie había vomitado por la alfombra todas las hojas de pino que se había comido la noche anterior en el parque. Ella había pisado descalza el vómito, y eso había marcado la tónica para el resto del día.

—Creo que se me deben de haber olvidado esta mañana —dijo—. Llegaba tarde, y casi pierdo el autobús. Mierda.

Joe no dijo nada. Se sacó algo del bolsillo y, cinco segundos más tarde, la puerta estaba abierta. La empujó suavemente hacia el interior y se inclinó para recoger un sobre que había en el suelo y que tenía escrito KYLIE en la parte delantera.

Al igual que el sobre anterior, no tenía sellos ni estaba matasellado.

—Otro —susurró ella.

Dejó a Vinnie en el suelo y tomó el sobre de manos de Joe. Lo estaba mirando como si fuera una serpiente de cascabel, cuando se dio cuenta de que Joe estaba recorriendo rápida y eficientemente su apartamento. Cuando él volvió a su lado, señaló el sobre con un gesto de la cabeza.

—Estamos solos. Ábrelo.

—Puede que no sea nada.

—Razón de más para abrirlo.

Claro, claro. Pero ella no quería abrirlo, porque sabía, igual que Joe, que sí era algo.

Vinnie se fue corriendo hacia la cocina, se detuvo a poca distancia de la puerta, palpó el aire con la pata y, cuando se cercioró de que no iba a chocar con una puerta de cristal, siguió andando alegremente hacia su bebedero.

—¿Por qué ha hecho eso? —le preguntó Joe a Kylie.

—Tiene problemas de confianza.

Joe se echó a reír.

—Bueno, por lo menos sabemos de dónde ha sacado eso.

—Eh —dijo ella.

Sin embargo, era cierto. Así pues, no protestó más. Respiró profundamente y abrió el sobre.

En aquella ocasión, había dos fotografías. La primera era de su adorado pingüino, que aparecía sentado en una celda.

—Eso es... ¿Alcatraz? —preguntó ella, con horror.

Joe asintió, con una expresión muy seria.

Kylie sacó la segunda Polaroid y se quedó desconcertada. Había una pequeña consola de madera y un banco a juego. Se quedó mirando las dos cosas hasta que Joe le dio la vuelta a la fotografía. Había una nota manuscrita en el reverso.

Acredita que la mesa y el banco son obra original de Michael Masters para la subasta que figura abajo y podrás recuperar tu talla de madera. Para hacerlo, tienes que pedir cita en la casa de subastas donde están la consola y el banco. Tienes que identificarte, autentificar las piezas y dar tu visto bueno. Cuando lo hayas hecho, ellos se pondrán en contacto conmigo.

—No lo entiendo —dijo Kylie—. Esta consola sí parece de mi abuelo, pero yo conozco todas las piezas que vendió. Esta nunca llegó al mercado. Aunque tampoco puede ser algo que tuviera almacenado sin vender, porque todo se quemó.
—¿Y el banco?
Kylie tomó una fotografía de la fotografía con el móvil y, después, la agrandó con el pulgar y el índice para poder mirar los detalles. Agitó la cabeza.
—No, no creo que sea suyo. No es tan bueno como la consola.
—¿Y puedes distinguirlo solo con una foto?
—Sí. Pero no sé si otra persona podría. El banco no es suyo, Joe.
—En realidad —dijo él, lentamente—, creo que ese es precisamente el objetivo.
—¿Qué quieres decir?
—Que, siendo la nieta de Michael Masters, alguien que está en su campo también, eres una de las pocas personas que podría dar fe de su trabajo. Y, si lo haces, esta persona gana dinero.
—Pero ¿cómo es que tiene una pieza de mi abuelo?
—Eso es lo que tenemos que averiguar —dijo Joe—. Pero sí sé por qué te pide que acredites el banco. Si le das el visto bueno junto a la consola, ganará mucho más dinero, al poder vender algo que ha hecho él o ella. Podría ser el comienzo de un fraude muy lucrativo.
Ella lo miró con ira y con espanto.
—No es Rowena. Ella nunca haría algo así.
—Estoy de acuerdo. Ya la he descartado.

—¿Cómo?

—En el muelle, me purificó el aura y me dijo que el dinero es el origen de todos los males y que, si tengo fe, el universo llenará mi vida de amor.

Ella tuvo que sonreír.

—Vaya. ¿Y tú crees que el universo va a llenar tu vida de amor?

—Ya veremos —dijo él—. Pero le pedí su autógrafo —añadió. Se sacó un papel de uno de los múltiples bolsillos del pantalón y lo puso junto al reverso de la foto—. Su letra no concuerda con esta ni con la de los sobres.

Kylie sacó su teléfono y buscó en Google la información de la subasta.

—Va a celebrarse dentro de dos semanas —dijo—. Y eso significa que...

Él la miró a los ojos.

—Que tenemos menos de dos semanas para encontrar a este imbécil para que no tengas que hacer algo que no quieres hacer.

—Pero así no voy a recuperar mi pingüino.

—Yo voy a recuperar a tu pingüino —dijo él, con tanta seguridad, que ella quiso creerlo.

—¿Y si llamamos a la casa de subastas para averiguar quién es el vendedor o intentar ver las piezas?

—Podemos intentarlo —dijo Joe—, pero no creo que te den la información sobre el vendedor. Las casas de subastas protegen a sus vendedores y compradores con mucho celo. Si uno de ellos quiere permanecer en el anonimato, nunca se encontrarán.

—Pero... no lo entiendo. Tiene que haber una forma más fácil de ganar dinero.

—No, si este tipo acaba de empezar. Desde la muerte de tu abuelo, su obra no ha hecho más que aumentar de valor, y así seguirá. Así que, sea quien sea, seguro que está haciendo o encargando otras piezas. Seguramente, el banco solo es el principio. Cuando lo autentifiques, todo lo demás que haga podrá pasar por obra de tu abuelo, sin ti –le explicó Joe. Después, se giró y se dirigió hacia la puerta–. Cierra con llave cuando yo haya salido.

–Espera, ¿adónde vas?

–Hay otros nueve aprendices.

–No, no hay nueve. Ya te he dicho que uno es muy viejo, otro murió, dos están fuera del país y Gib no es sospechoso. Y, una vez descartada Rowena, solo quedan tres.

Él negó con la cabeza.

–Yo no he descartado a ninguno, ni siquiera a Gib.

–¡No es Gib! Mira, vas a tener que confiar en mí. Él no es un ladrón.

–Ya te lo he preguntado, pero ¿hay algo entre vosotros?

Ella hizo un gesto de exasperación con ambas manos.

–¿Por qué no dejáis de preguntarme eso uno con respecto al otro?

Él entrecerró los ojos.

–Creía que no había nada.

–Y ayer mismo, yo podría haber superado la prueba del detector de mentiras –dijo ella.

–¿Qué ha ocurrido hoy?

Ella se quedó callada. No tenía nada de lo que avergonzarse, pero tampoco estaba segura de qué había ocurrido.

–Kylie.

Ella suspiró.

–No es nada.

–Inténtalo de nuevo, vamos.

Ella puso los ojos en blanco.

—De acuerdo. Él... me ha tirado los tejos, por fin.

Joe no se movió. No movió un pelo, ni un músculo, nada. Sin embargo, irradiaba electricidad.

—Explícame cómo te ha tirado los tejos —le dijo.

Ella se cruzó de brazos.

—Pero ¿tiene alguna relevancia en mi caso?

Él la miró de nuevo con fijeza y, sin poder evitarlo, ella abrió la boca y confesó.

—Me dio un beso.

—Te dio un beso.

—Sí. ¿Por qué repites lo que digo?

—¿Qué clase de beso?

—No lo sé. Un beso normal. Agradable. ¿Cuántos tipos de besos hay?

Él siguió mirándola un instante, hasta que dio un paso hacia ella. La acorraló contra la pared y le tomó la cabeza con ambas manos.

—Hay muchos tipos de besos —dijo.

A ella se le había cortado la respiración.

—¿Co-como por ejemplo?

—Como este.

Entonces, Joe se inclinó y cubrió su boca con los labios.

Capítulo 7

#HogarDulceHogar

Al notar el contacto de los labios de Joe, a Kylie dejó de funcionarle el cerebro. Él le acarició la lengua con la suya, y a ella se le escapó un gemido terriblemente gutural mientras se aferraba a él, mientras tomaba puñados de su camisa sobre su pecho.

Cuando Joe terminó de invadir y saquear su boca, alzó la cara y la miró a los ojos.

—Vaya —susurró Kylie, con las piernas temblorosas—. Es decir... —murmuró, y agitó la cabeza—. Vaya.

Él asintió.

—Sí. Así que, para tu información, esto no ha sido un beso normal, ni un beso agradable, sino un beso «vaya». ¿Alguna pregunta?

—Solo una —dijo Kylie—. ¿Puedes darme otro?

No tuvo que pedírselo dos veces. Joe la besó al instante, deslizándole los dedos entre el pelo para poder inclinarle la cabeza adecuadamente. Era un gesto de control, pero a ella solo se le ocurría pensar que Joe, normalmente tan cuidadoso y contenido, no tenía nada de control en aquel momento.

Y eso le gustó.

Kylie no sabía cuánto estaba durando aquel beso, porque era literalmente como estar en el cielo. ¿Quién iba a pensar que aquel hombre podía comunicarse por su medio favorito, el silencio, de un modo que ella aprobara por fin?

Cuando empezó a faltarle el aire y estaba a punto de desnudarlo, consiguió retirarse.

—¿Alguna otra pregunta? —inquirió él. También le faltaba el aire, lo cual fue más que gratificante para Kylie.

Ella negó con la cabeza, en medio de su aturdimiento.

A él se le suavizó la mirada, y le acarició el labio inferior con el dedo pulgar.

—Y, para que lo sepas, Gib es un imbécil.

A ella se le había olvidado Gib por completo. Se mordió el labio y se quedó mirando al hombre que había conseguido que se le olvidara todo con aquella boca tan habilidosa. Y con su cuerpo sexy. Y con sus manos tan sabias...

—Necesito que te marches ya —murmuró.

Él la miró de nuevo y se giró hacia la puerta. Sus movimientos no eran tan precisos como siempre, y Kylie se preguntó si estaba tan anonadado como ella.

—Te vas a casa, ¿no? —le preguntó—. A acostarte, dado que tienes que madrugar tanto.

Él hizo una pausa y siguió andando sin responder.

—Mierda, Joe. Después de todo esto, ¿me vas a dejar aquí y a interrogar a otro aprendiz sin mí?

Él se volvió a mirarla, ya más calmado.

—Ahora hay un límite de tiempo. Menos de dos semanas.

—Pero tú tienes que levantarte muy pronto, a las cuatro de la madrugada.

—No te preocupes. Ya soy todo un hombre.

Ella no tenía ninguna duda de eso.

—Voy contigo. Puedo ayudar.

—Mira —dijo él—, no te ofendas, pero lo haré más rápido yo solo. Te llamo después...

—Ni hablar. Dame dos minutos —dijo ella, y se fue hacia su habitación para recoger algunas cosas que podía necesitar. Sin embargo, antes se dio la vuelta y le quitó las llaves de los dedos.

—Eso no me va a detener —dijo Joe.

—No, pero hay una cosa que sí: si no me llevas, no voy a ponerme a trabajar en el espejo de Molly.

Él se frotó la nuca y bajó la cabeza. Se miró los zapatos, y ella no supo si era para calmarse y no estrangularla o solo para contar hasta diez. Kylie corrió hacia su habitación, metió algunas cosas de su armario en una bolsa y volvió rápidamente.

—Te quiero —le dijo a Vinnie—. Sé bueno. No me esperes despierto. Llegaré tarde.

Dos minutos después, estaban en la furgoneta de Joe. Él tenía una respiración relajada y profunda, y una mirada vigilante. Había recuperado la calma y la frialdad.

Ella, no.

—¿Adónde vamos?

—A Castro.

Aparcó en Market Street. Cuando bajaron del coche, ella se detuvo en el paso de cebra con los colores del arco iris y lo miró.

—¿No me vas a decir que me quede en el coche?

—¿Para qué, si de todos modos vas a venir conmigo?

Cierto. Caminaron juntos por una empinada acera hasta que llegaron a un edificio estrecho de seis pisos. En el portal, Joe apretó el botón del ascensor, pero el ascensor no llegó.

A Kylie le pareció mucho mejor, porque tenía terror a los ascensores. O, más bien, a los espacios pequeños y cerrados. Tenía claustrofobia.

—Vamos a subir andando —dijo.

—Son seis pisos —dijo él, mirando sus botas.

Eran botas de trabajo, pesadas y con la punta de acero. Eran estupendas para el taller, pero no tanto para subir seis pisos.

—No me importa. De todos modos, hoy necesito hacer ejercicio.

Por supuesto, justo en aquel momento llegó el ascensor y Joe le sujetó la puerta para que pasara primero.

Maravilloso.

—Esto no es buena idea —dijo ella.

Las puertas se cerraron con un clic muy sonoro, como el de la tapa de un ataúd y así, tan fácilmente, quedaron encerrados en la pequeña cabina. Joe tenía cara de diversión y la estaba mirando con aquellos ojos tan azules, llenos de calidez y de curiosidad.

—¿Estás bien? —le preguntó.

—Claro. Sí. Sí.

—Si lo dices una vez más, puede que te crea.

Ella abrió la boca, pero no dijo nada, porque, en aquel momento, el ascensor dio un tirón y comenzó a subir. A paso de caracol.

—¿De verdad? Podíamos haber subido mucho más rápidamente por las escaleras.

Y, entonces, el ascensor se quedó parado de golpe, con un chirrido.

—Oh, mierda —jadeó ella, antes de poder contenerse y, de un salto, se arrojó a los brazos de Joe.

Él la abrazó.

—Si querías otro beso, solo tenías que pedirlo.

—Te ruego que no hables —gimió Kylie, y bajó la frente hasta su pecho—. Solo sácame de aquí.

Él la miró.

—Eres claustrofóbica.

—Puede ser. Solo un poco.

Sin embargo, también era una persona adulta, así que se zafó de sus brazos y se giró para mirar las puertas, ordenando mentalmente que se abrieran.

Creía que Joe iba a hacer una broma o a reírse de ella, pero notó que él le tomaba la mano con la suya, tan cálida y tan grande. Como no era orgullosa y hacía un buen rato que había perdido la dignidad, se aferró a ella como si fuera su salvavidas.

—Un segundo —dijo él, y miró el panel de control del ascensor.

Ella alzó la cabeza.

—¿Sabes arreglar un ascensor?

—Seguramente, puedo averiguar cómo.

—Oh, Dios mío... —dijo ella, y apretó los ojos mientras él se echaba a reír.

—No va a pasar nada, Kylie. Tranquilízate.

Ella se aferró a su camisa con ambos puños y no lo soltó.

—Es culpa tuya —dijo, con la respiración entrecortada por el pánico—. Tengo ganas de darte una torta.

—Respira profundamente —le dijo él.

—¿Y después puedo darte una torta?

Él soltó un resoplido y empezó a hacer algo en el panel.

—¿Es que a ti nada te molesta? —le preguntó ella, con amargura.

—Muchas cosas —dijo él, y la observó como si estuviera evaluando su nivel de pánico. Debió de decidir que era muy alto, porque siguió hablando—: Pero sigo la regla del cinco. Si una cosa no va a tener importancia dentro de cinco años, no paso más de cinco minutos disgustado por ella.

Kylie movió la cabeza hacia él y se dio cuenta de que, como él había inclinado la suya hacia delante, sus caras estaban casi juntas.

«Lo único que tienes que hacer es no besarlo», se dijo a sí misma. Pero se humedeció los labios, que se le habían quedado secos de repente, y a él se le oscurecieron los ojos al tiempo que emitía un sonido gutural. Joe se inclinó aún más hacia ella, pero, justo antes de que sus bocas se tocaran, el ascensor dio un tirón y comenzó a moverse de nuevo.

Kylie soltó un resoplido y se alejó de Joe.

—¡Te dije que no era buena idea!

—Sí, ya. Por eso has estado a punto de besarme otra vez.

—¡Me refería a subir en ascensor! —exclamó ella—. ¡Y fuiste tú el que me besó la última vez!

—Estabas hablando de que un beso podía ser agradable. Pero el beso que me plantaste en el callejón no tenía nada de agradable. Fue duro, sexy y sucio, de la mejor de las maneras, claro. Necesitabas que te lo recordara.

Ella se tapó la cara.

—Oh, Dios mío.

—Dios no tiene nada que ver —dijo él, con petulancia—. Kylie, que me besaras así fue de lo más excitante, y…

Ella se apartó las manos de la cara y lo miró.

—¿Y?

—Y no me gustó que no lo recordaras de la misma forma que yo.

Pero ella sí que lo recordaba exactamente igual que

él. Tenía el recuerdo grabado en el cerebro, tanto como las Polaroids que había recibido. Primero, había estado tomando copas con sus amigas y, en algún momento, se había dado cuenta de que la mayoría de ellas estaban emparejadas y enamoradas. Entonces, se había sentido muy sola. Y, como necesitaba tomar aire fresco, había salido al patio.

Joe estaba allí, tan oscuro y atractivo como siempre. Ella había echado unas monedas en la fuente, como si fuera una turista, y él se había reído a su lado, y había hecho que se sintiera menos solitaria.

Y, entonces, ella había cometido una locura. Lo había tomado de la mano y se lo había llevado al callejón. Y el resto era historia.

—No voy a volver a besarte —le dijo.

—De acuerdo. ¿Qué te parece si te beso yo?

Era exasperante. Y demasiado sexy, también. Las puertas del ascensor se abrieron y ella salió rápidamente. Joe la siguió con una gran sonrisa, el muy idiota. Después, llamó a la puerta de uno de los apartamentos.

—Se me ha olvidado preguntártelo —susurró Kylie—. ¿Qué aprendiz es?

Joe no tuvo tiempo de responder, porque la puerta se abrió y apareció un hombre muy mayor. Debía de tener unos noventa años, y estaba encorvado sobre un bastón.

—Señor Gonzales —dijo Joe, respetuosamente.

—¿Eh? —preguntó el señor Gonzales—. ¡Habla más alto, chaval!

Kylie lo reconoció. Había trabajado en el taller de su abuelo porque quería convertirse en ebanista después de trabajar casi toda la vida de carpintero. Ella lo saludó.

—Hola, señor Gonzales. ¿Se acuerda de mí? Fue usted el primer aprendiz de mi abuelo. Yo era muy pequeña, creo que debía de tener unos cinco años.

—Me acuerdo de ti —dijo él, mirándola a través de las gafas—. Siempre tenías la nariz llena de mocos y eras una delgaducha que montaba en bicicleta por todo el taller y me tirabas el trabajo al suelo.

Y él era un cascarrabias ya entonces, pero ella no dijo nada.

—No había vuelto a verte desde que murió tu abuelo —dijo él, en un tono más suave—. Fue horrible lo que pasó. Lo que os pasó a los dos.

Ella notó que Joe la miraba, pero mantuvo la cara girada, porque tenía el corazón encogido.

—Nos preguntábamos si sigue haciendo trabajos de ebanistería —dijo Joe.

El señor Gonzales se echó a reír con tantas ganas, que se habría caído al suelo si Joe no lo hubiera sujetado.

—Hace varios años que no salgo de este apartamento. Lo único que hago con la madera es hurgarme los dientes con un palillo. Ni siquiera puedo cagar en condiciones —dijo, y señaló una bolsa que llevaba atada a la cadera.

Joe hizo un gesto de comprensión, y asintió.

—Gracias por atendernos, señor Gonzales.

—Sí, sí. Si volvéis por aquí, traedme un poco de comida de esa grasienta que sirven en el deli de la esquina.

—De acuerdo —dijo Joe.

El señor Gonzales les cerró la puerta en las narices.

—¿A qué se refería con lo de que sentía mucho lo que os ocurrió a los dos? Tú dijiste que no habías salido herida del incendio.

Kylie no quería hablar de aquello con él. Nunca. Solo con pensar en aquel espantoso incendio de la nave donde su abuelo tenía el taller, tenia pesadillas, aunque hubieran pasado tantos años.

–No, no me ocurrió nada –dijo, y empezó a caminar–. Seguro que se refería a que sentía mucho la muerte de mi abuelo, mi pérdida. Ya te dije que era mayor, y que no era necesario investigarlo.

Joe no se disculpó.

–A mí no me gusta dejar cabos sueltos.

–Y, claramente, ya habías investigado sobre él. Sabías que tiene doscientos años, y por eso me has dejado que viniera.

–Para ser justos, nunca he dicho que pudieras venir. He dicho que no iba a impedírtelo.

–¡Lo que sea! –le espetó ella.

Así que Joe solo había fingido que pensaba que ella pudiera cuidarse sola. Tenía que haberse dado cuenta. Sin dejar de cabecear, se dirigió hacia las escaleras. No estaba dispuesta a entrar de nuevo en aquel ascensor.

–¿Tienes miedo de que nos quedemos encerrados de nuevo, o de que no puedas controlarte y vuelvas a abalanzarte sobre mí? –le preguntó Joe.

Ella lo ignoró. Cosa que, verdaderamente, cada vez le estaba resultando más difícil.

Capítulo 8

#ADondeVamosNoNecesitamosCarreteras

A las seis de la tarde del día siguiente, Joe estaba agotado, porque llevaba catorce horas trabajando. Sin embargo, se reunió con Kylie en el patio, tal y como ella le había pedido en un mensaje.

Ella llevaba su enorme bolso al hombro, y a Vinnie en brazos. Al verlo, el perro ladró de alegría. Era, más o menos, lo que quería hacer él al ver a Kylie, pero se conformó con acariciarle la cabecita a Vinnie.

–Eh, pequeñajo. ¿Qué tal?

–Ha estado muy ocupado –le dijo Kylie–. Se ha comido uno de mis calcetines y, claro, ahora está estreñido.

Para confirmar la noticia, Vinnie se tiró un pedo muy sonoro.

–Bien hecho –le dijo Joe, riéndose–. Seguro que ahora te sientes mejor.

–Lo siento –dijo Kylie, con un mohín, y abanicó el aire con la mano–. No me atrevo a dejarlo solo en casa. ¿Cuál es nuestro plan?

Joe hizo caso omiso de la palabra «nuestro».

—Tengo una pista sobre un par de aprendices. Jayden y Jamal Williams.

—Sí, son hermanos —dijo ella—. Son los que viven fuera del país. Se fueron a Inglaterra hace unos cuantos años.

—Volvieron y tienen una empresa juntos, aquí, en San Francisco. Voy a ver su nave.

Ella se quedó sorprendida, pero asintió.

—Pues vamos.

Él le puso una mano en el brazo para detenerla.

—No, yo voy a ir. Vinnie y tú podéis esperar cómodamente en tu casa y...

—No se me da bien esperar, Joe. Creo que debería habértelo advertido antes.

Él no se molestó en suspirar. Tampoco intentó detenerla cuando se encaminó hacia el callejón. Allí, se detuvo para hablar con el viejo Eddie, el hombre sin hogar que estaba sentado en una caja de madera, junto al contenedor de basura.

Era un verdadero hippie, y se parecía al personaje de Doc de *Regreso al Futuro*. Llevaba una camiseta *tie-dye* y unos pantalones cortos que, seguramente, tenía desde los años sesenta. Llevaba toda la vida en aquel callejón y, a pesar de todos los intentos que había hecho mucha gente por darle un techo, él se había mantenido firme.

Decía que estaba hecho para vivir al aire libre.

Estaba jugando a un juego del teléfono móvil que su nieto, Spence, le había comprado el año anterior, y le había obligado a tener consigo. Alzó la vista y le guiñó un ojo a Kylie.

—Hola, cariño.

—¿Cómo estás? ¿No pasas frío? Ha estado haciendo mucho frío por las noches.

—Bueno, no me vendría mal tener dinero para comprarme un jersey nuevo —dijo Eddie con melancolía.

Kylie le dio una palmadita en la mano a Eddie y, con una sonrisa dulce, se puso a rebuscar en su bolso. Joe iba a advertirle a aquella preciosa incauta que no le diera el dinero que tanto le costaba ganar, porque sabía que Spence se ocupaba de que Eddie tuviera todo lo que podía necesitar y porque Eddie utilizaba el dinero que les sacaba con su encanto a las mujeres para comprar marihuana y hacer *brownies*.

Sin embargo, Kylie les dio una sorpresa a los dos, porque dijo:

—Te di veinte dólares la semana pasada, pero tú y yo sabemos que te los gastaste en marihuana, así que esta vez tengo algo mejor que el dinero...

Sacó una sudadera negra con capucha de su bolsa. Tenía un símbolo de la paz en la pechera.

—Es de tu talla.

Vaya, así que era muy dulce y preciosa, pero no era una incauta. Joe cabeceó; se había quedado impresionado.

Eddie se puso la sudadera y se levantó para darle a Kylie un beso en la mejilla.

—Gracias, guapa. Ven esta semana otra vez. Ya tendré mis paquetitos con muérdago en rebajas, porque la temporada ha terminado.

Sí, claro, muérdago. Joe sabía perfectamente que en esos saquitos había marihuana.

Kylie empezó a caminar de nuevo. Cuando llegaron al coche, sacó una peluca del bolso, que parecía no tener fondo, y se la puso. De repente, tenía una melena morena y ondulada.

—Bueno —dijo—. Ya estoy preparada.

Joe se quedó mirándola mientras ella se ponía un

brillo oscuro en los labios, cosa que, combinada con el efecto de la peluca, lo dejó boquiabierto.

—Kylie...

—Preparada —repitió ella.

Sí, pero la cuestión era ¿preparada para qué? Joe movió la cabeza de lado a lado para tratar de despejarse la mente y, sin decir una palabra más, empezó a conducir. Sabía que su silencio sacaba a Kylie de sus casillas, pero ella también lo sacaba a él de sus casillas, así que estaban a la par. Sobre todo, cuando se puso unas gafas de montura de pasta gruesa para completar el disfraz, y adquirió el aspecto de una pícara bibliotecaria, mientras que de cabeza para abajo seguía siendo la vecina de al lado. Era como un regalo de Navidad para sus ojos, así que se obligó a sí mismo a dejar de mirarla mientras recorrían el camino hacia Hunter's Point, un barrio que había junto al mar en la parte sureste de San Francisco.

—Un barrio interesante —comentó ella.

Él aparcó, y se quedó inmóvil cuando Kylie se inclinó sobre él para mirar a ambos lados de la calle. Asintió sin decir una palabra, porque su pecho le estaba presionando el bíceps y destrozando su concentración mientras trataba de vigilar el entorno.

Normalmente, hacía varias cosas a la vez sin problemas, pero Kylie había dado al traste con todo. Con aquella peluca tenía un aspecto tan diferente que resultaba asombroso. Diferente y muy sexy. Siempre era sexy, increíblemente atractiva. Pero aquello de verla tan distinta cuando seguía siendo ella misma le estaba afectando mucho.

—Bueno —dijo ella—, ¿qué es lo próximo que tenemos que hacer?

Claro. Lo próximo. ¿Aparte de desear ponérsela en

el regazo y llevarlos a los dos al orgasmo? Joe carraspeó, y dijo:

—Jayden y Jamal trabajan aquí, en Hunter's Point. Quiero echarle un vistazo a sus piezas y ver si encontramos algo que se parezca al trabajo del banco que se supone que tienes que autentificar.

Ella se apartó algunos mechones morenos de la cara y él se dijo que debía ser muy cuidadoso. Si aquella mujer tenía la habilidad suficiente para ocultar su identidad, también podría esconder con facilidad otras cosas, como su cadáver.

Aunque la verdad era que no le preocupaba su vida, sino su corazón, un órgano que había creído muerto hasta aquel momento. Kylie era una mezcla de dulzura, encanto y atractivo sexual, y lo desarmaba con cada una de sus sonrisas o sus miradas fulminantes. De hecho, a él le gustaba que le lanzara miradas asesinas, lo cual significaba que estaba perdiendo por completo el control. Y él nunca había perdido el control.

Nunca.

Así pues, estaba metido en un buen lío, y lo cierto era que, aunque lo sabía, no quería alejarse de ella, porque se divertía mucho. ¿No era enrevesado?

—Voy a intentar echar un vistazo dentro —dijo él—. Hazme caso. Conozco esta zona, y no es muy buena, así que deberías...

—Si vuelves a decirme que me quede en el coche, te echo a Vinnie.

Joe miró a Vinnie, que estaba dormido en su regazo, roncando y resoplando plácidamente.

—Sí, tienes razón. Esa rata de dos kilos y medio es terrorífica.

—Te diré que pesa cinco kilos y medio. Pero, bueno, sí, ya buscaré otra forma de vengarme.

—Está bien —murmuró él, y disfrutó al ver que Kylie se ruborizaba. Aquel color brillante de sus mejillas lo distrajo del miedo que sentía. Estaban en el escenario de su pasado, en su antiguo barrio, y era tan duro y tan feo como él lo recordaba. Era el peor sitio de San Francisco, sucio y peligroso, y él hubiera preferido que Kylie se mantuviera alejada de allí.

—Nunca había estado aquí —dijo ella, en voz baja, como si hubiera notado su cambio de humor—. ¿Y tú?

—Yo, sí. Me crie aquí.

Al instante, Joe percibió su preocupación, pero no quería ni necesitaba que ella se preocupara. Así pues, se concentró en aquella noche y en los problemas que podían aguardarlos. El astillero desmantelado que había al final de la calle estaba silencioso. Demasiado silencioso.

La ciudad había hecho esfuerzos por rehabilitar aquella zona y, en algunas zonas, lo habían conseguido. Sin embargo, en otras, no, y la tasa de criminalidad y el tráfico de drogas eran muy elevados.

—No es precisamente un lugar con encanto —dijo Kylie.

No, no lo era. Estaban aparcados enfrente de la nave de los ebanistas. Al norte, delante de ellos, a él lo habían abordado una vez unos amigos suyos que querían entrar en una banda. Para conseguir que les aceptaran, debían robar un coche, pero ninguno de ellos sabía hacer un puente, así que habían intentado que lo hiciera Joe.

Él se había negado y, entonces, ellos le habían robado algo para poder chantajearlo.

A Molly.

Habían tenido secuestrada a su hermana durante tres días, hasta que él había podido rescatarla. Después, se había vengado de ellos y había estado a punto de matarlos. Entonces, un juez le había obligado a decidirse entre la cárcel o el ejército.

Había elegido el ejército y, aunque lo odiaba en aquellos años, con la madurez había llegado a la conclusión de que era lo mejor que podía haberle ocurrido. Había sido la forma de salir de allí. No había sido fácil, por supuesto. Podía decir que le habían metido a palos en el cuerpo la disciplina y la capacidad de control sobre sí mismo.

Y no había duda de que había crecido y madurado. Recordaba perfectamente lo que se sentía allí atrapado, en Hunter's Point, creyendo que no había escapatoria.

Kylie deslizó su mano en la de él y lo llevó de vuelta al presente que, por suerte, era muy distinto a su pasado. Aunque todavía llevaba armas y era peligroso, así que, después de todo, tal vez no fuese tan distinto.

—¿Tienes algún plan de acción? —le preguntó ella, en voz baja—. ¿Cómo vamos a echar un vistazo en la nave?

Sí, tenía un plan. Siempre lo tenía, desde el día en que había sacado a Molly del zulo en el que la tenían encerrada. Había un plan A, un plan B, un plan C e incluso un plan Z.

En primer lugar, quería vigilar la nave desde allí durante un rato, estudiar su distribución y asegurarse de que estaban solos. No estaba dispuesto a meter a Kylie en algo para lo que no estaba preparado. Ella iba a pensar que estaba siendo excesivamente protector, y tal vez fuese cierto.

Sin embargo, el instinto le había salvado la vida más de una vez y, en aquella ocasión, el instinto le gritaba. Era como si algo amenazara a Kylie, y él no estaba dispuesto a ignorarlo, pensara lo que pensara ella. Aquel asunto había pasado de ser una diversión para él a ser algo mucho más grave.

—Los hermanos cierran el taller a las cinco o las seis todos los días —dijo—. Su nave tiene ventanas. Creo que puedo acercarme, manteniéndome entre las sombras, y echar un buen vistazo sin meterme en un lío.

—¿Cómo? —le preguntó ella.

—Me crie aquí. Conozco la zona como la palma de mi mano.

—Eso es bueno —dijo ella. Claramente, trataba de disimular el horror que sentía al ver todos aquellos edificios ruinosos y las calles sucias que simbolizaban su feo pasado—. Puede que cuando tú eras pequeño esto no fuera tan terrible, ¿no? —le preguntó, esperanzadamente.

Él miró a través del parabrisas, intentando ver el barrio desde su punto de vista.

—Lo han limpiado todo. Entonces era todavía peor.

Kylie le apretó la mano, y él se dio cuenta de que quería consolarlo. Notó que se le hinchaba el pecho de emoción.

—¿Dónde vivías? —le preguntó ella, suavemente.

—Al final de aquella calle —le dijo Joe, señalándola con la barbilla, para no tener que soltarle la mano a Kylie—. Antes, esto era una base de la marina. Entre los antros de las bandas y los grafitis hay casas victorianas antiguas, que antes eran de generales o capitanes.

Ella asintió.

—Me encanta la arquitectura de ese tiempo —dijo—. El trabajo en la madera, las molduras, la atención al detalle. Me habría gustado verlo todo en su momento de esplendor.

Solo ella podría imaginarse la belleza olvidada de un lugar como aquel.

—Deberías estar orgulloso —le dijo—. Saliste de aquí y te convertiste en alguien.

Joe volvió a emocionarse. Aunque sabía que no podía permitirse ese lujo en aquel momento, entrelazó los dedos con los de Kylie, sin poder evitarlo.

Ella sonrió.

—Bueno, entonces, ¿qué hacemos ahora? —le preguntó.

—Vamos a vigilar un rato más para hacernos una idea de cómo son las cosas.

Ella asintió. Sin embargo, comenzó a inquietarse a los diez minutos.

Él la miró.

—Resulta que las vigilancias son aburridas —comentó Kylie.

—A mí me gusta que sean aburridas. Eso significa que, por el momento, no ha ocurrido nada.

Por el momento.

—Me estaba haciendo preguntas sobre ti —le dijo ella—. Tienes muchos secretos.

—Y tú.

—¿Yo? Pero si yo soy un libro abierto...

Él se echó a reír.

—Si es cierto, ¿por qué no me cuentas de qué trata en realidad esta búsqueda del tesoro? ¿Por qué significa tanto para ti ese pingüino?

Ella miró por la ventanilla y se quedó en silencio unos instantes.

—Me imagino que en tu trabajo no tienes muchos momentos tranquilos, como este —dijo, por fin.

—No —respondió Joe. No dijo nada sobre el cambio de tema. Si ella quería seguir guardando sus secretos, él también lo haría.

—Tu trabajo puede llegar a ser muy peligroso —dijo Kylie.

—Solo si me vuelvo estúpido.

Ella lo miró atentamente.

—No creo que tú puedas cometer una estupidez en el trabajo. Eres muy agudo y tienes una gran concentración, y eres el mejor en lo que haces.

—¿Y cómo lo sabes tú?

—Porque Archer habla muy bien de ti. Y Spence. Mucha gente habla de ti, en realidad. Como Molly.

—Molly es mi hermana. Ella no va a hablar mal de mí.

—Claro que habla mal de ti —dijo Kylie, riéndose—. Pero no de tu capacidad en el trabajo.

Él la miró con los ojos entrecerrados.

—¿Y qué dice de mí?

Ella sonrió y se mordió el labio. Después, apartó la mirada.

No, no. Él se inclinó hacia delante e hizo que girara la cabeza hacia él. La observó, y se dio cuenta de que se había ruborizado.

—De acuerdo —dijo Joe—. Quiero escuchar esta historia.

—No es nada.

—Vamos, cuéntamelo.

—La semana pasada salimos todas juntas una noche. Íbamos a ir al pub, pero antes tuvimos que ir a un cajero, porque la mitad necesitábamos sacar dinero. Nos estábamos riendo porque Haley no quería su recibo. Decía que, algunas veces, era necesario decirle al cajero que no queríamos el recibo porque no era necesario recibir esa negatividad en tu vida.

Joe se echó a reír.

—Y, entonces, tanto Elle como Molly tuvieron un ataque al corazón.

—Sí —dijo Kylie, sonriendo al acordarse de la escena—. Bueno, después, volvimos al pub y nos tomamos unas copas. Haley dijo que, aunque no es lo suyo, le gustaría acostarse contigo toda la noche y que, aunque nunca ha estado segura de si cree en la monogamia, a ti sí querría tenerte para siempre a su lado.

Joe no se sorprendía fácilmente, pero aquello hizo que se le enarcaran las cejas hasta el pelo.

—Sí —dijo Kylie—. Y, entonces, Molly le dijo a Haley que iba a tener que ponerse a la cola para acostarse contigo, porque, normalmente, tenías a las mujeres haciendo cola. Pero que, en cuanto a lo de quedarse contigo para siempre, lo habían intentado muchas de ellas, y ninguna había conseguido nada.

Joe dio un resoplido.

—Así que es cierto —dijo ella.

—Estaba hablando de mis tiempos jóvenes y salvajes —respondió él—. Pero ahora soy un adulto, un hombre mayor. He sentado la cabeza.

—¿Crees que tener treinta años es ser viejo?

—Para la gente normal, no, pero yo he pasado por muchas cosas durante estos treinta años, así que, sí, algunas veces me siento viejo.

Lo decía en broma, pero ella lo estaba mirando con seriedad, y respondió en voz baja:

—Sabía que habías tenido una infancia difícil, incluso antes de que me trajeras aquí.

—¿Cómo? Y, si me dices que te has enterado en otra noche loca con tus amigas, voy a tener que ponerle un bozal a mi hermana.

Ella se echó a reír suavemente.

—No, no. Pero, hace un par de meses, algunas fuimos con Molly a la tumba de tu madre a ponerle flores —dijo, mirándose las manos—. Molly nos contó que murió cuando erais pequeños y que tu padre tenía un síndrome postraumático tan grave que, a veces, no podía trabajar. Dijo que tú los cuidabas a los dos.

Joe cabeceó.

—Molly también hizo muchas cosas para cuidarme a mí. No era un chico fácil.

—Vaya, qué sorpresa.

Él la miró a través del coche, a oscuras, y se dio cuenta de que ella estaba intentando animarlo un poco. Tenía una sonrisa en los labios, pero su mirada seguía siendo seria.

—Aunque tu vida haya tenido una parte dura y fea, Joe —le dijo—, al mirarla desde fuera, tenías todas las cosas importantes.

—¿Cuáles?

—Aceptación y amor.

Había muy poca gente que pudiera superar las dificultades de la vida y encontrar pequeñas y necesarias dosis de verdad. Kylie había pasado por su propio infierno y, aun así, era optimista y no tenía una visión desencantada de las cosas, como él.

Era luminosa, en comparación con su oscuridad.

Joe le tomó una mano, entrelazó sus dedos con los de ella y le dio un beso en los nudillos. Después, salió del coche. Tuvo que apretar los dientes para no soltar una letanía de advertencias mientras Kylie salía también.

—Sé cuidarme —le recordó ella, en voz baja.

Sí, eso era exactamente lo mismo que había dicho Molly hacía muchos años, justo antes de que ocurriera la pesadilla. Tal vez Kylie supiera cuidar de sí misma, pero, de todos modos, él no iba a correr ningún riesgo.

—No te apartes de mí.

—Claro que no —dijo ella, con una enorme sonrisa, a

pesar de que él le había soltado un gruñido–. Haré todo lo que tú digas.

Y, con eso, consiguió que él se echara a reír.

–Ojalá fuera cierto –dijo Joe, y tuvo el placer de verla ruborizarse otra vez.

Capítulo 9

#MeGustaElOlorDelNapalmPorLaMañana

Kylie puso buena cara delante de Joe, pero no era tonta. Estaban en un barrio muy peligroso. Las calles eran oscuras y húmedas.

Así pues, eso de no apartarse de él le parecía perfecto.

Se avecinaba una tormenta, y el viento levantaba polvo y fragmentos de escombro, cosa que empeoraba aún más la visibilidad. Se acercó a él y se agarró a la espalda de su camisa.

–¿Estoy lo suficientemente cerca? –le preguntó, en un murmullo.

Él se quedó inmóvil al sentir su contacto, y se giró para mirarla. Tenía una expresión de sorpresa. Viera lo que viera, se echó a reír.

–¿Qué pasa? –le preguntó ella.
–Tienes… –dijo él, mientras señalaba su cabeza.
Kylie se palpó el pelo. Tenía la peluca torcida.
–Mierda.
–Deja la peluca, Kylie –le dijo él, sin dejar de sonreír–. No te sirve como disfraz.

—No.

—Yo te reconocería en cualquier parte.

Kylie intentó no ponerse a pensar por qué motivo aquello le había producido un cosquilleo. No se quitó la peluca, y le preguntó:

—Bueno, vamos a hacer esto, ¿sí o no?

A él se le oscureció la mirada.

Vaya.

—¡Ya sabes a lo que me refiero! —exclamó Kylie, y echó a andar hacia el final de la nave industrial.

Sin embargo, él la agarró de la camisa.

—Por allí, listilla —le dijo él, dirigiéndola hacia el otro extremo de la nave.

—Muy bien —respondió Kylie.

Sin embargo, al ver todas las sombras, vaciló.

—Puedes esperar con Vinnie, en el coche —le dijo él—. Lo dejo cerrado con llave y...

—No, estoy bien contigo.

Y esa era la verdad. Estaba más que bien con él. Con él, se sentía como Wonder Woman.

Cuando se acercaron a la nave, ella miró la valla que rodeaba el edificio.

—La puerta está cerrada —susurró—. Y la cerradura no es sencilla. No tiene llave.

—Y con un cerrojo lateral —respondió él, y sacó de su bolsillo una herramienta para abrirlo.

—Vaya —susurró ella cuando Joe abrió el cerrojo y puso un oído contra la cerradura para escuchar mientras giraba el dial.

De repente, él soltó una maldición.

—¿Hay algún problema?

—Más bien, es que... —dijo él, y pasó un dedo por su peluca.

—¿Qué haces? —susurró ella.

—Me cuesta concentrarme. Tienes un aspecto muy diferente y, sin embargo, sigues siendo la misma.

Como su voz, combinada con su contacto, la estaba excitando, ella movió el dedo delante de su cara a modo de advertencia:

—Tengo mucho calor con esta cosa puesta.

—Pero estás buenísima.

A ella se le escapó una carcajada.

—¿De verdad? —murmuró él con la voz enronquecida y una mirada muy sexy.

Y ella se dio cuenta de que llevar un disfraz y fingir que era otra persona resultaba liberador. Le permitía ser más... libre. Y, aunque supiera que se estaba comportando como su madre, no pudo parar.

—¿De verdad te parece que estoy buenísima con esta peluca?

—En realidad, estás buenísima con cualquier cosa —respondió él, mientras volvía a fijarse en la cerradura—. Con los delantales de trabajo, con las botas de punta reforzada, con los vaqueros rasgados, con el pelo moreno, con tu propio pelo... Todo me gusta.

Ella cabeceó.

—Qué raros sois los hombres.

Él dejó de trabajar y se acercó a ella, estrechándose contra su cuerpo.

—¿Me estás diciendo que no te resulta excitante fingir que eres otra persona?

Ella se mordió el labio, y él se echó a reír.

—Entonces, sí —dijo él, en un tono de picardía y acusación que hizo que ella también se echara a reír.

De repente, Joe se quedó inmóvil. Se giró y la escondió detrás de su cuerpo al ver que se acercaba un hombre caminando por la calle oscura. Iba hacia ellos. Aunque al principio parecía que estaban solos, Kylie vio unas cuantas sombras detrás de él. Esas figuras se quedaron apartadas mientras el hombre seguía acercándose, con las manos metidas en los bolsillos.

—No dispares, jefe —le dijo a Joe.

Joe no respondió.

—Hace mucho tiempo que no nos veíamos —dijo el desconocido, al tiempo que se detenía delante de ellos.

Las otras personas permanecieron alejadas.

Joe siguió inmóvil y silencioso.

El tipo sonrió.

—Tanto, que tal vez se te haya olvidado cómo se saluda a un viejo amigo.

A Kylie comenzaron a temblarle las rodillas.

—No se me ha olvidado nada —dijo Joe.

—Bien —dijo el hombre. Le echó un vistazo a Kylie y, después, volvió a concentrarse en Joe—. Entonces, recordarás que tengo contigo una deuda tan grande que nunca podré pagártela. Aquí estás a salvo.

Entonces, Joe también sonrió.

—¿Y por qué iba a creerte?

—Porque tú no eres el único que puede hacer cambios.

Los dos hombres se miraron y, de repente, hicieron un saludo complicado y se estrecharon la mano.

Kylie tomó aire con más calma. El tipo retrocedió y asintió.

—Aquí estás a salvo —repitió, y se desvaneció en la oscuridad, seguido por sus sombras.

Joe tomó a Kylie de la mano. Había conseguido abrir la puerta.

—Por aquí —le dijo, y fueron hacia la parte posterior de la nave. Allí podrían mirar al interior por las ventanas.

Kylie todavía estaba asimilando la conversación que acababa de oír. Joe había hecho algo para ayudar a aquel tipo. Algo tan importante, que el desconocido se había arriesgado con tal de protegerlos a Joe y a ella. ¿Qué pudo ser?

Sin embargo, él no hablaba demasiado, lo cual, por supuesto, le hacía muy distinto al resto de la gente a quien ella había conocido. Sobre todo, diferente a su madre, a quien le gustaba mucho dejar claro a todo el mundo que tenía muchas cualidades.

Pero Joe, no. Él estaba intentando hacer algo bueno. Su trabajo no era solo una forma de ganarse la vida. Era mucho más.

—¿Qué te debe ese hombre?

—Cinco minutos —respondió él.

—¿Qué?

—Has estado cinco minutos intentando contenerte para no hacerme la pregunta. Estoy impresionado.

Ella puso los ojos en blanco y esperó.

Él no dijo nada.

—¿Y bien? —insistió.

—Fue hace una eternidad —dijo Joe, mientras apuntaba con una linterna al interior de la nave—. ¿Estás viendo lo mismo que yo?

Había muebles hechos a mano, preciosos, pero no del mismo estilo que los de su abuelo, ni parecidos. No había nada que tuviera similitud con la consola que aparecía en la fotografía que le habían enviado.

—No creo que sean ellos —susurró.

—Yo, tampoco —dijo él—. Pero no solo por los muebles. También tienen talleres en Los Ángeles, Nueva York y Londres.

—Entonces, debe de irles muy bien.

—Sí —dijo Joe—, y se han creado una buena reputación, de la que están muy orgullosos. Hacen su propio trabajo y utilizan material ecológico. Y donan un porcentaje de lo que ganan.

–No iban a arriesgar todo eso por jugar conmigo.
–No, yo tampoco lo creo –convino Joe.

La llevó a casa y la acompañó a la puerta. Entonces, sucedieron varias cosas. Por segunda vez aquella noche, él la agarró y la puso detrás de sí mismo justo cuando se abría la puerta de su piso. Y, de repente, Joe tenía un arma en la mano, apuntada directamente a la cara del hombre que había abierto la puerta.

Gib.

Capítulo 10

#¿HablasConmigo?

A Joe no se le ocurría ningún motivo por el que Gib estuviera en casa de Kylie si ella no estaba allí. Así que no bajó la pistola, permitiendo que el arma hiciera la pregunta por él.

Sin embargo, Kylie tenía otras ideas.

—Gib —jadeó, y salió de detrás de Joe—. ¿Qué demonios estás haciendo?

Joe no se movió, y Kylie, al ver que Gib no hablaba, se giró hacia él.

—¿Y tú? —inquirió, señalando la pistola—. Vamos, baja eso.

¿Que qué estaba haciendo él? ¿Lo preguntaba en serio? Había un desgraciado que estaba jugando con ella, con sus emociones, y ¿no entendía por qué había apuntado con un arma al tipo que salía de su apartamento?

—Me pregunto por qué tu jefe sale de tu casa como si fuera suya —dijo con calma.

—Oh, Dios mío.

Kylie se puso entre la pistola y Gib.

Mierda.

Inmediatamente, él bajó la pistola, pero no la guardó. Kylie puso los ojos en blanco.

Tal vez, en otra ocasión, él se habría maravillado de su valor o de su estupidez. En su ámbito, era famoso, incluso temido, por su puntería. Y, sin embargo, allí estaba ella, protegiendo al sospechoso, con una mirada llena de furia.

Él era el que debía estar furioso. En aquel momento, le agradecía mucho al ejército de los Estados Unidos que le hubiera enseñado a mantener el control y a dominar sus emociones.

Aún no le había explicado a Kylie que había investigado a Gib con los programas de búsqueda de Archer. Sabía cuáles eran los secretos de aquel tipo. Se había casado a los dieciocho años y se había divorciado menos de un año después. Tres años antes, le habían condenado por conducir bajo los efectos del alcohol. Y acababa de gastarse muchísimo dinero en un Lexus nuevo. Y... era exactamente lo que parecía, un buen tipo, aunque un poco egocéntrico, que tenía un estilo propio a la hora de fabricar sus piezas y no copiaba a Michael Masters. Y que gastaba mucho dinero, un dinero que ganaba por sí mismo, no un dinero robado.

Él no era el ladrón de Kylie.

¿Le molestaba a él que Gib cobrara de más por sus trabajos y le pagara tan poco a Kylie? Sí, claro que sí. Y le molestaba que, de repente, hubiera empezado a jugar con los sentimientos de Kylie. Le habría venido muy bien que Gib fuera el malo de la película, pero el instinto le decía que no era él. Sabía que tendría que decírselo a Kylie más tarde o más temprano, pero lo que le convenía era decírselo más tarde.

Kylie lo miró como si fuera tonto y, después, se giró hacia Gib.

—¿Qué estás haciendo aquí?

—Volví al taller y vi que te habías dejado el cheque de la nómina —le dijo Gib, sin apartar la mirada de Joe—. Como sabía que te haría falta, te lo he traído. Te lo he puesto en la mesa de la cocina.

Kylie asintió.

—De acuerdo, gracias. Nos vemos mañana.

Gib no se marchó. Se cruzó de brazos y siguió mirando a Joe a los ojos.

—Se me ocurrió que a lo mejor podíamos ver la televisión juntos un rato. Alguno de tus programas favoritos. ¿Iron Chef?

—Qué mono —dijo Joe.

—Es uno de sus preferidos —respondió Gib.

Claro. Y él no lo sabía porque no veían la televisión juntos. No hacían nada juntos, porque... Bueno, porque él era un idiota que había permitido que Kylie pensara que no quería nada en serio con ella, que no podía tener una relación seria. Se dio la vuelta para marcharse, pero Kylie lo tomó del brazo

—Joe.

Él se alejó un poco más, de modo que la mano de Kylie cayó.

—Es tarde —dijo—. Tengo que irme.

—Joe.

Él la miró.

Kylie se acercó a él y le dijo en voz baja:

—Mira, lo siento. Tiene la llave de mi casa porque, como sabes, a mí se me olvida a menudo dentro...

—No me debes ninguna explicación, Kylie.

Ella lo miró fijamente.

—De acuerdo.

—Bueno —dijo él.

Al mirarla a los ojos, se dio cuenta de que estaba enfadada. Y él no necesitaba nada de aquello. Ni siquiera lo entendía. Así que se dio la vuelta y se marchó.

Oyó que Kylie cerraba de un portazo. Con Gib y ella al otro lado de la puerta.

—Pues muy bien —dijo.

Sí. Era todo un imbécil. Eso era.

Kylie se apoyó en la puerta con los brazos cruzados y miró a Gib.

—¿De qué va esto?

—Ya te he dicho que se te olvidó el cheque y...

—La verdad, Gib.

Él apartó la mirada con una exhalación.

—Pues que no me gusta nada que de repente estés tanto con él, ¿de acuerdo?

—No, no estoy de acuerdo.

Él volvió a suspirar y se miró los zapatos mientras se frotaba la nuca.

—Las cosas ya no son como antes entre nosotros. Va todo mal. Y eso me asusta.

—Lo que está mal es que me tienes confundida —replicó ella—. Sabías que estaba enamorada de ti desde quinto curso y nunca me has dicho nada de que sintieras algo por mí. Hasta que Joe apareció en la tienda. Entonces, de repente, empezaste a pedirme salir y a acercarte a mí.

—Puede que al ver que Joe te mira como si fueras una tarta se me han abierto los ojos y me he dado cuenta de lo que he sentido siempre —admitió él—. Pero ¿qué importa? —preguntó, y dio un paso hacia ella con una mirada llena de calidez—. Podría haber algo entre nosotros. Lo sé.

Ella se quedó mirándolo mientras analizaba sus

propios sentimientos. No le resultó fácil, pero se dio cuenta de que había una gran diferencia entre un enamoramiento adolescente y el amor adulto.

—Dime una cosa. Si has sentido siempre algo por mí, ¿por qué has esperado tanto para decírmelo?

—No podía tener una relación contigo. No, cuando tu abuelo... —dijo Gib. Empezó a cabecear con consternación—. Él me lo dio todo, Ky. Fuera lo que fuera lo que sentía por ti, nunca me pareció bien.

—Pero él murió hace mucho tiempo.

Él abrió la boca para responder, pero ella alzó una mano.

—No, espera. No quiero hablar de esto ahora. Estoy agotada. Por favor, márchate.

—¿Quieres que me marche? —le preguntó Gib con incredulidad.

—Sí, eso es lo que quiero —respondió ella—. Porque quiero seguir siendo tu amiga y tu empleada. Y me temo que, si sigues hablando, todo eso quedaría en peligro, porque intentaría matarte.

Él negó con la cabeza.

—Entonces, ¿ni siquiera vamos a intentarlo?

—Creo que has perdido tu tren.

Se quedó asombrado, como si aquello fuera lo último que esperaba oír, y eso reforzó la convicción de Kylie.

—No somos el uno para el otro, Gib.

Él la miró con un afecto sincero, y con un pesar sincero. Y, también, con deseo. Durante todo aquel tiempo, ella había querido ver todo aquello en sus ojos, pero, ahora, no se sintió conmovida.

—Si pudiera cambiar las cosas —dijo él—, si pudiera volver atrás y darme una patada en el culo y decirme a mí mismo que no tenía que dejar lo mejor para el final, lo haría.

Y, con aquello, desapareció.

Y ella se fue a la nevera y sacó un bote de helado de galleta para calmar sus dudas y su incertidumbre.

Al día siguiente, por la tarde, Joe estaba completamente distraído en el trabajo, mientras la reunión del equipo continuaba sin él. Intentó concentrarse antes de que Archer le diera una patada en el trasero. Sin embargo, había tenido un día difícil. Habían estado intentando cobrar una buena recompensa que estaba a punto de ser retirada si no conseguían llevar al acusado, Milo Santini, a su cita con el tribunal. Milo tenía antecedentes penales, iba siempre armado y no era un tipo agradable. Así pues, no fue nada sorprendente que su detención no hubiera salido bien.

Estaba escondido en el sótano del edificio del distrito financiero de la ciudad cuando habían dado con él, y un empleado de la limpieza había estado a punto de morir abrasado cuando Milo, en medio de su furia al verse acorralado, le había prendido fuego a una enorme pila de ropa de la lavandería para causar confusión.

Durante la detención, Milo se había llevado la peor parte, y eso había provocado una investigación de la policía. Todos los integrantes de Investigaciones Hunt habían quedado exculpados, pero Archer estaba enfadado y llevaba una hora echándoles la bronca y revisando con ellos el protocolo.

Lo cierto era que habían seguido el protocolo.

Bueno, casi por completo.

Algunas veces, en el calor del momento, por ejemplo, cuando un delincuente peligroso provocaba un incendio que era una amenaza para gente inocente, ocurrían cosas.

Cosas como que el tipo recibiera un buen puñetazo en la cara.

No había sido él; en realidad, había sido Lucas quien se lo había dado. Lucas había perdido a un hermano durante un incendio provocado. Aunque ninguno iba a acusarlo; estaban dispuestos a que les pegaran un tiro antes que acusarse entre ellos. Aquel trabajo no era fácil, y ellos eran un equipo, aunque cada uno tuviera sus motivaciones personales. En el caso de Joe, a él le gustaba que lucharan en el lado bueno. Tal vez así consiguiera purificar un poco su karma.

Pensaba que también podía ser esa la motivación de Lucas, aunque Lucas tenía mucha más ira que él. Una ira que canalizaba haciendo muy, muy bien su trabajo.

—Vamos a revisarlo de nuevo —dijo Archer, en un tono engañosamente suave, mirando con dureza a Joe, a Lucas, a Trev, a Reyes, y a Max, además del dóberman de Max, Carl. Todos ellos habían recibido un minucioso entrenamiento por parte del mismo Archer—. ¿Cuáles son los pasos que hay que dar en caso de incendio? —preguntó, mirando a Lucas.

Mierda, pensó Joe. Lo sabía. Aunque, en realidad, no le sorprendía mucho. Archer siempre lo sabía todo.

Lucas se encogió de hombros.

—¿Los pasos más grandes de todos?

Respuesta incorrecta. Archer todavía estaba gruñendo cuando Molly entró en la sala y dejó un par de bolsas grandes de color marrón sobre la mesa de reuniones.

Carl se irguió y se relamió.

Ellos, también.

—Comida —dijo Molly, mientras lo miraba a él de arriba abajo.

Se estaba cerciorando de que no había recibido ninguna herida. Todavía estaba asustada por el golpe en la nuca que le habían dado hacía unos meses. Pero él se había recuperado. Y le irritaba que ella tratara de ser la protectora, cuando ese era su papel. Se había ocupado de ella durante toda la vida, bueno, salvo en aquella ocasión en la que había fracasado estrepitosamente. Él le miró la pierna derecha mientras ella rodeaba la mesa, cojeando.

Aquel día le estaban doliendo la pierna y la espalda y eso le mataba, porque, de no haber sido por él, su hermana no habría resultado herida.

Nadie se hubiera atrevido a tocar las bolsas mientras Archer todavía estaba hablando, pero él se calmó al ver a Molly y le dio las gracias por la comida con una sonrisa.

—Bueno —dijo, mientras empujaba las bolsas hacia el centro de la mesa para que todo el mundo pudiera alcanzarlas—. Le prometí a la policía que os diría todo esto. Ahora, cambiemos de tema.

Por fin. Mientras comían, Archer les informó de los siguientes casos. Él escuchó solo a medias.

Max le dio a Carl un hueso. El perro observó con melancolía la comida de Max, pero, con un suspiro, tomó el hueso.

Joe comió todo aquello que pudo alcanzar. En su opinión, lo mejor para bajar la adrenalina era el sexo, pero, como sustitutivo, la comida podía valer. La sala de reuniones se había quedado en silencio, salvo por los sonidos de la comida y algún gruñido. Joe se puso a pensar en una mujer. No en Ciera, la nueva y muy atractiva camarera del pub, que le había pasado su teléfono hacía muy poco tiempo. Ni en Danielle, a la que había conocido en el gimnasio y con la que había pasado tres noches apasionadas antes de que él tuviera que marcharse de la ciudad por una cuestión de trabajo y, al volver, no la hubiera llamado de nuevo.

No. Estaba pensando en la única mujer que podía volverlo loco sin pretenderlo.

Kylie.

Odiaba cómo habían terminado las cosas la noche anterior.

Y a Gib.

Kylie y Gib...

Mierda. Sabía que Kylie y Gib no estaban juntos porque ella se lo había dicho, y él la conocía. Llevaba un año observándola. Ella no había salido demasiadas veces. Necesitaba sentir algo de verdad por un tipo.

Y, sin embargo, a él lo había besado con toda su alma y su corazón.

Entonces, ¿por qué lo había dejado pasar? «Porque eres imbécil», se dijo. «Porque sabes que estás aceptando algo de ella que no vas a poder devolverle».

Sabía que Kylie no le había contado toda la historia de por qué el pingüino de madera era tan importante para ella. Le resultaba frustrante que no confiara en él. Sin embargo, él tampoco confiaba en nadie, y era especialista en mantener a la gente a distancia.

Pero eso no era cierto con ella. No podía quitársela de la cabeza. Había intentado besarla para librarse de una vez de la atracción, pero el intento había sido un fracaso. Cada vez que la miraba, le parecía la mujer más deseable del mundo. Tal vez, si la besara una última vez, consiguiera olvidarla... Podría apoyarla contra una pared y...

—Está completamente ido —dijo Lucas con una sonrisa de diversión—. Creo que está soñando. Seguramente, con esa chica tan guapa de O'Riley's que le metió el número de teléfono en el bolsillo la semana pasada.

Joe abrió los ojos y vio que Lucas estaba agitando una mano delante de su cara. La apartó de un manotazo.

–No, no estoy soñando.

–No sé, tío. Estabas sonriendo, y todo.

Joe puso los ojos en blanco con resignación.

Archer enarcó una ceja.

–¿Quieres contarnos algo?

No, claro que no. Pero los buitres habían olido la carroña, y estaban volando en círculo sobre él.

–Puede que sea la chica nueva de la cafetería –dijo Reyes–. Siempre va a recoger su café a la misma hora que él.

–Seguro que es Kylie –dijo Trev.

Aunque sabía muy bien que no podía reaccionar, Joe se quedó paralizado.

Max soltó una risotada.

–No... Kylie lo odia. Cree que es idiota. Lo sé porque cuando voy a ver a Rory al trabajo, a la tienda de artículos de mascotas, las chicas y ella están hablando. Carl es mi tapadera –dijo, sonriéndole a su perro–. Ellas se lanzan a acariciarlo y a mí no me hacen ni caso.

–¿Kylie piensa que yo soy idiota? –preguntó Joe, sin poder contenerse. Al ver que Max sonreía, se dio cuenta de que lo habían cazado. Mierda.

–Si habéis terminado de hablar de vuestra vida amorosa... –dijo Archer.

–Eso lo dices porque tú ya lo tienes resuelto –le dijo Reyes–. Pero algunos no tenemos ninguna relación, y tenemos que aceptar lo que nos quede.

–No sé. Puede que sea mejor estar solo –dijo Max–. Yo quiero a Rory, pero, a veces, tener una relación es tener que pedir una ración grande de patatas fritas cuando solo querías una pequeña, pero sabes que tu novia se las va a comer todas aunque haya dicho que no quería ninguna.

Archer soltó un resoplido, pero se mantuvo en silencio, porque todos sabían que Elle era aún peor que él.

—Bueno, vamos a volver a trabajar —dijo. El tiempo de descanso había terminado.

Joe le agradeció la intervención, pero sabía que aquello no había acabado. Las hienas iban a volverlo loco pidiéndole detalles. Podía ignorarlos a todos, pero había algo que no podía ignorar: «¿Kylie piensa que soy un idiota?».

Aquella noche, Joe fue a casa de su padre. Tomó las dos bolsas de la compra que llevaba en el asiento del copiloto y caminó hasta la modesta casita, que estaba en una calle también modesta, pero tranquila, del Inner Sunset District.

Joe había comprado aquellas dos casas pareadas hacía cinco años. Como Alan Malone era demasiado orgulloso y terco como para permitir que alguien viviera con él para cuidarlo, recibía únicamente dos visitas semanales de una enfermera que comprobaba su estado de salud. Bueno, cuando su padre le abría la puerta, claro.

Todo eso significaba que era él quien tenía que vivir en la casa de al lado. Había intentado que su hermana se quedara con la casa sin pagar el alquiler, pero Molly se había negado, y vivía en Outer Sunset, lo suficientemente lejos como para que, según ella, ninguno de los dos tratara de dirigir su vida.

Se repartían los turnos para vigilar a su padre. Aquella noche le tocaba a él. Las luces estaban encendidas, pero la puerta estaba cerrada con llave. Eso no era ninguna sorpresa. Aquel veterano de guerra siempre tenía las ventanas y las puertas cerradas con llave.

Joe tenía la llave, pero entrar a aquella casa sin ser invitado no era bueno para la salud. Llamó a la puerta; cuatro golpes fuertes y una pausa y, después, otro golpe. Era un código, porque su padre lo necesitaba.

No hubo respuesta, así que llamó a su padre por teléfono.

—Llegas tarde —le dijo una voz malhumorada. Después, colgó.

—Cabrón —musitó Joe. Intentó enviarle un mensaje de texto.

Joe: Había mucho atasco.
Su padre: Qué pena.
Joe: He traído la comida.
No hubo más respuesta.
Joe volvió a llamar.
—Abre, papá.
Nada.
Joe suspiró.
—Papá. Abre, o voy a entrar.
Aquello sí consiguió una respuesta: el inconfundible sonido de la carga de una escopeta.

Capítulo 11

#AndaAlégrameElDía

Debía de haber gente que, al oír a su padre cargando una escopeta, podía mantenerse firme y pensar que su propio padre no iba a dispararle.

Joe no se hacía tantas ilusiones. Si a su padre le apetecía disparar, iba a hacerlo. Joe se había llevado todas las balas de la casa, pero su padre era muy astuto.

Y muy habilidoso.

—¿De verdad, papá? —le preguntó—. Solo me he retrasado unos minutos.

Tampoco hubo respuesta, y él se sintió como si tuviera otra vez quince años. Había tenido que dormir muchas noches en el porche porque su padre le había cerrado la puerta por llegar tarde.

Aunque llegar tarde fuera llegar después del atardecer.

Su padre no toleraba la oscuridad desde que había vuelto de la Guerra del Golfo, convertido en un hombre muy distinto al que había sido. Como no podía conservar un trabajo durante demasiado tiempo, Joe había tenido que ponerse a ayudar desde muy joven, aunque no todos sus métodos habían sido aceptables. Sin embargo, no podía permitir que su padre y su hermana pasaran hambre.

Por suerte, aquellos días ya habían quedado atrás y Archer le pagaba más que bien, así que podía cubrir las necesidades de toda la familia. Dejó las bolsas de la compra en el suelo, sacó una pequeña herramienta y abrió las cerraduras. Empujó la puerta suavemente.

—No me dispares —le dijo a su padre.

—¿Por qué no?

—Porque entonces, no vas a poder cenar.

Pero Joe no era tonto, así que se mantuvo junto a la puerta, fuera de la vista de su padre, hasta que le respondió.

—Está bien, pero será mejor que la cena esté buena.

Joe tomó las bolsas y entró con cautela. Volvió a cerrar la puerta y, para calmar al hombre que estaba observando todos sus movimientos, comprobó que estaban bien cerradas varias veces. El trastorno obsesivo compulsivo era terrible. Se dio la vuelta y vio a su padre, que, ciertamente, lo estaba observando desde su silla de ruedas, entre el salón y la cocina. Tenía una escopeta sobre las rodillas, e iba vestido solo con la ropa interior.

—¿Dónde están tus pantalones?

—No me gustan los pantalones.

—Bueno, creo que a casi nadie le gustan —dijo Joe, y pasó por delante de él para entrar en la cocina—. Pero tenemos que llevarlos.

Su padre lo siguió. Estaba pálido y tenía una expresión malhumorada.

—¿Estás haciendo los ejercicios de estiramiento para el dolor? —le preguntó Joe.

—A la mierda los médicos. No saben nada.

—Esos estiramientos no te los enseñó el médico, sino tu fisioterapeuta. Ella te cae muy bien, ¿no te acuerdas?

—No, no me cae bien.

—Me dijiste que huele bien.

—Sí, huele bien.

Joe tomó aire. Se le estaba acabando la paciencia. Quería mucho a su padre, pero, algunas veces, tenía ganas de estrangularlo. Puso agua al fuego para cocer unos espaguetis y comenzó a freír unas salchichas para hacer la salsa.

—No entiendo cuál es el problema.

—No es tu madre.

Joe se quedó helado, y se giró hacia él.

—Papá, nadie lo es. Pero... mamá murió.

—Mierda de cáncer. Mierda de médicos.

Había muerto hacía veinte años, pero no tenía sentido tratar de razonar con su padre.

—¿Dónde está Molly? —le preguntó—. Creía que iba a venir esta noche.

—Vendrá mañana. Me pidió que te dijera que puede traer pizza, si te apetece.

—Sí, sí quiero. Ella es más agradable que tú. También me trae puros.

Joe dejó de remover la carne y miró a su padre.

—Se supone que ella no debería hacer eso.

Su padre dio unos golpecitos al bolsillo lateral de la silla, con una expresión petulante.

Joe cabeceó, pero no se dejó arrastrar a la pelea. Sabía que no había cerillas ni encendedores en toda la casa. Molly y él habían dejado la casa a prueba del síndrome postraumático hacía varios años, y la mantenían limpia. Así pues, su padre podía aferrarse a aquellos puros, si eso hacía que se sintiera mejor. Y el hecho de verlo desafiante y satisfecho de sí mismo era mucho mejor que la depresión y la ansiedad que padecía normalmente.

—Tienes que salir más.

Su padre se encogió de hombros.

—¿Y Janice? —le preguntó Joe—. La señora tan maja que vive al final de la calle y que te hace *brownies*. Se ofreció a ir contigo al cine.

—Es vieja.

—Tiene cuarenta y cinco años —le dijo Joe, con ironía—. Siete años más joven que tú.

Su padre lo miró con sorpresa. Y con culpabilidad.

—Papá, ¿qué has hecho?

Silencio.

—Dime que no has sido... tú mismo con ella.

—Solo sé ser así.

—¿Qué le dijiste, exactamente?

—Quería que me apuntara a un club Bunko. Y que aprendiera a bailar en línea con ella.

—¿Y?

Su padre lo miró como si tuviera dos cabezas.

—El Bunko es un juego tonto de mujeres, y yo estoy en silla de ruedas. No puedo bailar.

—Los hombres juegan al Bunko —dijo Joe, con la esperanza de que fuera cierto. En realidad, no sabía exactamente qué era el Bunko—. Y tu silla tiene ruedas de las buenas. Pero te pido que te pongas unos pantalones, por favor. Y entonces, si le gustas a una mujer tanto como para que quiera compartir su vida contigo, no seas tonto. Compártela.

—¿Qué te parece que siga ese consejo cuando tú hagas lo mismo?

—Muy bien —dijo Joe—. Pero a mí nadie me ha pedido que juegue al Bunko ni que baile en línea.

—Ya sabes lo que quiero decir. Tú eres un solitario, como yo.

—Sí, bueno —dijo Joe con un suspiro—. Puede que haya llegado el momento de que dos tipos de costumbres aprendan un par de cosas nuevas.

—Como ya te he dicho, tú primero.

Joe pensó inmediatamente en Kylie, y tuvo que admitir que esperaba que ella no tuviera afición por el Bunko ni por el baile en línea.

Comieron en silencio. Después, Joe recogió y ayudó a su padre a ducharse, a tomar las medicinas y a acostarse.

—¿Por qué tienes tanta prisa? —le preguntó su padre, mientras se tapaba con la manta.

—No tengo prisa —respondió Joe, y dejó un vaso de agua en la mesilla de noche.

—No se puede engañar a un embustero, hijo. La otra noche nos vimos una temporada entera de *Pequeñas mentirosas* y esta noche estás deseando largarte de aquí. Supongo que así no tengo que sentirme mal por haber visto el primer episodio de la siguiente temporada con Molly.

—Vaya —dijo Joe—. Tienes muy mala educación con respecto a las series, papá. Y tengo que marcharme porque todavía me queda trabajo.

Era cierto, más o menos. Había quedado con Kylie a las siete en su casa para ir a investigar a otro de los aprendices, Eric Hansen. Casualmente, iba a haber una exposición suya en una galería cercana aquella misma noche, y sería la oportunidad perfecta para hacer la investigación. Él había llamado a Kylie un poco antes para contárselo y, previsiblemente, ella se había empeñado en ir.

Eso era algo muy especial de Kylie: ella no estaba

buscando un héroe, sino que salía a hacer el trabajo e intentaba resolver el problema por sí misma. Y eso, a él le atraía mucho.

Como el hecho de que hubiera una química tan fuerte entre ellos.

No tenía sentido. Kylie era un enorme contraste con el resto de su vida. Creaba belleza con sus propias manos y siempre pensaba lo mejor de los demás. Eso le fastidiaba y, al mismo tiempo, le hacía sentir algo opuesto al fastidio...

—Es por una chica, ¿verdad? —le preguntó su padre—. Por favor, dime que es una chica. El hijo de Ted dejó a su mujer por un tipo que lleva los ojos y las uñas pintadas. No sé adónde va a llegar este mundo.

Ted era compañero de unidad de su padre. Estaba en una residencia psiquiátrica y llevaba allí desde que habían vuelto a Estados Unidos, pero se mantenían en contacto por mensajes de teléfono.

—No tiene nada de malo que Kelly sea gay —le dijo Joe.

—Bueno, Ted se lo buscó, por ponerle a su hijo un nombre tan cursi como Kelly.

Joe revisó la cerradura de la ventana para tener algo que hacer y no reaccionar negativamente a las palabras de su padre. El médico le había dicho en muchas ocasiones que su padre estaba igual de enfadado con todo el mundo, lo cual significaba que era intolerante y dañino con todos por igual. Aunque eso no le hacía más fácil la situación.

—Ahora, las cosas son diferentes, papá. El género y la orientación sexual son algo más fluido.

—¿A ti no te importaría que yo empezara a maquillarme? ¿O que me echara un novio?

—No, ni lo más mínimo —dijo Joe—. Sobre todo, porque tú tendrías que haberte vuelto un tipo mucho más agradable para haber podido echarte novio.

Su padre le sorprendió, porque se echó a reír. Todavía se estaba riendo cuando se giró en la cama y le dio la espalda.

Joe se marchó y fue en coche hasta casa de Kylie. Llamó a la puerta y notó que ella se asomaba a la mirilla. Pensaba que iba a estar enfadada por su forma de marcharse la noche anterior, después de que Gib apareciera en escena, así que se quedó sorprendido al ver que ella hablaba la primera.

—¿Ya se te ha pasado? —le preguntó, a través de la puerta.

Él se encogió de un hombro.

—Más o menos.

—Me alegro.

Kylie abrió la puerta, y eso fue todo. Nada de reproches, ni de mohines.

Nunca había conocido a una mujer como ella.

Nunca.

Aquella tarde, se había puesto una peluca rubia, unas enormes gafas de sol y una trenca.

—Dime que vas desnuda debajo de la trenca —le pidió él—. Mejorarías mucho la mierda de día que he tenido.

Ella se cruzó de brazos.

—¡Voy disfrazada!

—Eso ya lo veo. ¿Vas de enfermera? Oh, por favor, sí, que sea de enfermera.

—¿Lo dices en serio? Me he disfrazado para poder ir a la exposición de Eric Hansen sin que me reconozca.

Joe se echó a reír. No podía parar.

Ella lo miró con los ojos entrecerrados, y él intentó contenerse.

—Ay, mierda —dijo con los ojos llenos de lágrimas—. Necesitaba esto para animarme.

—No estoy intentando divertirte —dijo ella, en tono de enfado—. Voy a ir a la galería como si fuera una compradora.

—Kylie —le dijo él, intentando no echarse a reír de nuevo, por si ella trataba de matarlo—. Yo voy a ir como si fuera una persona normal.

—Pero si tú no eres normal.

—De acuerdo, listilla —dijo él—. Solo quiero echar un vistazo y, si puedo, hablar con Eric.

—Muy bien. Entonces, ¿cuál es mi papel?

—¿Qué papel?

—Mi motivación. Los actores necesitamos una motivación.

Él la miró de la cabeza a los pies y cabeceó, tratando de reprimir el deseo que sentía.

—Tu motivación va a ser intentar que yo no te abra esa trenca para ver qué llevas debajo.

Ella se quedó boquiabierta, como si se estuviera imaginando todas las maneras en que él podría convencerla para que se quitara la trenca. «Sí. Vamos, Kylie, piensa en eso. Imagínatelo». Eso los pondría a los dos en el mismo barco.

Sin embargo, su expresión anonadada desapareció. Se ajustó el abrigo al cuerpo.

—¿Es que siempre estás pensando en lo mismo?

—Siempre —respondió Joe, mientras se dirigían a su coche—. Será mejor que lo tengas en cuenta.

Media hora más tarde, tenían otro problema: la exposición era un evento de pago y ya no quedaban entradas. No les permitieron pasar de ninguna manera, y Joe ya estaba pensando en colarse por la puerta trasera, pero, con solo ver a la gente que tenía entrada, se dio cuenta de que no iban vestidos adecuadamente si querían colarse y no llamar la atención. Además, él detestaba el champán y los canapés.

Tendrían que esperar a que la fiesta terminara. Para pasar el rato, se llevó a Kylie a un establecimiento de comida para llevar y, después de pedir la cena, volvió a la inauguración y aparcó en la parte trasera, donde vio el coche de Eric.

—¿Por qué hemos vuelto? —preguntó Kylie, mientras se tomaba sus patatas fritas.

—Para vigilar.

Ella asintió.

—¿Y cuánto tenemos que esperar?

—Lo que haga falta —dijo él, distraídamente, mientras la veía chuparse un poco de sal que tenía en el dedo.

Después, ella succionó la pajita de su refresco, y a él estuvo a punto de darle un ataque.

—¿Cuánto es lo máximo que has tenido que esperar?

A él le costó dirigir la mirada hacia sus ojos. Aquella mujer tenía la boca más maravillosa que hubiera visto en la vida.

—¿Y bien? —inquirió ella.

Atravesó el velo de lujuria e hizo que él sonriera. Era muy impaciente. «¿Que cuánto es lo máximo que he tenido que esperar? Veamos... he esperado un año entero antes de besarte», pensó. Sin embargo, no podía revelarle eso, que, además, no era lo que ella le había preguntado.

—No vamos a tener que esperar mucho más.

—¿Y si se marcha y no lo vemos, estando aquí?

—Ese es su coche —dijo él, señalando un Tesla Roadster que había en un rincón—. No puede ir a ninguna parte sin que nos enteremos.

Ella lo miró de reojo.

—Además, si esperamos aquí, no tendrás que ponerte un traje.

Él enarcó las cejas.

—Molly me ha contado que odias llevar traje. Que tu idea de arreglarte es meterte la camiseta por dentro del pantalón —dijo ella, y sonrió—. Molly es muy divertida.

—Molly es una bocazas.

—Molly es increíble.

Cierto, sí. Molly era increíble. Pero eso no significaba que él quisiera que su hermana pequeña fuera por ahí contando sus secretos.

—¿Y qué más te ha dicho sobre mí? —le preguntó a Kylie.

—Que los héroes no llevan capa, sino trajes de camuflaje, y que su padre y tú sois sus héroes.

—Yo no soy el héroe de nadie, Kylie.

Sus miradas se encontraron y, entonces, ella bajó los ojos hacia su boca. «Las grandes mentes piensan lo mismo», se dijo Joe, mientras la veía acercarse a él con aquella peluca rubia tan sexy y la trenca. Él tenía el brazo apoyado a lo largo del respaldo del asiento de Kylie, y le acarició suavemente la nuca con los dedos.

Ella se estremeció, y aquella fue toda la invitación necesaria para que Joe bajara la cabeza y...

En aquel preciso instante, ella dio un respingo, como si le hubiera picado una abeja.

—¡Oh! —exclamó—. Casi se me olvida.

Rebuscó en su enorme bolso y sacó dos navajas.

—Ya voy armado —dijo él.

—¿Cómo? —preguntó ella—. Ah, no, esto es para enseñarte a tallar —dijo, e hizo una pausa—. Espera un momento, ¿vas armado?

–Sí.
–¿Siempre vas armado?
–Durante el trabajo, sí.

Ella lo miró de arriba abajo, deteniéndose en ciertos puntos que a él le provocaron bastante calor.

–¿Dónde?
–Kylie...

Ella cabeceó suavemente.

–No importa, no importa. No me lo digas. Vamos a tallar.
–¿Por qué?
–Para que comprendas por qué quiero recuperar el pingüino de mi abuelo.

Entonces, sacó dos tacos pequeños de madera del bolso.

–¿Cuántas cosas puedes meter ahí? –le preguntó Joe, maravillado.

–Muchas, y eso es estupendo –dijo ella, y sacó también dos chocolatinas, con una sonrisa triunfal–. ¡El postre!

A él no le gustaban mucho los dulces, pero la vio tan contenta consigo misma, que aceptó. El chocolate le resultó delicioso, así como la lección de talla de madera que le dio Kylie. Iba a decirle que no tenía la paciencia necesaria para dedicarse al arte, pero ella ya se había inclinado sobre él, con la frente fruncida y un gesto precioso de profesora autoritaria. Los largos mechones rubios de la peluca le acariciaban los antebrazos, y con aquel contacto suave, a Joe se le olvidó lo que iba a decir. Siguió sus instrucciones, y tallaron.

Era casi imposible hacer algo que no fueran mellas en la madera, pero él se esforzó. Después de unos pocos minutos, Kylie alzó la cabeza con una sonrisa, y dijo:

—Vaya, sí que se te da mal.

Sin duda.

Además, estaba cada vez más excitado. Era increíble la falta de control que padecía cuando estaba con ella. No tenía excusa, pero estaba muy cansado de luchar contra ello. Así pues, la agarró y se la puso sobre el regazo para que ella se sentara a horcajadas, tomó su precioso trasero con ambas manos y la besó hasta que se le escapó un gruñido. La deseaba más que a ninguna otra cosa en el mundo. Bajó la guardia y perdió la capacidad de estar atento a todo lo que los rodeaba.

Se detuvo cuando ella le puso una mano en el pecho y lo empujó hacia atrás.

—¿No estábamos en misión de vigilancia? —le preguntó.

Aunque hubieran estado rodeados de bandas de delincuentes, no se habría dado cuenta. Todavía tenía una mano en una de sus nalgas y la otra entrelazada en su pelo.

—Sí.

Dios Santo. Intentó reprimir el deseo con gran dificultad, aunque una parte de sí mismo sabía que aquello no solo era una cuestión de magnetismo animal. Pero aquel problema era para otro momento.

—Entonces... —dijo ella con una sonrisa—. ¿Volvemos a tallar?

—Claro —dijo Joe.

Se alegró de que su voz sonara normal, porque él no se sentía normal. Quería ponerse a aullar a la luna. Sin embargo, aunque Kylie estaba ruborizada por los besos, parecía que enseñarle a tallar también era de su agrado.

Cuando ella se levantó y volvió a su asiento, él fingió que no le importaba nada tomar el cuchillo para algo que no fuera amenazar a alguien, y se dijo que tenía que disfrutar del hecho de que Kylie tuviera las manos encima de las suyas.

Aunque lo que quería en realidad era poner las manos en ella.

Capítulo 12

#TeEstoyMirandoNena

Kylie ya no solía tallar. Cuando su abuelo vivía, tallaban juntos, por las noches, después de trabajar. Era su forma de conectar y para Kylie, que no había tenido muchos vínculos durante su vida, significaba mucho.

Después de la muerte de su abuelo, tallar había perdido su atractivo. Sin embargo, aquella noche, al tomar la navaja y empezar a trabajar en la madera, los movimientos volvieron a sus manos con tanta facilidad como cuando alguien volvía a montar en bicicleta después de años, y eso le daba… paz.

Y estar tan cerca de Joe le daba otras cosas, también. Como, por ejemplo, le provocaba un anhelo y un hambre que llevaba mucho tiempo negando. Lo vio trabajar con la navaja, cortando con profundidad en vez de hacer cortes superficiales, y tuvo que admitir que le resultaba divertido constatar que Joe no era perfecto en todo. Puso las manos sobre las suyas de nuevo, intentando mostrarle que necesitaba ser más delicado. Rodeó sus dedos y los guio hacia arriba y hacia abajo.

Él la miró a los ojos.

—Si sigues así —le dijo—, no vamos a tener ningún problema con la madera.

Pronunció la palabra «madera» en voz baja, en un tono sugerente, y ella se ruborizó. Él siguió mirándola fijamente unos instantes y, después, volvió a concentrarse en la talla.

Kylie le colocó las muñecas en el ángulo adecuado, pero, sobre todo, lo hizo para seguir tocándolo. Era cálido, y ella notaba como se le flexionaban los músculos de los antebrazos a cada pasada de la navaja por la madera. Se movió en el asiento con inquietud y, de nuevo, él la miró a los ojos. Y, viera lo que viera en su rostro, a Joe se le iluminó la cara con una sonrisa y, por una vez, fue como un hombre normal.

—Hace mucho tiempo —dijo él.

—¿Desde qué?

—Desde que me he divertido durante una vigilancia.

Ella se echó a reír.

—Creía que ibas a decir que hacía mucho tiempo desde que no tenías a una mujer en tu coche con la que no fueras a acostarte.

—¿Y quién dice que no estoy intentando acostarme contigo? —preguntó él.

Kylie pensó: «No te arriesgues a tomarle el pelo. A él se le da mucho mejor que a ti».

—Ven aquí, Kylie.

Ella no vaciló. Se acercó a él, y él la abrazó, bajó la cabeza y la besó. Joe tenía un sabor a chocolate, olía a madera de álamo y era celestial. Aquel fue el mejor beso que le habían dado en la vida, y no quería que terminara, pero, por el rabillo del ojo, vio a Eric salir por la puerta trasera de la galería.

—Joe.

—¿Sí? —preguntó él mientras recorría su mandíbula, hacia la oreja, y tomaba entre los dientes el lóbulo de su oreja. Dio un ligero tirón, y le provocó otro ligero tirón a Kylie entre las piernas.

—¿No-no ne-necesitábamos hablar con Eric?

Él lamió lo que acababa de morder.

—Um, sí...

Ella posó una mano en su pecho y lo empujó hacia atrás para poder mirarlo.

—Entonces, ¿vamos a hacerlo ahora?

Joe se irguió de un respingo y miró por la ventanilla. Al ver a Eric, salió rápidamente del coche. Ella lo siguió inexplicablemente feliz, y observó a Eric. Hacía años que no lo veía, y él no había cambiado. Seguía pareciendo Gumby con ropa de vaquero, con sombrero y botas. Cuando cerró la puerta de la galería, se dio la vuelta y los vio allí, miró a Joe, y la cara se le iluminó.

—Vaya, un sueño hecho realidad —dijo, observándolo de arriba abajo.

Joe ni siquiera pestañeó.

—Nos gustaría hacerte unas preguntas —dijo Joe.

—Cariño, puedes preguntarme lo que quieras.

Joe miró a Kylie, y Eric se fijó en ella por primera vez. Hizo una pausa, y su rostro volvió a iluminarse de alegría. Su expresión de flirteo cambió a una de felicidad.

—¡Kylie Masters! —gritó—. Oh, Dios mío, ¿eres tú de verdad?

—¿Me has reconocido? ¡Pero si llevo peluca!

—Ya lo sé. Yo tengo una igual. Y, con o sin el pelo, tu sonrisa y tus ojos no han cambiado.

La atrajo hacia sí y le dio un abrazo, al que Kylie correspondió con un suspiro. Vaya con el disfraz. Iba a tener que mejorar.

—Ha pasado mucho tiempo —murmuró Eric—. Demasiado. Intenté ponerme en contacto contigo muchas veces después de...

Ella cerró los ojos, y él se quedó callado.

—Lo siento —dijo—. Es normal que no quieras hablar de ello.

Eric siempre había sido uno de los aprendices favoritos de su abuelo y, en aquel momento, Kylie recordó el motivo. Ojalá Joe no captara todas las cosas que no estaban diciendo, pero ella sabía que era demasiado agudo como para no darse cuenta. Ella no quería que lo supiera. No quería que nadie supiera su vergonzosa verdad.

—Me enteré de que estás trabajando para Gib —le dijo Eric—. Es estupendo. Él está haciendo un trabajo muy bueno en Maderas recuperadas. Siempre pensé que vosotros dos podíais terminar... —comentó, y, después de mirar a Joe, añadió en voz baja—: Ya sabes.

—Trabajo para Gib, pero no hay nada más —dijo ella.

Todo el mundo creía que Gib y ella formarían una pareja. Y, durante mucho tiempo, ella también lo había creído.

Gib era un buen tipo. Sin embargo, en el fondo, ella tenía que reconocer que siempre había sabido que no era el hombre de su vida. Había una gran diferencia entre el amor de una adolescente y el amor de una mujer adulta. Antes, cuando soñaba con el tipo de hombre que quería, pensaba en que sería alguien como Gib, bueno, considerado y amable.

Sin embargo, últimamente se había dado cuenta de que era exactamente lo contrario a lo que necesitaba, y no tenía nada que ver con sentirse atraída por Joe, sino con su anhelo de amor y aceptación.

Bueno, también podía tener alguna relación con la atracción por Joe, y con algo más. Durante toda aquella semana, él había estado ayudándola sin condiciones y, en aquel corto espacio de tiempo, había llegado a confiar en él más de lo que nunca hubiera pensado.

Además del hecho de que confiara en él y lo deseara tanto, él le permitía ser ella misma, incluso cuando se ponía una peluca rubia e insistía para que aprendiera a tallar.

Y, por todo eso, no podía evitarlo: quería más.

Mucho más.

—¿Qué estáis haciendo aquí, en el aparcamiento? —le preguntó Eric—. No te he visto en la exposición.

—Es que no hemos entrado —dijo Kylie—. No teníamos invitaci...

—Oh, Dios mío. Cariño, ¿por qué no me has llamado? —le preguntó Eric, con horror!—. ¡Te habría traído como invitada de honor! —exclamó, y miró a Joe de reojo—. Y podrías haber venido con él.

—Te presento a Joe. Está... —dijo Kylie, y lo miró con un repentino sentimiento de diversión. No tenía ni idea de cómo describirlo, y él lo sabía—. Me está ayudando. He tenido unos pocos...

—Me alegro mucho de conocerte —dijo Joe, interrumpiéndola.

Entonces, se sacó una pequeña libreta y un bolígrafo del bolsillo y le pidió un autógrafo a Eric.

Eric se puso muy contento.

—¿De verdad? Oh, vaya. Claro que sí. Te doy mi autógrafo. Te doy lo que quieras —dijo. Sonrió e hizo una firma con una floritura.

Joe miró la firma y, después, a Kylie.

Eric no era el ladrón del pingüino.

—Tengo que enseñarte una cosa —le dijo ella, y le enseñó la Polaroid en la que aparecían la consola y el banco—. ¿Esto lo has hecho tú?

Eric miró la foto y frunció el ceño.

—Parece de tu abuelo, cariño —dijo. Sin embargo, al fijarse mejor en el banco, añadió—: Pero esto, no. Ni mío, tampoco. Mis acabados son mucho más finos que los de estos bordes. Y yo nunca he usado un barniz así. ¿Qué es lo que estoy mirando?

—El trabajo de un impostor. Estoy intentando encontrar a la persona que hizo el banco.

—Um —murmuró Eric, acercándose la fotografía para mirarla aún más atentamente.

—¿Qué? —le preguntó Joe.

—No estoy seguro, pero este trabajo me recuerda a otro ebanista que conozco.

—¿A quién? —le preguntó Joe.

—Hace un par de años, llegó un tipo intentando vender un banco. Se suponía que lo había hecho al estilo de tu abuelo, pero ni se acercaba.

—¿Qué hiciste tú? —inquirió Joe.

—No se lo compré, claro, pero me quedé con su tarjeta —dijo y sonrió—. Yo siempre me quedo con las tarjetas de todo el mundo.

—Me gustaría verla.

Eric soltó un resoplido.

—Me va a llevar un buen rato encontrarla. Como he dicho, me quedo con la de todo el mundo y nunca tiro nada.

—Pero todavía la tendrás por ahí, ¿no? —preguntó Kylie—. Es que necesitamos hablar con él.

—Sí, claro que la tengo. La voy a buscar —dijo Eric, y miró a Joe—. Mientras tanto, Kylie sabe cómo encontrarme, guapo —añadió, y le guiñó un ojo a Kylie—. ¡No volvamos a perder el contacto! ¿Por qué no quedamos para comer?

—¡Claro! —respondió ella, e iba a decir algo más, pero Joe la agarró de la mano.

—Tenemos que irnos —dijo—. Que tengas una buena noche.

—Pero...

Eric no pudo decir nada más, porque Joe metió a Kylie al coche en un abrir y cerrar de ojos.

—¿Por qué has hecho eso?

Él le puso una hoja de papel en el regazo y siguió conduciendo.

—Tenemos cosas que hacer.

—¿Y ya sabemos lo suficiente como para tachar a Eric de la lista?

—Sí. Hoy ha llenado una exposición de muebles para la venta que no son del estilo de tu abuelo. Además, tiene un Tesla Roadster.

—¿Y eso qué tiene que ver?

—Es un coche caro.

—Ya. Entonces, no tiene necesidad de tratar de ganar dinero fácil.

—Exacto.

Ella suspiró.

—Me ha parecido un poco grosero cómo me has sacado de allí, sin que pudiera despedirme?

Él la miró de reojo.

—¿Y no te he parecido listo?

—Sí, también, porque te has dado cuenta de todo rápidamente. Pero, también, grosero. No estaría de más que fueras normal en las situaciones sociales, ¿sabes?

Él hizo caso omiso, lo cual no sorprendió a Kylie.

—Es interesante —dijo Joe—. Eric es otro de los aprendices que ha mencionado que te ocurrió algo la noche del incendio.

A ella se le cortó la respiración.

—Claro que me ocurrió algo. Murió mi abuelo.

—Sí, lo sé, y siento mucho traerte malos recuerdos,

pero ¿estás segura de que no hay nada más que quieras contarme?

—Sí, estoy segura —dijo ella, mirando hacia delante, a través del parabrisas—. Y Eric no va a encontrar la tarjeta. Por lo menos, a tiempo, no.

—Ten paciencia. Ten fe.

Aquella respuesta hizo que Kylie lo mirara con incredulidad.

—¿Que tenga paciencia? ¿Que tenga fe? ¿Me estás tomando el pelo?

—Tienes que conservar la frialdad, o vas a reaccionar con las emociones en vez de con el cerebro.

—Sí, claro. Para ti es fácil decirlo, porque no tienes que luchar con algo tan peliagudo como las emociones.

Él volvió a mirarla de reojo.

—¿Es que tú crees que yo no tengo emociones?

—Creo que no te dejas dominar por ellas muy a menudo.

Él se quedó callado, pero, cuando llegaron a su destino, se giró hacia ella.

—En mi trabajo he aprendido a tener paciencia —le dijo—. Y me ha costado mucho, Kylie, he pagado un precio alto por ello. Algunas veces, el hecho de ocultar lo que pensaba me ha salvado el pellejo, por eso se me da tan bien. Pero no te creas que no tengo emociones ni sentimientos, Kylie. Creo que me has visto perder las riendas más de una vez contigo.

Sí. Pero, de todos modos, quería tener algo más de él. Sin embargo, se negaba a pedírselo.

Joe le acarició los brazos suavemente, y ella tuvo ganas de cerrar los ojos de puro placer, pero él exhaló un suspiro y la soltó. Después, salió del coche para abrirle la puerta y acompañarla hasta el portal.

—No era necesario —dijo ella.

−Alguien te está chantajeando con un recuerdo personal y sabe donde vives. Ahora solo están jugando contigo, pero eso puede cambiar.

Ella suspiró.

−Está bien. Y gracias.

Entonces, entraron a su apartamento. Y, al ver que había otro sobre en el suelo, ella se quedó helada.

Capítulo 13

#EnElBéisbolNoSeLlora

Kylie se quedó petrificada al ver el sobre en el suelo, pero Joe, no. Le puso una mano en el brazo para indicarle que se quedara donde estaba mientras él observaba el entorno con toda su atención.

Kylie no veía nada fuera de lo normal. Joe, sin soltarla, cerró la puerta, echó el cerrojo y tomó el sobre.

Ella iba a decir algo, pero él le puso un dedo en los labios, tomó en brazos a Vinnie, que había ido corriendo a saludarlos, y se lo puso con delicadeza en los brazos. Después, recorrió el piso, encendiendo las luces.

–No creo que quien esté haciendo esto entre en la casa –dijo ella, pero Joe no respondió. Continuó revisando metódicamente el apartamento.

Kylie achuchó a Vinnie cuando él le lamió la barbilla, extasiado como siempre por tenerla en casa. Después, Joe lo dejó en el suelo e, inmediatamente, Vinnie se fue a buscar su juguete favorito para llevárselo a Kylie. Aquella noche, su juguete favorito era una pelota de tenis en miniatura.

Ella se la arrojó.

—Vamos, tráemela, tráemela —le dijo, con la esperanza de conseguirlo, algún día.

Vinnie corrió detrás de la pelota y se marchó con ella por el pasillo. Kylie estaba suspirando cuando Joe volvió al salón.

—Abre el sobre —le dijo.

Era otra Polaroid. En aquella, el pingüino aparecía en un tranvía, a punto de caer a la carretera, entre los coches, y a Kylie se le encogió el corazón.

—Demonios —susurró, agarrando la Polaroid contra su pecho—. Hay demasiada locura en mi vida: las fotos, el pingüino desaparecido y tú.

Él se echó a reír y tomó la foto de sus manos para mirarla.

—Empezaste tú, con ese beso.

A pesar de que su cuerpo reaccionó como si él fuera a darle otro, ella se hizo la ofendida.

—Ya te he dicho que ni siquiera me acuerdo de cómo fue —respondió—. Ni tampoco el segundo.

—¿De verdad?

—Sí, de verdad —respondió, sin darse cuenta de que lo estaba provocando—. Puede que no seas tan bueno besando como tú te crees.

—Umm. Sujétame esto un momento —dijo él, y le entregó la fotografía.

Kylie la tomó sin pensar, y él la besó. El beso fue largo, profundo y deliciosamente excitante. A ella se le escapó un jadeo y recordó lo habilidoso que era él con los labios, hasta que se le cayeron las llaves y la fotografía y le rodeó el cuello con los brazos para estrecharse contra él.

Cuando se les acabó el aire, él recorrió su mandíbula con la boca y ella le dio libre acceso a su cuello mientras se deleitaba con el contacto de sus labios en la piel. Joe la mordió suavemente y ella sintió un escalofrío de pies a cabeza. Justo en aquel momento, Vinnie llegó corriendo al salón y dejó algo a sus pies.

Kylie se liberó y empezó a sonreír con orgullo.

—¡Sí! Por fin has aprendido a traer la pelota...

Se quedó callada en medio del horror, mientras Joe se echaba a reír a carcajadas.

Vinnie había llevado su consolador.

Ella, con la cara ardiendo de vergüenza, se agachó, lo recogió y lo metió debajo de un cojín.

—No tengo ni idea de dónde ha sacado ese... sable de luz.

Al oírlo, Joe se rio aún con más ganas. Tuvo que inclinarse y apoyarse con las manos en las rodillas. Cuando terminó y se irguió, enjugándose las lágrimas de los ojos, ella estaba en jarras, bastante menos apasionada y tan avergonzada que casi no podía hablar.

—Tienes que irte ya —dijo.

—¿Por qué? ¿Porque ya tienes vibrador y no me necesitas?

—¡Es un sable de luz! —exclamó ella, y abrió la puerta principal—. Fuera.

Él se acercó a ella y, mirándola a los ojos, cerró la puerta.

—Eh —le dijo—. Si una persona no puede darse una satisfacción una noche que otra, es que estamos a las puertas del apocalipsis.

Ella cerró los ojos y soltó un gemido de dolor, y él se echó a reír otra vez.

—Kylie, me encanta que tengas un... sable de luz. Me gusta tanto, que espero que un día me dejes ver cómo juegas con él.

—Oh, Dios mío —dijo ella, y se tapó la cara con las manos.

Él le apartó los dedos de las mejillas con delicadeza y la miró.

—No debería haberte metido en esto —murmuró Kylie—. Todo me parece una locura, más que cuando empezó.

—Estamos haciendo progresos. Solo tienes que tener paciencia.

A ella no se le daba bien tener paciencia. Y, por la cara de diversión de Joe, parecía que él lo sabía perfectamente.

—Y, en cuanto a la locura —prosiguió él—, puede que seas tú. Puede que seas un imán para las locuras.

—¿Ah, sí? ¿Y en qué te convierte eso a ti?

Él sonrió de oreja a oreja y, al verlo, a ella le explotaron el resto de las neuronas. Entonces, Joe entró en la cocina.

—¿Tienes palomitas? —preguntó—. ¿Chocolate caliente?

—Por supuesto. Son las comidas más importantes. ¿Por qué?

—Porque vamos a ver una película.

—Aunque corra el riesgo de repetirme, ¿por qué?

—Porque estás inquieta, y no creo que estés bien para quedarte sola.

Y él se iba a quedar con ella hasta que se hubiera calmado. Intentó que no la afectara el hecho de que fuera tan considerado, pero fue demasiado tarde. Tuvo una sensación de calidez en el corazón. Y en otras partes, también. Partes que antes solo se habían animado para su sable de luz.

Cinco minutos después, estaban viendo *Fast & Furious*, comiendo palomitas y tomándose un chocolate. Vinnie estaba dormido en el regazo de Joe.

Cuando terminó la película, Kylie se volvió hacia él.

—Has sido un perfecto caballero. ¿Y eso?

—Estoy intentando ser bueno contigo. Pero, a veces, pierdo el dominio.

—¿Ah, sí?

—Sí —dijo él con una sonrisita—. ¿Te has mirado al espejo? Hasta un muerto reaccionaría. Y yo no estoy muerto, Kylie —añadió, y le acarició una sien con el dedo—. Al principio, pensé que tal vez fuera por la peluca. O, no sé, puede que sea por tu sable de luz.

—Ja, ja —murmuro ella, y se dio un golpecito en la cabeza. Demonios, llevaba la peluca.

Él sonrió. Se inclinó hacia delante y la besó lentamente, profundamente. Gruñó en voz baja, y ella retrocedió.

—¿Todavía estás intentando ser bueno? —le preguntó.

—Sí, pero ser bueno no es lo primero que me sugiere el instinto, así que no me provoques.

Se levantó y tiró de ella para que se levantara también. La llevó a la cocina y se sacó algo del bolsillo.

—¿Una cerradura? —preguntó ella.

—Una última cosa del programa de actividades de esta noche. Me pediste que te enseñara a forzar cerraduras.

Y allí estaba él, cumpliendo su palabra.

—No te esperabas que hiciera lo que dije que iba a hacer, ¿eh?

—No, la verdad es que no —respondió ella.

Él cabeceó y le mostró la herramienta. Entonces, la metió en la cerradura, y la abrió a los dos segundos. Aunque lo había hecho delante de sus narices, ella no tenía ni idea de cómo lo había conseguido.

—Otra vez —le pidió.

—Tengo que ayudar a Archer en un asunto —dijo él.

Sin embargo, permaneció donde estaba y le hizo un gesto para indicarle que era su turno.

Estaba en el décimo y fallido intento cuando él se le acercó por la espalda y miró por encima de su hombro, echando a perder también el undécimo y duodécimo.

—¡Mierda!

Kylie notó que él se echaba a reír en silencio. Joe le dio un beso en la mejilla.

—Relájate —le dijo al oído.

¿Con su cuerpo apretado contra su espalda? No, no era probable que lo consiguiera. Sin embargo, como no quería dejar ver lo mucho que él la afectaba, siguió intentando abrir la cerradura.

—Paciencia —dijo él, y guio sus manos durante todo el proceso, hasta que la cerradura hizo clic.

Pero había sido él quien la había abierto, no ella.

—Creía que tenías que irte —le dijo Kylie, en voz baja.

—Sí.

Joe tomó la cerradura y la herramienta que ella tenía en las manos y las dejó sobre la mesa de la cocina.

—Kylie —le dijo con la voz llena de deseo.

—¿Sí?

—Estoy a punto de perder el dominio sobre mí mismo otra vez.

—De acuerdo —dijo ella.

—De acuerdo —repitió él, y la besó con intensidad.

Alguien gimió. Kylie se dio cuenta de que había sido ella misma. Entonces, él hizo el beso más profundo y cálido, y sus lenguas se enredaron la una con la otra. Ella se habría caído al suelo de no haber estado sujeta entre la mesa y el cuerpo duro de Joe. Él bajó una de las manos hasta su cadera y, con la otra, le sujetó la nuca. Siguió besándola hasta que ella se aferró a él, jadeando y pidiendo más con un gimoteo.

Lo deseaba con todas sus fuerzas, pero él tenía que irse a trabajar, así que le puso una mano en el pecho y lo empujó lentamente.

—Tienes que irte —le susurró.

—Sí —dijo él.

Tomó aire y exhaló un suspiro mientras apoyaba la frente sobre la de Kylie.

—Uno de estos días, vas a tener que explicarme cómo es que, de repente, tú tienes todo el poder en esta relación.

Ella sonrió, y él movió la cabeza de lado a lado.

—Todo va a ir bien —le dijo.

—Ya lo sé —respondió ella.

A él se le borró la sonrisa de los labios mientras la miraba y le acariciaba la mandíbula. Le dio un ligero beso y siguió besándola como si no pudiera contenerse.

—Más tarde —murmuró.

Ella asintió, embobada, y se dio cuenta de que él se había desvanecido y había dejado la puerta cerrada con llave.

Y, entonces, se percató de que se había llevado la última fotografía y el sobre.

Capítulo 14

#QueLaFuerzaTeAcompañe

−Y entonces fue cuando Vinnie, por fin, me trajo un juguete a los pies −dijo Kylie, que estaba contándoles a sus amigas lo que había ocurrido la noche anterior.

−¿Sí? −preguntó Haley, emocionada−. Qué bueno es. Sabía que podía hacerlo.

Al ver la cara de Haley, Elle entrecerró los ojos y cabeceó.

−No, no. No es la historia completa. ¿Qué te llevó? ¿Un par de calcetines?

−Um −dijo Kylie.

−¡Unas bragas! −exclamó Elle, y todas se echaron a reír.

Estaban en la cafetería, haciendo cola para pedir un café. Tina era la dueña del establecimiento y quien atendía en la barra. Era una mujer impresionante, alta, de pelo y piel oscuros, y adoraba que todo fuera grande: una gran melena, unos grandes pendientes y unos zapatos enormes.

Kylie admiraba su pasión por la moda, porque su

propio estilo era ponerse cualquier cosa que le resultara cómoda.

Por suerte, a Tina también le encantaba hacer magdalenas. Cuando Tina era Tim, no había magdalenas en la cafetería. Solo café. Pero Tina era más feliz que Tim, y eso se había traducido en las magdalenas más increíblemente ricas del mundo.

—Podría ser peor —dijo Tina—. Podría haberte llevado el consolador.

Kylie gimió de angustia, y todo el mundo rompió a reír.

—Oh, Dios mío —dijo Haley—. ¿Hizo eso? ¿De verdad? ¿Te llevó el vibrador? ¡Eres mi nueva heroína!

A Kylie le ardían las mejillas.

—Eh —dijo Tina—. No te avergüences. Eres una mujer con sus necesidades y, ahora, él sabe que tú sabes satisfacer esas necesidades. Lo cual significa que también sabe que no necesitas ningún hombre. Eso es una presión añadida para él, que le obliga a comportarse bien, o retirarse —le explicó con una sonrisa—. Y, hazme caso, para un hombre, eso siempre es una buena cosa.

—No te preocupes, cariño —le dijo alguien que iba detrás de ellas en la fila. La señora Winslow, que tenía más de ochenta años y vivía en el tercer piso del edificio, sonrió con picardía—. A él le gustarán tus juguetes. Pero acuérdate de que todo es muy divertido hasta que a alguien se le pierde la llave de las esposas.

Tina alargó el brazo por encima del mostrador para chocar la palma de la mano con ella.

Pru, otra de las amigas de la pandilla, entró en la cafetería con ropa deportiva.

—¡Cómo odio darle sin querer al botón de parada de la cinta de correr y tener que venir a comprarme una magdalena!

—No deberías hacer ejercicio con el estómago lleno —le dijo Elle.

—Claro. Así que no voy a poder hacer ejercicio. Nunca —dijo Pru, y sonrió nerviosamente—. O, por lo menos, hasta dentro de nueve meses.

Todas jadearon y empezaron a hablar al mismo tiempo.

Elle alzó las manos para pedir silencio y miró a Pru.

—¿Estás embarazada?

—El palito se ha puesto azul —dijo Pru, y añadió con una exhalación—: Estoy un poco aterrorizada.

Entonces, empezaron a abrazarla y a hacerle carantoñas hasta que Pru las detuvo.

—De acuerdo, de acuerdo, me queréis, os quiero, sí, sí. Pero estamos haciendo una escenita en público y no voy a ser esa embarazada que quiere toda la atención para sí.

—¿Qué tal se lo ha tomado Finn? —le preguntó Elle.

Finn era el marido de Pru, y dueño de la mitad del pub. Ella sonrió.

—Está feliz.

—Bien —dijo Elle—. Pero, la verdad, me alegro de que seas tú. De todas nosotras, tú eres la única que puede permitirse engordar, tener que estar despierta toda la noche cantando nanas y cosas de esas, como no beber hasta dentro de nueve meses y... ¿Qué? —le dijo a Kylie, que le estaba diciendo por señas que se callara.

—Oh, Dios mío —murmuró Pru, que estaba muy pálida—. Voy a engordar.

—No, no —dijo Elle, intentando arreglar la situación—. Solo un poco. Además, será por una buena causa, ¿no?

—Claro —dijo Pru—. Pero voy a tener que quedarme

despierta toda la noche cantando nanas. ¡Y no me sé ninguna!

—Podemos comprar un libro —dijo Elle—. Y apuntarnos a un gimnasio. Todo va a ir bien —le dijo, y todas volvieron a abrazarse.

En aquel momento, Willa entró corriendo y se disculpó con toda la fila por colarse para acercarse a su grupo.

—Disculpe... No voy a comprar nada, de verdad.

—Pru está embarazada —le dijo Elle.

Willa soltó un jadeo y sonrió.

—¡Lo sabía!

—¿Sí? —preguntó Pru—. ¿Cómo?

—Porque después de que nos comiéramos el plato de alitas el otro día, tuviste que desabrocharte la cremallera de los vaqueros —dijo Willa. Le dio un abrazo a Pru, y su bolso hizo un ruido raro.

Llevaba tres cachorros de labrador negros.

Todo el mundo dio exclamaciones de deleite.

—Estoy cuidándolos —dijo Willa—. Cuando muera, quiero reencarnarme en cachorro de labrador negro.

—Yo, en pastor alemán —dijo Tina.

—Duro, impenetrable y leal —dijo Haley, y asintió—. Te pega mucho.

—Gracias, cariño —dijo Tina, y sonrió—. A mí me parece que tú serías un gran san bernardo.

—Eh —dijo Haley, pero después suspiró—. En realidad, después de haberme dado un puñetazo a mí misma en la cara al tratar de taparme bien con la manta esta mañana, puede que tengas razón.

—No, es porque eres amable, cariñosa y cálida —le dijo Tina.

—Ah —respondió Haley—. Eso también me vale.

—Creo que Elle debería ser un dóberman —dijo Willa—. Dura, malota y lista como un demonio.

—Eso me gusta —dijo Elle, mirando a Willa—. Y tú serías un pit bull. Todo ladridos y algún mordisco, pero una protectora feroz de todos a los que quieres.

Y, entonces, todas se volvieron hacia Kylie. La miraron durante mucho tiempo, y ella se impacientó.

—¿Y bien? —preguntó, por fin.

—Un gato —dijeron ellas, al unísono.

—Estupendo —dijo, haciendo un gesto de desesperación—. Soy maniática e independiente.

—No, no. Eres cariñosa, curiosa, juguetona y aventurera —le dijo Elle.

Ah. Bien, eso estaba muy bien.

—¿Magdalenas con los cafés, señoras? —preguntó Tina.

—No deberíamos —dijo Elle, que era la más fuerte.

Sadie se acercó e hizo un gesto negativo con la cabeza.

—Cuanto más peséis, más difíciles seréis de secuestrar —les dijo—. Para estar más seguras, comed magdalenas. Varias.

Así que comieron magdalenas. Varias.

Aquel día, más tarde, Kylie se llevó una sorpresa al ver a su madre llegar a la tienda con comida preparada.

—¿Qué ocurre? —preguntó Kylie, mientras se quitaba el delantal e intentaba sacudirlo.

—¿Es que tiene que ocurrir algo? —preguntó su madre.

Llevaba un vestido liviano de tirantes y una cazadora vaquera abierta para dejar ver su amplio escote de cirugía plástica, y unas sandalias de tacón. Como siempre, aparentaba treinta y cinco años, en vez de cincuenta. Sin embargo, aquel día tenía una mirada triste.

—No —dijo Kylie—. Claro que no. Es que normalmente cuando nos vemos es porque pasa algo, nada más.

—Puede que una hija debiera preocuparse más de ver a su madre.

Kylie la tomó de la mano.

—Puede que sí —dijo—. Vamos, cuéntamelo.

—No pasa nada, de verdad. Solo quería ver a mi hija y comer con ella. Vinnie, cariño, ven aquí y dame un beso, ya que mi hija no quiere.

Vinnie se acercó corriendo, moviendo la cola de alegría. Su madre lo tomó en brazos y le hizo carantoñas con una sonrisa.

Kylie suspiró.

—Bueno, yo no voy a competir lamiéndote la cara ni moviendo el trasero de felicidad —dijo.

—¿Y qué te parece si me das un abrazo?

—Estoy sucia —le advirtió Kylie.

—Puedo lavarme.

Así que se dieron un abrazo. Su madre olía a perfume caro, y Kylie sabía que ella olía a serrín y, seguramente, a barniz.

Se sentaron en el patio con Vinnie y comieron sándwiches y patatas fritas. Cuando terminaron, Kylie la miró.

—¿Qué? —preguntó su madre.

—Estoy esperando a que me cuentes el verdadero motivo por el que estás aquí.

—Te he echado de menos.

—Yo también, mamá.

—Han pasado varios meses —dijo su madre—. La verdad es que nos llevamos mejor cuando pasa tiempo entre las visitas.

Kylie abrió la boca para negarlo, pero era cierto, y su madre se echó a reír al ver su cara.

—Tengo razón.

—Es posible —admitió Kylie.

—Pero me alegro de oír que me has echado de menos.

—Sí, te he echado de menos. Pero me da la sensación de que hay algo más.

Su madre suspiró.

—Necesito un poco de ayuda en este momento, nada más.

—¿Qué clase de ayuda?

—Estoy entre dos trabajos de camarera, y tengo algunas posibilidades más en la recámara, pero me vendría bien un poco de ayuda para pagar el alquiler este mes, hasta que me salga algo. Te lo devolveré en cuanto cobre el siguiente cheque, te lo prometo —dijo. Hizo una pausa, y suspiró—. Eso, o tendré que ir a vivir contigo.

Kylie sintió tal horror ante aquella idea que, rápidamente, pensó en lo que tenía en el banco. Aunque no podía permitírselo, era la única forma de asegurarse de que ninguna de ellas matara a la otra.

—Te ayudaré, claro.

—Gracias, cariño —dijo su madre, y alzó la lata de refresco para hacer un brindis—. Porque nunca tengamos que ser compañeras de piso.

Kylie brindó con su té helado.

Capítulo 15

#VamosANecesitarUnBarcoMásGrande

Dos días después, Joe se despertó. Aquella noche había dormido muy mal. Podía ser por varios motivos, pero la causa más probable era una joven de ojos marrón claro que no podía quitarse de la cabeza.

La noche anterior, Kylie y él habían descartado a otro de los aprendices. Él había intentado ir solo, pero ella, como siempre, se había empeñado en ir también. En aquella ocasión, se había puesto una peluca negra y se había hecho un maquillaje emo, y ninguna de las dos cosas le había permitido concentrarse. Sin embargo, ella no había querido poner en peligro la investigación dejando que la reconocieran.

Habría sido mejor que se quedara en el coche.

O, mejor aún, en casa.

Pero Kylie no era muy pasiva. Ni en aquello, ni en la vida en general. Si no lo hubiera sabido al verla en el trabajo o con sus amigas, lo habría averiguado al besarla.

Kylie se entregaba a todo por completo y, especialmente, a la pasión.

Y eso hacía que él la quisiera en su cama. Sabía que sus relaciones serían explosivas. Además, no se trataba solo del sexo; también sabía que merecía la pena estar con ella. Había hecho todo lo posible por reprimir sus emociones, pero no lo había conseguido.

Espectacularmente.

Estaba empezando a darse cuenta de que no iba a poder renunciar a ella. Ni resistirse a ella, que era la única que podía poner a prueba su legendaria capacidad de control. Se estaba cansando de luchar contra lo que le ocurría.

En aquel momento, no obstante, tenía un trabajo que hacer, y no había nada por delante del trabajo. Eso era lo que le decía a la gente que le preguntaba cómo iban las cosas. Y la gente le preguntaba, sí. Archer. Lucas. Molly. Todo el mundo.

Tenían mucha curiosidad por saber cuáles eran sus sentimientos por Kylie, y él les decía que solo era una cuestión de trabajo. Era una mentira, por supuesto. Nada de lo que sentía por ella era una cuestión de trabajo. Había tratado de convencerse a sí mismo de que Kylie solo era una distracción divertida y sexy, pero, aunque eso fuera cierto, no habría podido mantener una relación pasajera con ella, porque las cosas acabarían por ir mal, como siempre, y eso significaba que Archer lo mataría, suponiendo que Elle no llegara antes, claro.

Además, él estaba muy ocupado limpiando las calles de desgraciados y, con suerte, purificando también su karma. No tenía tiempo para aquello.

Por fin, consiguió conciliar el sueño antes del amanecer, y por la mañana se quedó dormido. Cuando llegó a la oficina, Molly estaba en la sala de personal, haciendo café. Le entregó una taza y lo miró comprensivamente.

—Llegas tarde otra vez.
—Ya lo sé.
—Debe de gustarte que te echen la bronca.
—Sí, es mi razón de existir —respondió él, irónicamente.

Al darse la vuelta, se encontró a Archer de brazos cruzados, con cara de enfado.

—¿Acaso tengo que relevarte de mi número dos? —le preguntó—. Porque, si no sabes programar una alarma, es que tenemos un problema.

—Lo siento. Una mala noche.

Archer bajó los brazos y se ablandó.

—¿Tu padre?
—No.

Archer miró a Molly, que puso las manos en alto.

—A mí no me mires, yo estoy bien —dijo ella, y miró a su hermano con preocupación—. ¿Es por Kylie? ¿Ha recibido otra foto de ese desgraciado?

—¿Qué desgraciado? —preguntó Archer—. ¿Y por qué no sé nada de este asunto?

—Ella quería mantenerlo en secreto —dijo Molly—. Le han robado un recuerdo familiar muy valioso para ella. Y, ahora, el tipo que se lo robó está jugando con ella, enviándole fotos de lo que le ha robado en situaciones peligrosas. Joe está investigando para ella.

—¿Y no necesitas ayuda? —le preguntó Archer.

Joe lo miró sorprendido.

—Es Kylie —dijo Archer.

Todos querían mucho a Kylie. Bueno, tal vez, unos más que otros, pensó él.

—¿Necesita ella nuestra ayuda? —le preguntó Archer.

—Tengo que investigar algo, e iba a hacerlo aquí, después del trabajo.

—Hazlo ahora —dijo Archer, y se volvió hacia Molly–. Hoy por la mañana no estará disponible para nadie.

Joe asintió.

–Gracias.

–Ayuda a nuestra chica. Ya sabes dónde estoy, si necesitas algo.

Joe estuvo sentado delante del ordenador durante las horas siguientes. Tenía una pista sobre el siguiente aprendiz, que se había ido a vivir a Santa Cruz. Tenía sesenta años y se llamaba Raymond Martinez, pero se había cambiado el nombre por Rafael Montega, tal vez para escapar de todas las deudas que había ido dejando por el camino, incluyendo la quiebra de una empresa. Rafael ya no era ebanista. Recientemente había abierto una pequeña galería de arte.

Joe le envió un mensaje a Kylie para decirle que iba a ir a visitarlo después del trabajo.

Y sonrió con pesar al ver que, a los cinco segundos, recibía una contestación: *Voy contigo*.

Era de esperar. Él le dijo que iría a recogerla a las seis de la tarde.

Sin embargo, los chicos y él tuvieron que ocuparse de un caso urgente. Uno de los clientes de la agencia tenía una empresa próspera que había facturado casi cincuenta y cinco millones de dólares el año anterior, y estaba a punto de ser adquirida por otra entidad.

Por desgracia, su cliente había descubierto que alguien estaba cometiendo un desfalco. Estaba comiendo con un amigo suyo que era banquero, y su amigo le dio las gracias por haber abierto una nueva cuenta para la empresa en su banco y haber hecho un depósito inicial tan alto.

El cliente no había abierto aquella cuenta e, inmediatamente, denunció el desfalco ante la policía. Sin embargo, habían sido lentos a la hora de movilizarse y, en ese punto, Investigaciones Hunt había entrado en escena.

El día anterior, Archer había enviado a Joe y a Lucas a investigar. Habían descubierto que la recepcionista de su cliente estaba abriendo el correo y pasándole los cheques de los pagos a su cómplice. El cómplice había abierto aquella cuenta bancaria y estaba ingresando en ella el dinero robado.

Joe había informado al banco de que debían avisar a Investigaciones Hunt cuando hubiera actividad en la cuenta. Poco tiempo después, el sospechoso había llamado al banco para preguntar por qué no habían aprobado un cheque de cincuenta y cinco mil dólares. Joe le indicó al banco que le dijera al sospechoso que debía entrar a la sucursal y firmar el cheque para poder retirar los fondos. Joe y Lucas estaban aparcados fuera cuando el delincuente llegó y se detuvo justo a su lado.

Por desgracia, el sospechoso se alarmó, volvió a su coche y se marchó rápidamente. Lucas y él comenzaron la persecución. Joe conducía y Lucas estaba al teléfono a la vez con la policía y con Archer. Entonces, el sospechoso empezó a dispararles.

Aquel tiroteo sí llamó la atención de la policía. Ellos fueron quienes detuvieron finalmente al sospechoso, pero hubo que pasar varias horas informando sobre el incidente.

Él odiaba los informes.

Lo positivo era que, gracias a la detención del desfalcador, Lucas y él habían conseguido una buena recompensa para Investigaciones Hunt por parte del agradecido cliente.

Sin embargo, Joe no llegó a casa de Kylie hasta las nueve. Justo cuando había levantado la mano para llamar a la puerta, la oyó gritar en el interior de la casa y, en cinco segundos, había entrado con el arma preparada.

Se encontró a Kylie dormida en el sofá. Era evidente que tenía una pesadilla. Rápidamente, revisó la habitación y el resto del apartamento antes de volver al salón y despertarla. Se agachó a su lado, y dijo, suavemente:

–Kylie...

–No me dejes –susurró ella con una voz llena de lágrimas. Por un momento, a Joe se le paró el corazón, porque ella quería que se quedara.

Él se puso de rodillas y le tomó una de las manos. Ella le apretó con fuerza y se llevó la suya al corazón.

–Abuelo, por favor, no te mueras.

Vaya. Después de tantos años viviendo con su padre y, después, por sus propias experiencias en el ejército, Joe sabía que era peligroso despertar a alguien de repente. Sin embargo, se trataba de Kylie, que estaba gimiendo y llorando en sueños, así que la tomó en brazos y se sentó en el sofá con ella en el regazo.

–Kylie, estoy contigo. Estás a salvo. Despiértate.

Al oír su voz, ella despertó rápidamente. Él le dio un beso en la sien.

–¿Estás bien?

Ella suspiró temblorosamente y se abrazó a él. Metió la cara en su cuello y asintió. Él no se lo creyó, pero no la presionó.

–¿Has tenido una pesadilla?

Ella volvió a asentir. Tenía algo en la mano.

Era una foto.

Mierda. Joe se la quitó de los dedos y vio que era otra Polaroid del pingüino que, en aquella ocasión, estaba a punto de caer en una hoguera. Entonces, la abrazó con más fuerza para darle tiempo a recuperarse. Con la otra mano, tomó su teléfono móvil para abrir la aplicación con la que podía acceder a las imágenes de la cámara de seguridad que había instalado en la parte exterior de su puerta.

La cámara solo grababa cuando había algún movimiento, para poder observar directamente los momentos de acción, tal y como había estado haciendo dos veces al día desde que había instalado la cámara. La primera secuencia era la de un gato persiguiendo a un pájaro.

Después, había llegado un hombre forrido con una sudadera y la capucha puesta, que había metido un sobre por debajo de la puerta de Kylie. Al segundo, se había desvanecido en la oscuridad nocturna.

—Tengo otra foto —le dijo ella sin levantar la cabeza.

—Ya lo veo —dijo Joe con calma, aunque no se sentía calmado en absoluto. Estaba furioso.

—Me ha disgustado —dijo Kylie.

—No me extraña.

—No, me refiero a que me ha disgustado mucho porque el pingüino está junto a un fuego.

Y él también entendía eso.

—Por el incendio del taller.

—Sí. Es la situación. Así murió él.

—Pero él no murió en el incendio. Murió dos días más tarde, en el hospital.

Ella lo miró con asombro.

—¿Cómo lo sabes?

—Porque lo he investigado.

—Espera, ¿has investigado a mi abuelo? ¿Y a mí?

—Yo investigo todos los trabajos que hago. Por eso soy tan bueno en mi trabajo.

—Claro, claro —dijo ella, y se alejó hasta el otro extremo del sofá—. Soy un trabajo. Siempre se me olvida.

—Eso no es lo que yo he dicho.

—Me has investigado.

—Sí, Kylie. Y hay algo más. He puesto una cámara de seguridad en tu puerta. Tiene un detector de movimiento.

Ella jadeó.

—¿Cómo?

—Quería asegurarme de que estabas a salvo y, de paso, poder identificar a quien está haciendo esto.

—¿Y?

—¿Y qué?

—Que tal vez debas disculparte por lo de la cámara.

—No, porque no me arrepiento.

Ella lo miró fijamente y, al final, él exhaló un suspiro.

—Está bien, me arrepiento de no habértelo dicho. Pero no de haber puesto la cámara.

Ella lo observó atentamente y, después, asintió.

—¿Has conseguido algo?

—Hasta esta noche, no —dijo él, y le mostró las imágenes—. ¿Reconoces al tipo?

—No —dijo ella, moviendo la cabeza—. Es listo. Tiene la cabeza agachada en todo momento, sin quitarse la capucha.

Entonces, Kylie lo miró de reojo.

—¿Y qué has averiguado sobre mí durante tu investigación?

—Sobre todo, cosas que ya sabía.

Que se había criado con su abuelo, porque sus padres eran adolescentes cuando la tuvieron, y no estaban a la altura de la tarea. Algo que había quedado claro cuando Kylie, a los cuatro años, había aparecido sola en medio de una calle, porque había salido de su casa al despertarse por la noche a causa de una pesadilla y se había encontrado sola. Su padre ya no estaba en escena, y su madre había salido de juerga toda la noche.

En aquel momento, su abuelo la había acogido. Ella había crecido en su casa y había ido al instituto, donde había demostrado que era una gran estudiante. El trágico incendio del taller había ocurrido el verano siguiente a su graduación.

Después, ella se había tomado un año sabático de los estudios, tras el cual había obtenido su diploma en Bellas Artes y había comenzado a trabajar por cuenta propia antes de empezar en Maderas recuperadas.

Ella estaba mirándolo, pero, de repente, desvió la mirada.

—La pesadilla que acabo de tener... Ha sido sobre algo que tampoco te he contado. No estaba segura de si iba a decírtelo.

—De acuerdo.

—Nunca se lo he contado a nadie.

Joe se movió hacia ella por el sofá, y le acarició el pelo para tratar de calmarla.

—Tú puedes contarme lo que sea.

Ella se rio sin ganas.

—Cualquier cosa, Kylie.

Kylie cabeceó.

—Después de oírlo, vas a tener una opinión muy diferente de mí.

Él le tiró suavemente de la coleta hasta que ella lo miró.

—Escúchame —le dijo—. He hecho y visto cosas que te pondrían el vello de punta... —miró su pelo ondulado, y sonrió—: Más de lo que ya lo tienes.

Ella sonrió apagadamente.

—No lo entiendes.

—Sí, sí lo entiendo. Yo era un imbécil y un descerebrado de joven. Y después, en el ejército... —murmuró—. Así que, confía en mí. Nada de lo que me digas me va a hacer cambiar de opinión sobre ti.

—Fue culpa mía que mi abuelo muriera —dijo ella, con los ojos llenos de lágrimas.

Él negó con la cabeza.

—El incendio fue declarado fortuito por el investigador especializado —dijo—. Se cree que pudo causarlo una soldadora que se quedó encendida. Tu abuelo estaba soldando unas piezas de cobre en una cómoda, pero no se encontró culpable a nadie.

—Era yo la que estaba utilizando la soldadora, así que el incendio fue culpa mía.

—Eso no está en los informes —dijo él.

—No, porque cuando se llevaron a mi abuelo al hospital, estaba consciente. Le dijo a la policía y a los bomberos que fue él el último en utilizar la soldadora. No sé por qué. Pero fui yo. Eso significa que el incendio fue culpa mía.

A él se le encogió el corazón.

—Kylie, no. No fue...

—¡Sí! ¡Sí lo fue!

Se levantó de un salto del sofá y se frotó la cara con ambas manos.

—Y, además de eso, perdí todo lo que era de mi abuelo. No tengo nada de mi pasado, salvo ese pingüino, y lo quiero recuperar —dijo. Tomó una sudadera y se la puso—. Has dicho que tenías una pista sobre otro aprendiz. ¿Vamos, o no?

—Sí —dijo él—. Pero ya es tarde, y tú estás disgustada. A lo mejor deberíamos dejarlo para mañana...

—No —dijo ella—. Lo único que me importa es ese pingüino. Quiero saber qué has averiguado.

Y él quería abrazarla y consolarla, pero ese anhelo era solo su problema. Había incumplido sus propias normas, había cambiado desde el principio su forma de actuar por ella. Seguramente debían hablar de eso, pero Kylie ya había tenido emociones suficientes para una noche.

–He encontrado a Raymond Martinez –le dijo él–. Se ha cambiado de nombre, ahora es Rafael Montega y tiene una pequeña galería de arte en Santa Cruz.

Ella pestañeó.

–¿Y por qué iba a cambiarse de nombre?

–Vamos a averiguarlo.

Capítulo 16

#BondJamesBond

El trayecto duró una hora, y Joe pasó aquel tiempo mirando a la carretera y mirando a Kylie, que iba absorta en el paisaje, pensativa. Entonces, de repente, se giró hacia él, y le preguntó:
–¿Tú nunca has estado enamorado?
Él se quedó sorprendido.
–Ah, así que ahora sí quieres hablar de sentimientos, ¿eh?
–¿Alguna vez respondes a alguna pregunta?
Él aprovechó la excusa de un adelantamiento para ganar tiempo.
–He sentido mucha lujuria por algunas mujeres –dijo–, y otras me han gustado mucho. Y, tal vez, podría haberme enamorado de algunas de ellas, pero siempre he salido corriendo antes de que ocurriera.
–¿Por qué?
–Porque enamorarse siempre tiene un precio.
–¿Y tú no estás dispuesto a pagarlo?
–No estoy dispuesto a que tenga que pagarlo otra persona –le dijo él, corrigiéndola.

Había empezado a llover, y puso en marcha los limpiaparabrisas. El sonido rítmico que hacían en el cristal fue lo único que se oyó en la furgoneta durante un largo instante.

—¿Y tú? —le preguntó él, en contra de lo que le decía el sentido común.

Kylie se quedó silenciosa durante tanto tiempo que él pensó que no iba a responder. Entonces, al final, le dijo:

—No se me da muy bien el amor.

¿Por qué? ¿Porque su madre siempre había puesto a los hombres por delante de ella? ¿Porque a su padre no le importaba lo suficiente como para llamarla con regularidad? ¿Porque su primer amor había estado demasiado tiempo haciéndole caso omiso?

Lo paradójico era que ella se merecía más el amor que cualquier otra persona.

—No es necesario que se te dé bien siempre. Solo la vez más importante de todas —respondió él.

Ella se echó a reír.

—¿Qué es lo que te hace tanta gracia?

—Tú —dijo ella con un cabeceo—. Dándome consejos sobre el amor.

Al pensarlo, él también se echó a reír.

—Bueno, sí, la verdad es que no soy precisamente un experto.

Pero se alegraba de haber oído su risa.

—Mi madre me dijo una vez que me enamorara de alguien que consiguiese que me sintiera como cuando tienes el teléfono al tres por ciento de batería y encuentras el cargador —explicó Kylie, e hizo una pausa. Después, añadió—: El problema es que yo nunca dejo que el teléfono se quede al tres por ciento.

Él sonrió. Ella, también, pero finalmente suspiró.

—Los dos estamos un poco traumatizados en ese sentido, ¿no?
—Un poco, no, mucho —dijo él, asintiendo.
Se quedaron en silencio un minuto.
—No te lo había preguntado, pero ¿qué pasó con Gib la otra noche, cuando me marché?
Ella hizo una pausa.
—¿Tiene algo que ver con el caso?
—No —respondió él con sinceridad.
—Interesante —dijo Kylie—. Teniendo en cuenta que no te gustan las relaciones.
—No es que no quiera tener una relación —dijo él—. Lo que pasa es que no puedo tener nada serio con nadie en este momento.
Ni nunca...
—También es interesante, teniendo en cuenta la intensidad de los besos que me has dado.
Él suspiró.
—Yo nunca he dicho que no te deseara.
Ella se mordió el labio. También lo deseaba a él, algo que Joe ya sabía.
—Entonces, si nos dejáramos llevar por el deseo que sentimos, ¿qué sería lo nuestro? ¿Una relación tan solo física?
—También somos amigos. Y, en este momento, compañeros de trabajo —dijo él.
Joe sabía perfectamente que, quisiera lo que quisiera él, ella no iba a aceptar una relación tan solo física. Era una mujer que necesitaba, que se merecía algo más; y lo mínimo era un vínculo emocional.
Algo que él no podía permitirse.
—Lo siento —le dijo—, pero es lo único que puedo ofrecerte.
Antes, Joe habría jurado que no había nada que pu-

diera sorprenderlo, pero Kylie lo había conseguido en varias ocasiones y, en aquel momento, volvió a hacerlo.

Sin dejar de mirar por la ventanilla, le dijo:

—Con eso me vale.

Siguieron en silencio unos minutos, porque él se había quedado mudo y estaba muy excitado. Ojalá se lo hubiera dicho antes de que salieran de su casa, porque, entonces, tal vez habrían podido comenzar con aquella relación física. Sin embargo, no tenía ni idea de por qué se había quedado tan callada.

Kylie no volvió a decir nada hasta que llegaron a Santa Cruz.

—Ya casi estamos —comentó Joe.

Entonces, ella sacó una peluca de su bolso y empezó a disfrazarse. Dios Santo.

—Sé que piensas que mis disfraces son una tontería —le dijo ella con seriedad—. Supongo que a mí me resultan emocionantes.

—Pero esto no tiene nada de emocionante —dijo él—. Es peligroso.

Ella asintió, aunque él estaba bastante seguro de que no lo entendía. ¿Y por qué iba a entenderlo? No tenía que tratar todos los días con la escoria de la población para ganarse la vida.

—Entonces, ¿pelirroja? —le preguntó, por fin.

—¿Hay algún problema con eso?

—No —dijo él. Kylie estaba increíblemente sexy. Él aparcó el coche y salió—. Vamos, pelirroja.

Ella puso los ojos en blanco, pero lo siguió hasta una galería que había en una callejuela peatonal, junto a otras galerías y tiendas. Había una mezcla de viviendas y negocios, pero, en aquella temporada del año, las calles quedaban vacías temprano.

La galería estaba cerrada. Incluso las persianas de las ventanas estaban bajadas, así que no podían mirar al interior. Joe la llevó a la parte trasera del edificio, y se quedaron allí de pie, detrás de una caja de electricidad, para que él pudiera reconocer la situación. Sin embargo, lo único que estaba asimilando era la visión de Kylie con aquella peluca pelirroja que, en la oscuridad, era como un faro para cualquiera que pasara por allí y para su propia libido.

—¿Vamos a entrar a escondidas para mirar los muebles? —le susurró ella, mientras miraba la puerta trasera de la galería.

—Eso es ilegal.

Ella soltó un resoplido.

—¿Y desde cuándo es eso un obstáculo para ti?

—No puedo entrar ahí contigo. Si nos pillan...

—A ti no te pillan nunca. Eres demasiado bueno.

—Los halagos te llevan a cualquier parte —le dijo él, y sacó su kit de herramientas—. Haz exactamente lo que yo diga.

Ella asintió con seriedad.

Él no se lo creyó ni por un instante.

—Si te digo que te vayas, lo haces sin decir ni pío. Sales de aquí rápidamente sin mirar atrás, ¿entendido?

Ella dejó de asentir y se puso a mover la cabeza de un lado a otro.

—No te voy a dejar aquí solo, Joe.

Él vio su rostro lleno de determinación y ferocidad, y el corazón se le hinchó en el pecho.

—Sí, claro que sí —le dijo—. Confía en mí si te digo que no me va a pasar nada.

—No, no te voy a dejar aquí —repitió ella, en aquel tono de terquedad que le dio a entender a Joe que le resultaría más fácil sacar a la luna de su órbita.

Él la llevó hacia las sombras e hizo un reconocimiento en busca de alguna cámara de seguridad. No había ninguna, así que volvieron hasta la puerta... y comprobaron que no estaba cerrada con llave.

Kylie susurró:

—Cuando pasa esto en la televisión, nunca es una buena señal.

—No te separes de mí —le dijo él.

Ella asintió con una cara tan seria que él no pudo evitar sonreír. Joe entreabrió la puerta y se encontraron con una cocina muy pequeñita.

—¿Hola? ¿Hay alguien? —preguntó él, al entrar, con Kylie pisándole los talones.

No respondió nadie.

Siguieron avanzando y entraron a un pasillo con varias puertas.

—Esa es la puerta de la tienda —dijo él, iluminando con su linterna el espacio que había delante de ellos. Abrió aquella puerta y se encontró con...

—Vidrio de colores —dijo, con asombro.

Toda la tienda era de vidrieras. Las puertas, las ventanas, los muebles... «Este no es nuestro hombre».

—No es él —susurró Kylie.

Él iba a decirle que se diera la vuelta para salir, pero oyeron algo tras ellos.

Alguien estaba entrando por la puerta trasera.

Joe soportaba sin esfuerzo las descargas de adrenalina, pero, para ella, era algo nuevo, no tenía entrenamiento para dominarse.

«Oh, Dios mío», le dijo a Joe, silenciosamente, con los ojos muy abiertos.

Él solo pudo pensar en una cosa: «Kylie confía en mí». Seguramente, no lo admitiría, pero sí confiaba en él. Estaba claro por su forma de mirarlo, de besarlo y de acariciarlo. Por mucho que no quisiera reconocerlo, ella esperaba que él la protegiera, y eso era exactamente lo que iba a hacer. Abrió una de las puertas del pasillo, con la esperanza de poder esconderse allí. Era un armario pequeño. Metió a Kylie delante de él, la siguió y cerró la puerta.

Era un espacio pequeño y desordenado. Las paredes estaban llenas de estanterías con cajas; solo había sitio para estar de pie, muy juntos el uno al otro. Teniendo en cuenta que no tenían muchas más posibilidades y que él se había visto en situaciones mucho peores, aquello le pareció bien.

Sin embargo, Kylie estaba emitiendo sonidos de pánico, y él recordó en aquel momento que era claustrofóbica.

—No pasa nada —murmuró él, para intentar calmarla.
—¡Sí, si pasa! ¡Voy a vomitar!

Capítulo 17

#ETTeléfonoMiCasa

«Maravilloso», pensó Kylie. Estaba otra vez en un espacio muy reducido con Joe, a oscuras, a punto de que los sorprendieran en pleno allanamiento y los metieran en la cárcel. Y a ella no le quedaría bien el color naranja de los trajes de presidiaria.

—Respira hondo —le susurró Joe—. Lo tienes controlado, pelirroja.

—Lo de vomitar no te lo digo en broma —susurró ella.

—No, no vas a vomitar.

—¿Porque eso nos delataría?

—No, porque las botas de trabajo que llevo son nuevas y me gustan.

Ella tuvo ganas de decirle lo que podía hacer con sus botas, pero cerró los ojos con fuerza para poder concentrarse en tragar la bilis compulsivamente. Había tomado palomitas y vino para cenar y el vómito no iba a ser bonito.

«Tranquila», se dijo. «No puedes vomitar encima del tío bueno». Sin embargo, le resultaba difícil controlarse e intentar no hiperventilar. Mierda. Era culpa suya.

No. En realidad, Joe no tenía la culpa. Ella era la que se había empeñado en acompañarlo, así que ella era quien tenía la culpa. Y su impulsividad. Y... Dios Santo, ¿se iban a quedar sin aire allí dentro? Sí. Se les iba a acabar el oxígeno y...

—Eh —murmuró Joe, y le acarició los brazos de arriba abajo—. No pasa nada. Estoy aquí contigo.

—¡Sí, estamos en un armario diminuto y oscuro! —siseó ella, en medio del pánico. Tenía la sensación de que se le iban a caer las paredes encima.

—Shh —susurró Joe, sujetándola, porque parecía que a ella le habían fallado las rodillas.

Kylie alzó la cabeza, y él le puso un dedo en los labios.

Sí. Lo entendía. No podía emitir ni un sonido. Ni vomitar. Sin embargo, aquel armario se le hacía más y más pequeño a cada segundo.

—No voy a dejar que te ocurra nada —le susurró Joe, al oído. Le rozó el lóbulo de la oreja con los labios, y ella se estremeció.

Quería creerlo de verdad, incluso trató de consolarse con el hecho de que él nunca le había hecho ninguna promesa que no hubiese cumplido, pero el pánico no se dejaba influir por la lógica.

—Bien —le susurró él—. Lo estás haciendo estupendamente. Ahora voy a...

Al notar que Joe se giraba, ella se aferró a él.

—No —susurró.

—Tengo que echar un vistazo, Kylie, pero no voy a dejarte sola. Nunca lo haría.

Ella lo miró a los ojos y asintió y, en el pequeño espacio del que disponían, él se dio la vuelta para mirar por una rendija de la puerta.

Kylie no pudo contenerse. Se pegó a él y apoyó la

frente en su espalda mientras contenía la respiración. La próxima vez iba a hacerle caso, y se quedaría en el coche.

No, no era cierto. Sabía que iba a elegir lo mismo otra vez, lo cual significaba que era más parecida a su madre de lo que le hubiera gustado admitir.

–Bueno –dijo Joe–. No te asustes.

Oh, Dios.

–Demasiado tarde –le dijo ella–. ¿Qué pasa?

–Rafael está aquí.

Oh, mierda. Ella no había llegado a conocer bien a Rafael. Recordaba que tenía unos cuarenta años y era un soltero empedernido con muy mal humor que la evitaba como si ella tuviese la peste. En aquella época, Kylie pensaba que tal vez no le gustaran las mujeres, pero no, lo que no le gustaban eran los adolescentes.

–Parece que también vive aquí –murmuró Joe–. Acaba de abrir la puerta del final del pasillo y es un dormitorio –dijo–. Vamos a tener que estar un rato aquí.

–¿Cuánto tiempo es un rato?

–Hasta que se marche o se acueste.

–Oh, Dios mío. ¿Y si nos encuentra?

–No nos va a encontrar.

–¿Y si lo hace? ¿Y si nos pilla?

–A mí no me pillan normalmente.

Ella se agarró a la espalda de su camisa con ambos puños.

–¿Normalmente? –susurró–. ¿Normalmente? Oh, Dios mío.

De nuevo, apoyó la frente en su espalda. Estaba empezando a sudar.

–Respira profundamente, Kylie.

–Odio que me digan eso.

Joe alargó el brazo hacia atrás y la rodeó con él.
—Necesito que te relajes.
—No es mi punto fuerte.
—Pues inténtalo, porque la cosa empeora.
Ella alzó la cabeza.
—¿Cómo puede empeorar más aún?
Él la colocó delante para que pudiera ver por la rendija de la puerta, lo cual fue un alivio. Además, había otra ventaja, y era que tenía a Joe pegado a la espalda. De repente, ya no se dio cuenta de que no podía respirar. No podía concentrarse en nada que no fuera su cuerpo fuerte y grande alineado con el suyo.

Hizo lo posible por permanecer alerta y miró por la rendija. Rafael seguía siendo tal y como lo recordaba, más ancho que largo, aunque, lógicamente, había envejecido. Estaba viendo la televisión con el ceño fruncido.

—Ya se ha instalado en la cama para ver la tele antes de dormirse. Mierda...

Joe le puso una mano sobre los ojos.
—¿Qué haces?
—Protegerte —le susurró él—. Acaba de desnudarse, y estoy viendo cosas que tú no necesitas ver.
Ella hizo un gesto de horror al imaginarse la visión.
—¿Se va a acostar?
—No, está sentado al borde de la cama, cambiando de canal. Por suerte, está medio sordo, a juzgar por el volumen que ha puesto.

Desde detrás, Joe le pasó a Kylie los labios por la garganta.
—Me gustabas de rubia —murmuró—. Y de morena. Pero de pelirroja me gustas más aún. Encaja muy bien con tu fuerte temperamento.

Al pronunciar aquellas palabras, él le rozaba la piel

con los labios y hacía que se estremeciera. Notó su risa cuando le dio un codazo en el estómago, y se dio cuenta de que el terror y la claustrofobia se habían retirado lo suficiente como para dejar sitio al deseo.

Lo cual significaba que había perdido la cordura.

—¿Me estás tirando los tejos en un armario durante una misión de vigilancia? —le susurró, con incredulidad.

—¿Quieres que lo haga?

Por supuesto que sí. Pero también quería que trabajara más en ello.

—Continúa —le dijo—, y ya te lo diré.

Él siguió susurrándole al oído, con una sonrisa en la voz.

—¿Te das cuenta de que cada vez que he intentado protegerte, tú te las has arreglado para valerte por ti misma? Y eso es muy sexy, Kylie.

Ella se rio con la voz ronca, y cerró los ojos para tratar de concentrarse en las sensaciones que le producía el contacto con su cuerpo, y él se apretó contra ella.

—Joe...

—No te preocupes, la cosa no va a ir a más. Puedo pensar con dos partes del cuerpo a la vez.

Bien, gracias a Dios que uno podía hacerlo.

—Aunque —murmuró Joe—, las cosas que quiero hacerte en este armario...

Ella se estremeció y, después, jadeó, porque él le mordió el lóbulo de la oreja con delicadeza. Joe hizo que se girara hacia él y le enredó los dedos en el pelo para colocarle la cara frente a la suya y besarla. Cuando sus bocas se tocaron, a Kylie se le borró todo de la mente, Rafael, las fotografías, la muerte de su abuelo... Todo. Era como si Joe y ella hubieran explotado y estuvieran ardiendo en llamas, y tenían que parar o acabarían haciendo el amor allí mismo, en aquel armario. Kylie no estaba preparada para llegar a ese punto, así que se retiró, y notó que él tomaba aire y exhalaba un suspiro tembloroso.

Se quedaron frente a frente un momento, pecho con pecho, muslos con muslos, y todas las demás partes del cuerpo, tocándose también. Joe tenía una erección.

–¿Qué está haciendo Rafael ahora? –preguntó.

Joe echó un vistazo.

–Tumbado en la cama, viendo la tele. La luz está encendida, pero él tiene los ojos cerrados. Creo que se ha quedado dormido.

Esperaron cinco minutos más. Entonces, Joe le dijo:

–Quédate a mi espalda, y no hagas ni el más mínimo ruido.

La tomó de la mano y se la llevó por el pasillo hasta que salieron por la puerta. Entonces, echaron a correr hacia el coche y se pusieron en camino. Normalmente, él conducía tal y como hacía todo lo demás: con calma y controladamente. Aquel día, no. Tenía los hombros tensos y la boca apretada. ¿Se daba cuenta de que estaba empezando a mostrarle el hombre que había bajo la fachada fría y tranquila que les mostraba a todos los demás? Para ella, eso era emocionante.

–Te has enfadado por cómo han salido las cosas – dijo ella, en el tirante silencio del interior del coche.

–No me gusta que te hayas visto en esa situación por mi culpa.

–Ha sido por culpa mía –dijo ella–. Pero lo he hecho bien.

A él se le dibujó una pequeña sonrisa en los labios.

–Lo has hecho bien, sí. En realidad, lo has hecho tan bien, que estoy excitado y duro como una roca. Te lo dije: ver cómo te controlas me excita siempre.

Se miraron un segundo, y él le besó la palma de la mano.

—Quiero llevarte a casa —le dijo.

—Pues, entonces, hazlo. Llévame a casa.

Después de eso, no hablaron más. Joe iba todo lo rápidamente que podía sin causar un accidente, y no dejó de torturarla con caricias expertas. Cuando aparcó delante de una bonita casa pareada en Inner Sunset, ella estaba tan excitada que casi no podía respirar.

Él apagó el motor y la miró, y Kylie se dio cuenta de que sentía el mismo deseo que ella. Era el calor de su mirada, la tensión de su impresionante cuerpo, su forma de tocarla y hablarle. Le provocaba un hambre y un deseo que nunca había sentido por otro hombre.

Tanto, que parecía que el aire chisporroteaba entre ellos dos. Tanto, que le dolía el cuerpo y, si él la tocaba, iba a saltar sobre sus huesos allí mismo, en el coche. Aunque una vocecita le decía que estaba yendo demasiado lejos con Joe, la ignoró, porque no era capaz de contenerse. Con él, no. Sin embargo, aquella pequeña vacilación debió de reflejársele en la cara.

—Kylie, solo tienes que decírmelo, y te llevo a tu casa.

Ella lo miró a los ojos con seguridad. Quería aquello. Lo necesitaba.

—¿Y qué digo si quiero entrar contigo? —le preguntó—. ¿O si quiero que tú entres en mi cuerpo?

Él la sacó del coche rápidamente y se la llevó hasta la puerta. Abrió y en unos segundos la tenía dentro de su casa. Cerró la puerta con el pie y la apretó entre su cuerpo y la pared. La besó y sus lenguas se entrelazaron, y ella gimió sin poder evitarlo. Todas las miradas ardientes, los besos, las caricias que habían compartido hasta aquel momento se sumaron y se multiplicaron exponencialmente, y Kylie empezó a jadear de necesidad por él. La situación no mejoró cuando él deslizó los dedos por su vientre y metió la mano por debajo de su camisa. Volvió a besarla y posó la palma de la mano sobre su pecho. Le frotó el pezón con el dedo pulgar.

–Joe...

Como no era más que un cúmulo de necesidad, aquello fue lo único que pudo murmurar, pero él la oyó, percibió la necesidad obvia que había detrás de aquella única palabra. Gruñó y la encajó con más fuerza en el hueco de sus muslos.

Perfecto, pensó Kylie, ya que su objetivo era el bulto que había entre ellos. Cuando ella se movió contra aquel bulto, él volvió a gruñir y la agarró aún con más fuerza, y se rio en voz baja.

–Yo tengo los músculos –le dijo a Kylie–, pero tú tienes todo el poder. No puedo resistirme a ti, aunque sé que debería.

–Lo que deberías hacer es dejar de intentarlo.

Otra carcajada suave.

–Ya lo he dejado.

Volvió a besarla, y la noche se encendió. Bocas, dientes, lenguas, manos, cuerpos... todo sirvió para acercarse más y más el uno al otro. Parecía que Joe quería devorarla, lo cual era justo, porque ella también estaba intentando consumirlo.

–Joe...

Él le mordió suavemente el labio inferior.

–¿Has cambiado de opinión?

No. Si lo hiciera, estaría loca.

–Claro que no –murmuró.

–Pues bien, porque tengo planes para ti –dijo él.

Y volvió a besarla. La besó lenta, profundamente. Con un gemido, ella se apretó contra él hasta que él la levantó para que pudiera rodearlo con las piernas. Kylie se agarró a sus hombros, y él apoyó una mano en el marco de la puerta mientras que con la otra le apretaba las nalgas. Siguieron besándose y frotándose el uno contra el otro hasta que estuvieron a punto de llegar al orgasmo.

—Ahora —jadeó ella—. Oh, por favor, Joe. Ahora.

—Todavía no estás preparada.

—¡Si estuviera más preparada, ardería espontáneamente!

Al oír aquello, él sonrió con picardía, bajó la cabeza y volvió a besarla. Al segundo, le había quitado la camisa y el sujetador. Y, entonces, con su lengua cálida y experta, le rozó un pezón y el otro, y cayó de rodillas para quitarle las botas y los pantalones vaqueros.

—Qué bonitas —dijo él, al ver sus bragas de encaje, y comenzó a deslizarlas lentamente hacia abajo, por sus muslos. La desnudó por completo—. Oh, Kylie... —susurró, devorándola con la mirada, y separó sus piernas con suavidad, al tiempo que le acariciaba la carne húmeda con los dedos pulgares.

Cuando, por fin, se inclinó y posó la boca en su cuerpo, ella ya estaba temblando y tenía los dedos de los pies encogidos. Entonces, agarrándola por las caderas, la llevó a un lugar nuevo y le mostró cosas que nunca había pensado que pudiera sentir.

Dos veces.

Kylie todavía estaba jadeando y estremeciéndose cuando él se levantó y se bajó los pantalones. Y a ella le encantó lo que vio.

Él sacó un preservativo de algún sitio y penetró en su cuerpo, y ella gritó de placer cuando sintió que se deslizaba en su interior. Y aquel sonido debió de desatar a la bestia que él llevaba dentro. Todavía estaba sujetándole la cara con las manos, y los dos se movieron juntos, ella, recibiendo sus acometidas y espoleándolo mientras en su cuerpo se extendían las sensaciones que ya no podía contener.

Cuando llegó al orgasmo, gritando, aferrándose a él, Joe rugió su nombre con la voz ronca y ocultó la cara en el hueco de su cuello, y la siguió al abismo.

Capítulo 18

#YaNoEstamosEnKansas

Terminaron tendidos en el suelo de madera, boca arriba, exhaustos. Joe se sentía saciado y relajado. Esperaba que Kylie sintiera lo mismo. En cuanto consiguiera que le funcionaran los miembros del cuerpo, se aseguraría de ello.

Después de unos cinco minutos o, quizá, un año, notó que ella se movía y se ponía un brazo sobre los ojos. Dio un pequeño suspiro. Él consiguió moverse y se puso de costado junto a ella. Le besó el hombro y sonrió, porque Kylie todavía llevaba la peluca.

—Eh, pelirroja.

Ella lo miró fijamente y se quedó inmóvil.

—¡No me digas que todavía tengo la peluca!

—Bueno, pues no te lo digo.

Ella se tocó la cabeza.

—Demonios...

Gimió, y él se echó a reír. Se rio mientras estaba tirado en el suelo con una mujer. Al pensarlo, cabeceó y volvió a reírse.

—No me lo esperaba, Kylie.

—Ummm —murmuró ella.

Joe esperaba que su respuesta significara que sentía lo mismo. Se apoyó en un brazo y con la otra mano la atrajo hacia sí.

—Ummm significa muy bien, ¿verdad?

A ella se le escapó una risotada.

—¿Es que esperas cumplidos?

Él le acarició la mandíbula con un dedo, sonriendo.

—Bueno, es que es muy difícil saber lo que piensas.

Ella lo observó.

—Lo único que tienes que hacer es mirarte al espejo y ver las diez marcas de uñas que tienes en la espalda.

Él se echó a reír y le pasó el dedo por la frente fruncida.

—Pero hay algo que te está molestando.

—Eh... —murmuró Kylie. Después de un instante, sonrió—. Tengo que admitir que... me siento un poco como si me hubiera convertido en mi madre, después de haber rebotado contra la pared para quitarme un sofocón. ¿Qué demonios ha sido esto?

—La adrenalina —dijo él—. Algunas veces, después de una misión, tienes mucha adrenalina acumulada, y hace falta soltarla. Vale con una buena pelea, pero el sexo es mucho mejor.

Ella se quedó mirándolo con asombro.

—Es completamente normal —dijo él para reconfortarla—. Es algo que ocurre a menudo.

—Ah. Ocurre a menudo —dijo ella.

Al percibir su tono de voz, tan cuidadoso de repente, él se dio cuenta de que había metido la pata, porque ella había malinterpretado su frase.

—No. A mí, no —dijo Kylie, y se incorporó.

—Kylie.

—No, ya lo he entendido. Por favor, no me lo expliques otra vez –dijo. Se puso en pie y comenzó a recopilar su ropa y a vestirse.

–Kylie, espera.

Él también se levantó, y trató de agarrarla, pero ella le apartó las manos.

–Ya lo he entendido –repitió.

A él le sonó el teléfono indicándole que había recibido un nuevo mensaje. Al mirar la pantalla, hizo un gesto de pesar.

–Lo siento, pero es mi padre. Tengo que leerlo.

Ella asintió, y él abrió el mensaje:

Me han seguido.

Oh, mierda. Su padre tenía una recaída. Marcó su número.

–¿Qué ocurre? –le preguntó, con alivio, al ver que había respondido. No siempre lo hacía, porque decía que los teléfonos móviles eran fáciles de localizar, y estaba paranoico.

–Me están vigilando –dijo su padre–. A través de las paredes. ¡Están golpeando las paredes!

Joe miró la pared común entre su casa y la de su padre. La pared contra la que acababa de apoyar a Kylie. Cerró los ojos.

–Papá, no, no te están vigilando. Ha sido... el viento.

–Esta noche no hace viento.

–Bueno, está bien. He sido yo. Estaba... colgando unas fotos.

Kylie dejó de arreglarse la ropa, se giró hacia él y enarcó las cejas a modo de pregunta.

–Tú no tienes fotos –le dijo su padre–. Y es casi medianoche. Te digo que alguien viene por mí.

–Papá, escúchame –le dijo Joe, pellizcándose el puente de la nariz–. Nadie viene por ti. Espérame, iré a tu casa dentro de un minuto. No hagas nada hasta que yo llegue.

Se metió el teléfono en el bolsillo y, al darse la vuelta, vio que Kylie estaba sentada delante de la ventana de su salón, mirando por la ventana, abrazada a sí misma.

–Eh –dijo él. Se acercó a ella y la abrazó por la espalda–. Tengo que…

–Sí, ya lo sé –respondió Kylie, y se alejó unos pasos–. Yo también tengo que irme. Voy a pedir un taxi.

Se encaminó hacia la puerta, pero él la tomó de la muñeca y tiró de ella.

–¿Qué pasa, Kylie?

Ella intentó poner cara de inocencia.

–Lo que pasa es que tienes que irte, ¿no?

Él hizo que se girara y la miró a los ojos.

–Parece que la que tienes que irte eres tú, ¿no?

Kylie volvió a volverse, y él la giró hacia sí nuevamente.

–Mi padre vive en la casa de al lado –le dijo–. Por desgracia, necesita que pase a verle ahora mismo, pero había pensado que podía preparar la cena para todos. Para ti, para mí y para él.

–Es casi medianoche –dijo ella.

–Sí, ya, pero mi estómago no distingue de horas. Solo me dice cuándo tiene hambre. Con frecuencia, mi padre y yo cenamos tarde. ¿Te apetece?

–¿Pero tú sabes cocinar? –le preguntó ella, con sorpresa.

–Soy un estupendo cocinero –respondió él, para impresionarla con sus habilidades. Desde muy joven había aprendido que si no quería estar comiendo siempre conservas tenía que prepararse su propia comida. Y se había hecho muy buen cocinero, sobre todo al llegar a la pubertad y darse cuenta de que a las chicas les encantaba que cocinara para ellas. Durante muchos años había utilizado sin escrúpulos aquella habilidad para conquistar a las mujeres, pero aquella sería la primera que cocinara para una mujer y para su padre a la vez. Eso significaba que Kylie era diferente, algo que él ya sabía.

Ella lo estaba mirando fijamente, con el ceño fruncido.

—¿Qué? —le preguntó él.

—Eres un rompecabezas. Uno de esos de mil piezas, y no solo me faltan muchas de esas piezas, es que ni siquiera tengo las cuatro esquinas.

Él se echó a reír.

—Sí. Y tampoco quepo bien en la caja.

Ella sonrió y él sin poder contenerse la abrazó, porque necesitaba su contacto. Ella se acurrucó contra su pecho como si, tal vez, tuviera la misma necesidad. Joe le dio un ligero beso en la sien, cerró los ojos y se quedó inmóvil. No tenía ni idea de lo que estaba haciendo, y eso le resultaba difícil de asimilar, porque él siempre tenía que saber lo que hacía. Sin embargo, no se arrepentía de nada. Y, además, no quería soltarla todavía.

—Estoy preocupada —murmuró Kylie contra su pecho, y a él se le paró el corazón, porque, seguramente, en aquel momento iba a decirle que lo que podía darle no era suficiente para ella y que tenían que dejarlo...

—No estamos consiguiendo nada —prosiguió Kylie—, y me queda menos de una semana para tener que autentificar esas piezas, o perderé el pingüino para siempre.

Él exhaló un suspiro de alivio. No iba a dejarlo.

Todavía.

—No vas a tener que hacer eso —le prometió él—. Vamos a encontrar el pingüino.

—Quiero que sea cierto —le dijo ella.
—Es cierto.

Kylie asintió y se quedó abrazada a él un minuto más. Era fuerte, no era fácil, y siempre tenía algo que decir. Tenía defectos, y eso le encantaba. Sin embargo, Joe creía que su rasgo favorito de ella era que cuando caía volvía a levantarse rápidamente. Eso era algo con lo que él podría identificarse, aunque, en realidad, no tenía intención de identificarse en nada con ella.

Capítulo 19

#AgitadoNoMezclado

Mientras Joe sacaba las cosas de la nevera, Kylie esperó pacientemente. Después, la tomó de la mano y la llevó a la casa de al lado. No hacía ni diez minutos estaba tumbada en el suelo, desnuda, a su lado. En otra ocasión como aquella ya habría salido corriendo, porque habría necesitado tiempo para reflexionar y asimilar lo que le había sucedido. Y para tomar distancia.

Así pues, el hecho de que siguiera allí y estuviera a punto de conocer al padre de Joe, la había dejado pasmada.

–¿Y no le va a parecer raro a tu padre que yo esté contigo a estas horas? –le preguntó.

–Mi padre no tiene noción del tiempo, a no ser que yo llegue tarde o que necesite algo –respondió Joe–. Pero tengo que decirte una cosa: es alguien... diferente.

Kylie sonrió.

–¿Y tú no?

–Listilla –dijo él con una sonrisa. Después, vaciló un instante, y añadió–: Mira, si te dice cualquier cosa extraña, no le hagas caso, ¿de acuerdo? No lo hace con mala intención.

—¿Qué tipo de cosa rara?

—No siempre está en el presente. Volvió herido de la Guerra del Golfo, y no solo con heridas físicas.

A ella se le encogió el corazón, y lo miró a los ojos.

—Y Molly y tú cuidáis de él.

—Sí. Y a él no le cae bien nadie más, nunca, así que no te ofendas si te ignora —dijo Joe.

Llamó a la puerta; cuatro golpes fuertes, una pausa y otro golpe más.

—¿Papá? —dijo—. Soy yo.

Abrió con llave los tres cerrojos y volvió a llamar de la misma forma, mientras abría la puerta.

—¿Papá? ¿Me oyes?

—Pues claro que te oigo. No estoy sordo —dijo su padre en un tono irritado.

Joe no atravesó el umbral.

—Y no estás armado, ¿no?

Kylie miró a Joe con preocupación.

Joe sonrió para calmar su inquietud.

—No te preocupes. Ya no tiene balas.

Ah, bueno. Así se sentía mejor.

—Pero le gusta tener el arma a mano —le advirtió Joe, suavemente—. Ignora eso también.

Kylie asintió. Creía que estaba disimulando muy bien su nerviosismo hasta que Joe le apretó la mano.

—¿Por qué has tardado tanto? —le gritó su padre.

Joe entró primero, asegurándose de que Kylie fuera detrás de él. Observó con atención la sala, que estaba en penumbra, y debió de ver algo que ella no podía ver, porque suspiró.

—Papá, ¿dónde están tus pantalones? —le preguntó y encendió la luz.

Era una habitación pequeña muy limpia y ordenada. No había nada fuera de su sitio. Bueno, salvo el hombre de la silla de ruedas, que iba vestido solo con una camiseta de tirantes y unos calzoncillos.

Ah, y que tenía una escopeta apoyada en las rodillas.

A pesar de que tenía el pelo canoso y los ojos oscuros, rodeados de arrugas, el padre de Joe se parecía mucho a él, y era mucho más joven de lo que ella pensaba. La Guerra del Golfo había ocurrido hacía casi treinta años, así que su padre debía de tener unos cincuenta.

—Los pantalones son una estupidez —dijo.

—Sí —respondió Joe—. Y, también, recibir a las visitas con una escopeta y sin ropa, y tú lo haces. Deja la escopeta, vamos.

El padre de Joe miró más allá, hacia Kylie.

—¿Quién es?

Joe se giró hacia Kylie.

—Te presento a...

—No, tú no —le dijo su padre—. Le he preguntado a ella.

Kylie sonrió.

—Me llamo Kylie Masters.

—Umm —dijo él—. En mi sección había un Masters. Jeremy Masters. Era un gilipollas como una casa. ¿Es tu padre?

Joe cabeceó.

—Por favor, papá...

—No pasa nada —dijo Kylie, pero siguió mirando a su padre—. Mi padre también es un gilipollas como una casa, señor Malone, pero no estuvo en el ejército. Por lo menos, eso creo.

—¿No lo sabes con certeza? ¿Y eso?

—Porque se marchó cuando yo era muy pequeña, y no siempre hemos tenido contacto.

Joe la miró fijamente. Después, asintió.

—Te puedes quedar —le dijo y se giró hacia Joe—. ¿Qué hay de cenar?

—Nada, si no vas a ser agradable.

—Yo siempre soy agradable.

Joe soltó un resoplido y entró en la cocina.

—Se cree que sabe cocinar —le dijo su padre a Kylie.

—¡Claro que sé cocinar! —le gritó Joe desde la cocina.

El padre de Joe levantó el dedo índice y el pulgar con dos centímetros de separación.

Joe asomó la cabeza por la puerta.

—Si mi comida está tan mala, ¿por qué no llamas para pedir algo?

—Y es tan sensible como una niña —dijo su padre.

—Los niños son tan sensibles como las niñas —dijo Kylie—. Puede que más. Así que, probablemente, debería usted decir que es tan sensible como un niño.

El padre de Joe se echó a reír con ganas.

—Hijo, esta vez sí que la has hecho buena —le gritó a Joe—. Esta te va a plantar cara.

Joe no respondió a aquello, pero Kylie lo oía moviendo los cacharros en la cocina.

Trató de convencerse de que no le importaba que él no estuviese de acuerdo con su padre con respecto a lo de que le iba a plantar cara. Porque en lo que sí estaban de acuerdo era en que aquello solo era una amistad y una relación laboral con algo de sexo como ventaja adicional. Y eso estaba bien; aunque tal vez, en el fondo, ella estuviera empezando a sentir algo diferente por él. Como no sabía lo que eran aquellos sentimientos, ni qué hacer al respecto, no tenía importancia.

Pero no podía negar que una pequeña parte de sí

misma se habría alegrado si Joe le hubiera dado la razón a su padre, en vez de quedarse en silencio.

Su padre pasó por delante de Kylie y comprobó que todos los cerrojos de la puerta estaban echados. Comprobó cada uno cuatro veces, hizo una pausa y los comprobó una vez más. El mismo número de veces que había utilizado Joe para entrar.

Kylie lo observó y, de repente, se le formó un nudo en la garganta, porque se dio cuenta de lo mucho que se preocupaba Joe por su familia, y de la gran capacidad de amar que tenía.

El padre de Joe terminó sus comprobaciones de la puerta principal y, con un gruñido de satisfacción, fue a las ventanas y las comprobó también cuatro veces y, después, una quinta. Una de las ventanas era demasiado alta para él, así que ella se acercó y comprobó la cerradura. Lo hizo cuatro veces. Después de una pausa, hizo una quinta comprobación.

Cuando se dio la vuelta, el padre de Joe asintió con satisfacción.

—Sí —dijo—. Vales.

Ella alzó la vista y se dio cuenta de que Joe los estaba observando con una expresión indescifrable.

—A la cocina —dijo, y desapareció.

Su padre y ella se miraron.

—Seguramente va a tener el período —dijo su padre.

Hubo un golpe en la cocina, y su padre sonrió.

—Sí, claramente, va a tener el período. A lo mejor deberíamos comprarle algún analgésico. ¿Cómo se llama? Midol.

Otro golpe en la cocina.

El padre de Joe se echó a reír.

—Para ser un tipo tan duro, es muy fácil molestarle.

Kylie se mordió la mejilla por dentro.

—Le está tomando el pelo.

—Bueno, por supuesto que sí.

—¿Por qué?

Su padre se encogió de hombros.

—Le he engañado y acabo de terminarme una temporada de *Pequeñas mentirosas* sin él. Me aburro.

Joe se asomó por la puerta de la cocina.

—Eh, se supone que *Pequeñas mentirosas* era un secreto que teníamos los dos.

Kylie estaba sonriendo.

—¿Veis *Pequeñas mentirosas*?

Joe frunció el ceño y desapareció de nuevo por la puerta de la cocina.

—Te lo dije —afirmó su padre, sonriendo—. Es tan sensible como un... niño.

—Comida —gritó Joe —. Venid a buscarla, o me la como toda yo.

Ellos entraron en la cocina, y el padre de Joe fue directamente al fregadero y señaló con un dedo las cazuelas y sartenes sucias.

—¿Qué es eso?

—Vamos a cenar primero —dijo Joe—. Después friego los platos.

—Aquí se friegan los platos primero.

—Esta noche no, papá.

—¿Desde cuándo?

—Es medianoche, estoy cansado y tú estás siendo un idiota. A propósito —dijo Joe, y le señaló la mesa con el dedo—. Vamos, siéntate.

—Ya estoy sentado —dijo su padre, con irritación. Sin embargo, cuando Joe se dio la vuelta, le guiñó un ojo a Kylie.

Joe sirvió pasta con salsa y una ensalada. Kylie sonrió al ver que la pasta eran las letras del alfabeto.

—Eh —dijo su padre—. Esto no es del chef Boyardee.
—No —dijo Joe.
Su padre apartó el plato.
—Ya sabes que yo solo como espaguetis de lata. Así es como me gustan.
Joe volvió a ponerle el plato delante.
—Ya hemos hablado de esto. Las cosas de lata que comiste durante los ochenta tienen demasiada sal. Tu médico ha dicho que tienes que reducir la sal. Y sería mucho más fácil darte de comer si quisieras algo que no fuera pasta.
Su padre tomó un tenedor.
—¿Sabes lo que eres? Eres un lleva–pantalones y un comunista que odia la sal.
Joe asintió.
—Vaya, impresionante. Has conseguido insultar sin utilizar palabras malsonantes.
—Mi fisioterapeuta y mi enfermera me amenazaron con que dejarían el trabajo si no dejaba de decir palabrotas —confesó su padre—. Me regalaron un libro para aprender a insultar sin juramentos. No me importa lo que diga la enfermera Ratched, pero mi fisioterapeuta tiene razón.
—Vaya, aprendiendo a ser sociable —dijo Joe.
Su padre soltó un resoplido y empezó a pinchar la comida.
—Papá, pruébalo.
—Está bien —dijo y tomó un bocado con exagerada precaución.
—¿Y bien? —le preguntó Joe.
—Eh… —su padre masticó, tragó y tomó otro bocado. Y, después, otro—. No es nada de lo que puedes ver en Iron Chef, pero está bien.
Joe puso los ojos en blanco.

—Vaya, gracias. ¿Te acuerdas de esa vez que se fue la luz y tuvimos que calentar latas en una hoguera que hicimos en el patio?

Su padre tomó otro bocado.

—No se fue la luz. Nos la cortaron, porque esos desgraciados no me dijeron que habían devuelto el recibo. Y, como tú no encontrabas un abridor de latas, tomaste una atornilladora de baterías del garaje e hiciste agujeros para abrir las latas. Y también te hiciste uno en el dedo. Sangrabas como una manguera. Y fue una pena que no pudiéramos distinguir la salsa de la sangre.

—Necesitaba puntos de sutura —dijo Joe, recordando con afecto el momento, como si se sintiera orgulloso—. Utilizamos Superglue, ¿te acuerdas?

—Claro que me acuerdo. Nos ahorramos cientos de dólares en facturas de médicos.

Kylie los miró mientras ellos se reían de aquel recuerdo tan horroroso. Estaba empezando a darse cuenta de que Joe tenía una tremenda responsabilidad todos los días. Y de que siempre la había tenido, desde muy joven, porque había tenido que cuidar de su hermana pequeña y de su padre.

Ella no había tenido a sus padres, pero había tenido a su abuelo, que siempre la había cuidado. Nunca había sentido todo el peso del mundo sobre los hombros, como debía de sucederle a Joe desde niño.

Cuando su padre terminó el plato de comida, Joe asintió y se levantó. Recogió los platos y le revolvió el pelo a su padre al pasar a su lado. Fue un gesto pequeño y rápido, pero era una señal de amor y de aceptación, y a Kylie se le formó un nudo de emoción en la garganta.

Joe recibió un mensaje en el teléfono. Lo abrió, y su expresión se volvió seria.

—¿Qué pasa? ¿Trabajo? —le preguntó su padre.

—Sí. Tengo que volver. Hay que hacer algo esta noche.

—Vaya —dijo su padre.

Joe abrió un cajón lleno de medicinas, sacó un cuaderno y se puso a revisar las tomas.

—He estado tomándomelas todas —dijo su padre—. Por Dios, no soy un niño.

—¿Te las has tomado o las has tirado al retrete?

—Ya no las tiro al retrete. Son demasiado caras.

Joe asintió, guardó la libreta y miró a Kylie.

—No te preocupes por mí —le dijo ella— Puedo irme en taxi a casa.

—Yo te llevo.

Kylie no se molestó en discutir con él. Esperó a que estuvieran en su coche para decirle:

—Tu padre es genial.

Joe soltó un resoplido.

—Sí —dijo, finalmente.

Después, tomó la mano de Kylie y se la llevó a los labios para darle un beso.

—Gracias. Lo has manejado muy bien, así que gracias por eso también.

—No he tenido que manejar nada. Ha sido muy agradable conocerlo.

Él la miró de un modo que ella no supo interpretar.

—¿Qué? —le preguntó.

—Ya te dije que normalmente no habla con nadie, salvo con la gente que conoce y con la que está cómodo. Pero contigo sí ha hablado. Le has caído bien.

—Yo le caigo bien a mucha gente —dijo Kylie.

Joe se echó a reír, y ella tuvo un sentimiento de calidez, porque le parecía que él necesitaba reírse, y le gustaba haber sido la persona que le provocara aquella risa.

Al día siguiente, después del trabajo, Kylie fue al pub y encontró a parte de su pandilla al final de la barra, en su sitio acostumbrado. Pru, Elle, Willa y Molly. Ella se sentó en un taburete e hizo una pausa al ver que todas se quedaban mirándola.

—¿Qué ocurre? —preguntó, mirándose a sí misma—. ¿Voy arrastrando un trozo de papel higiénico con el zapato o algo así?

—Sí, tienes razón, Willa. Se está acostando con él —dijo Pru, y puso un billete de diez dólares en la barra—. Tiene el brillo postcoital.

Molly hizo un gesto de pesar.

—Yo no puedo hacer esa apuesta.

—Yo, sí —dijo Elle, y puso su billete de diez dólares—. Kylie sonríe enseñando demasiados dientes. Además, todas sabemos que Joe está buenísimo. Y esos abdominales...

—Eh —dijo Molly—. Te recuerdo que estás hablando de mi hermano. Y, de todas formas, lo que importa es el interior, no el aspecto físico de las personas.

—Al principio, no —dijo Elle—. Sé sincera. Al principio lo más importante es el impacto visual y la química.

Molly negó con la cabeza.

—No siempre.

—Dame un ejemplo —le pidió Elle— en el que durante los dos primeros segundos tenga más importancia el interior que el exterior.

—Eh... —murmuró Molly. Suspiró y negó con la cabeza—. Caramba...

—El refrigerador —dijo Sadie mientras llegaba y se sentaba con ellas.

Elle se echó a reír.

—De acuerdo, me rindo ante la evidencia.

—Tú no puedes hablar —le dijo Molly—. Tú estás con Archer, que te mira como miro yo una pizza completa. Si un hombre me mirara así, yo no me preocuparía en absoluto por las primeras impresiones.

Mientras estaban hablando de aquello, Willa se volvió hacia Kylie.

—Entonces, ¿te estás acostando con él, sí o no? —le preguntó en voz baja.

Kylie se mordió el labio, y Willa se echó a reír.

—Lo sabía. ¿Cómo ha sido?

«Mágico...».

—Bueno, no estamos juntos —dijo ella—. Solo somos amigos —añadió. Más o menos—. Es complicado.

—Cariño, ¿por qué quieres ser amiga de un espécimen perfecto de humano como Joe?

—Es que... no es mi tipo.

—¿Acaso no te gustan los tíos sexis y guapos?

Kylie se dio la vuelta y se encontró a todo el mundo escuchando. Magnífico.

—Bueno —dijo, pensando febrilmente—. Es prepotente. Y arrogante. Y... —listo. Sexy. Y le gustaba besarlo todo. Esas cosas no eran precisamente defectos...

Molly la estaba observando y enarcó una ceja.

Kylie tragó saliva y cabeceó.

—Y es autoritario —dijo—, y bueno, sí, también, es sexy y guapo —añadió, y se dio cuenta de que todas sus amigas la estaban mirando con una cara rara—. Y está detrás de mí, ¿verdad?

—Sí —dijo Willa, alegremente.

Kylie cerró los ojos un instante, antes de hacer girar el taburete hacia él. Efectivamente, Joe estaba allí, frente a ella.

—Yo no diría que solo somos amigos.

—¿Qué dirías tú? —preguntó Willa—. Solo por curiosidad.

Él tomó de la mano a Kylie y respondió:

—Aunque solo sea por curiosidad, no es asunto tuyo.

Willa suspiró mientras Joe se llevaba a Kylie hacia la salida.

Capítulo 20

#TomaréLoMismoQueElla

Joe atravesó el patio con Kylie. Pasaron por delante de la fuente, y él se dirigió hacia el callejón.

Eddie estaba sentado en su caja, con los pies en alto y la cabeza inclinada hacia el cielo, observando las estrellas. Al verlos, se irguió y los saludó.

—Necesito que me prestes el callejón un momento —le dijo Joe, y le dio un billete de veinte dólares.

Eddie sonrió, se lo metió al bolsillo y le hizo un saludo militar.

—Todo el tiempo que necesites, soldado.

Y, entonces, se quedaron a solas. Joe vio que Kylie rebuscaba en su bolso y sacaba la peluca pelirroja.

—¿Para qué es eso?

—Es mi capa de superheroína —dijo ella—. Yo solo soy un poco valiente, pero la pelirroja es muy muy valiente. Puede con todo. Si vamos a hablar de lo que pasó, necesito mi capa de superheroína. Preferiría tener la capa para ser invisible, pero no se puede tener todo.

Estaba loca. Pero en el mejor de los sentidos, y Joe se echó a reír.

—¿Te estás riendo de mí?

—No, contigo —dijo él—. Siempre contigo.

—Pero yo no me estoy riendo.

—Kylie, teniendo en cuenta lo que hago para ganarme la vida y mi vida familiar, ¿cuántas veces al día crees tú que me río?

—Yo... —dijo ella. Con un suspiro, cambió de actitud y agitó la cabeza—. No lo sé.

—Aproximadamente, nunca —reconoció él—. A no ser que esté contigo. Así que no voy a disculparme por disfrutar tanto cuando estoy contigo.

—¿Aunque haya dicho que eres prepotente y arrogante? ¿Y autoritario?

—Sí, pero también dijiste que estoy bueno y soy sexy.

—Sí, pero, para que lo sepas, todo eso es muy molesto.

Él se echó a reír otra vez, porque no parecía que ella se sintiera muy molesta. Se acercó a ella y la besó. Y, después de haberla tenido desnuda entre los brazos, retorciéndose por él, sabía que no iba a poder quitárselo de la cabeza.

En el fondo, era consciente de que no debería haberse acostado con ella, pero la deseaba tanto, que se había convertido en una distracción imposible de ignorar. Y, como un tonto, había pensado que esa distracción terminaría inmediatamente después.

Pero lo cierto era que la deseaba más que nunca. Estando allí, con ella, viendo su peluca pelirroja, no podía controlar los recuerdos. El contacto de sus labios en la piel, su respiración cálida en el cuello, sus piernas rodeándolo, sus pezones endurecidos contra el pecho y ella arqueada contra él. Dios. Los sonidos tan apasionados que había emitido durante el orgasmo habían sido su ruina absoluta, y los recuerdos, sumados a lo que había dicho Kylie sobre él en el pub, volvieron a excitarlo.

—Creía que no íbamos a permitir que las emociones formaran parte de esto. Creía que tú no podías permitírtelo.

Él estaba a punto de decirle que retiraba todo lo que había dicho al respecto, cuando alguien les habló.

—Sé que tenía que desaparecer —les dijo Eddie en tono de disculpa—, pero me he ido al otro callejón, el de detrás de Maderas recuperadas, y he visto un sobre apoyado contra la puerta trasera que tenía el nombre de Kylie. Pensé que lo querrías.

Kylie observó el sobre sin moverse, sin respirar, así que fue Joe quien lo tomó de manos de Eddie.

—¿Has visto quién lo dejó?

—No, pero está húmedo de la lluvia, así que debe de llevar un buen rato allí —dijo Eddie, y se le borró la sonrisa al ver sus caras—. ¿Qué ocurre?

—Nada —le dijo Joe—. Gracias por traérselo.

Eddie asintió, sin apartar la mirada de Kylie.

—De nada.

Le lanzó una mirada a Joe con las cejas enarcadas, preguntándole en silencio si iba a cuidar a la chica. Joe asintió y Eddie se marchó del callejón.

—Ábrelo —le dijo Kylie a Joe.

Él lo hizo, y sacó una fotografía del pingüino sobre un banco de trabajo. Aparecía una mano sujetando un mechero encendido a los pies del pingüino. En el reverso de la fotografía había escritas unas palabras: *Se te está acabando el tiempo*.

—Sí —dijo Kylie—. Se me está acabando.

—Vamos a recuperar tu pingüino antes de que se cumpla el plazo —le dijo él, y le acarició la mejilla con los dedos–. Lo vamos a conseguir –añadió, con firmeza, porque quería que ella lo creyera.

Kylie lo miró a los ojos y asintió.

Él también asintió. La tomó de la mano y la llevó por el patio. Cuando llegaron a la altura de la fuente, ella se detuvo y se quedó mirando el agua.

–¿Qué haces? –le preguntó él.

Ella no respondió. Se sacó una moneda del bolsillo y cerró los ojos. Cuando iba a lanzarla al agua, él la detuvo.

–¿Qué estás haciendo?

Ella lo miró.

–¿Es que no conoces el mito de la fuente?

No era ningún secreto. El mito decía que si alguien deseaba con todo el corazón el amor verdadero lo encontraría. Por suerte, él no tenía corazón, por lo menos no tenía un corazón que funcionara.

–Entonces, lo conoces –dijo Kylie, observándolo con atención.

–Algo sobre el amor verdadero, bla, bla, bla –dijo él, encogiéndose de hombros–. ¿Por qué?

A ella se le escapó una pequeña sonrisa, y Joe sonrió también, sin poder evitarlo, porque ella siempre le hacía sentir cosas por poco que él quisiera.

–Pero ¿qué tiene que ver la fuente con tu pingüino? –le preguntó.

–Voy a pedir que vuelva.

–Sí, pero el mito no dice eso. Es sobre el amor.

–Bueno, pero yo quiero al pingüino –respondió ella. Lanzó la moneda, que cayó al agua haciendo plop.

–Entonces, ¿has pedido que vuelva tu pingüino? –le preguntó él con cautela–. ¿No has pedido el amor?

Ella enarcó las cejas, y él se dio cuenta de que se había delatado a sí mismo.

—¿Te da miedo el mito? —le preguntó ella con incredulidad.

—Por supuesto que no —dijo.

Sin embargo, lo cierto era que estaba aterrorizado, porque conocía a cinco personas que habían sucumbido al enamoramiento en los dos últimos años, y todos estaban directamente vinculados con aquella fuente. Miró la moneda que había lanzado Kylie, y que brillaba bajo el agua como si quisiera burlarse de él.

—Solo dime que es verdad que has pedido recuperar el pingüino —le pidió a Kylie, porque, de todas las personas que conocía, ella tenía el corazón más grande de todos. Así que, si había pedido el amor verdadero, ambos estaban sentenciados.

Ella sonrió, y él se dio cuenta de que estaba perdido.

—Ibas a llevarme a algún sitio —le recordó—. Y, a juzgar por tu forma de sacarme del pub, a rastras, tenías prisa.

—Tenemos que terminar un asunto.

—Pues termínalo.

A él se le aceleró el corazón. Le apretó la mano y la llevó por las escaleras hasta el segundo piso. Desactivó la alarma de Investigaciones Hunt y entró con ella en la oficina, que estaba a oscuras. Después, volvió a activar la alarma.

Su despacho era la primera puerta a la derecha. Cuando entraron, él cerró la puerta con pestillo y se giró hacia Kylie en la penumbra.

Él se estaba desabotonando el abrigo. Dejó que cayera al suelo y se sentó en su escritorio.

—Qué despacho más bonito —dijo, mirando a su alrededor.

Joe se le acerco y se colocó entre sus rodillas, y

apoyó las palmas de las manos en la mesa, una a cada lado de sus caderas.

—Si hubiera sabido que íbamos a terminar aquí —le dijo—, lo habría limpiado.

Ella sonrió y le rodeó la cintura con las piernas, y cruzó los tobillos por detrás de su espalda.

—Mentiroso. A ti no te importa lo que piensen de ti.

Era cierto. Nunca le había importado lo que pensaran de él los demás, pero sí le importaba lo que pensara ella. Con una mano, tiró todas las cosas de la mesa al suelo. Con la otra, deslizó su trasero para estrecharla contra sí.

A ella se le escapó un sonido de la garganta. Le había gustado aquel movimiento de hombre de Neanderthal, y eso le satisfizo también a él. Con Kylie podía ser él mismo: tener buen humor, o mal humor, o irritación, o lo que fuera. No tenía que controlarse.

Otro enorme atractivo de Kylie.

Ella lo estaba mirando.

—¿Qué pasa? —susurró Joe.

Kylie cabeceó una sola vez.

—Estaba empeñada en no permitir que me gustaras. Pero, estoy aprendiendo cosas de ti, cosas que me gustan.

Él sonrió a medias.

—Aunque sea prepotente, arrogante y... ¿autoritario?

Ella sonrió.

—Muy prepotente. Tal vez deberías repetir esas palabras todos los días para empezar a trabajar en el problema.

—Claro —dijo él con facilidad—. Si dices una cosa a gritos por mí.

—¿Qué?

—Mi nombre —respondió Joe, y le mordisqueó el lóbulo de la oreja. Después, le susurró—: Voy a hacerte gritar mi nombre, Kylie.

A ella se le cortó la respiración.

—Yo no grito demasiado —susurró.

—Es un desafío.

Joe deslizó la mano por debajo de su camisa y encontró su piel sedosa. Subió por su cuerpo hasta que notó el encaje. Entonces, la tomó en brazos y se giró hacia el sofá que había en la pared de enfrente.

—¿Qué vas a hacer? —le preguntó ella.

—Esta vez quiero que sea en horizontal.

—Pero... ¿aquí?

—Claro, aquí.

—El teléfono de tu escritorio —jadeó ella—. Lo has descolgado al tirarlo.

—Después.

—Tienes una barra de caramelo —añadió Kylie—. También se ha caído, y da pena que se eche a perder, porque tiene aspecto de ser un caramelo buenísimo...

—Sé de algo que va a saber mucho mejor que el caramelo —dijo él, y le lamió la piel por debajo de la oreja.

A ella se le escapó un gemido. La dejó en el sofá y le subió la camisa, y vio que llevaba un sujetador de encaje color marrón chocolate.

—Precioso.

Al segundo, descubrió que llevaba unas bragas a juego.

No hacía falta chocolate...

—Date prisa —susurró Kylie, en tono de súplica, mientras lo abrazaba. Joe estaba bajando la cabeza hacia su cuerpo cuando sonó su teléfono móvil. Él dejó caer la frente sobre su maravilloso pecho y tomó aire.

–Puede que sea urgente –dijo ella, que tenía las manos en su pelo.

Sin duda. Pero era un mensaje de texto, no una llamada, así que decidió que no podía ser tan importante.

–No me importa –dijo.

Le desabrochó el sujetador y lo apartó, y se le aceleró el corazón al ver sus pechos desnudos.

–Todo puede esperar unos minutos.

Ella le puso una mano sobre el pecho.

–¿Y si yo necesito más de un minuto?

–Tú vas a tener todos los minutos que necesites –dijo él, y bajó la mano hasta que le agarró el pequeño trasero para estrecharla contra sus muslos.

–Ummm... Me deseas –dijo ella con la voz entrecortada, retorciéndose contra la parte de su cuerpo masculino que más la deseaba. Y le brillaron los ojos de triunfo, alegría y también, por su propia necesidad.

Demonios, estaba completamente obnubilado por aquella mujer.

–Sí, te deseo –dijo. Le dio un beso en el hombro desnudo y, después, en la mandíbula–. Y mucho.

Con un suspiro, ella inclinó la cabeza hacia atrás y canturreó de placer mientras él pasaba los labios por su garganta y sus clavículas, por la punta de su pecho. Tomó el pezón con la boca y ella se arqueó jadeante al notar el contacto con su lengua.

Le agarró el pelo y musitó:

–No pares.

Ni se le había pasado por la cabeza, y siguió acariciándola y jugueteando a través de sus bragas hasta que estuvieron húmedas. Entonces, se las quitó y dijo:

—No las vas a necesitar.

—Tu ropa, también —jadeó ella—. Fuera.

—Y resulta que yo soy el autoritario —dijo Joe.

Se puso de rodillas por encima de su cuerpo desnudo y se quitó la camiseta. Ella empezó a acariciarle el estómago y el pecho con los dedos, y acabó con el dominio que pudiera tener sobre sí mismo. Él se inclinó y, con cuidado, le mordisqueó la cadera y una costilla, y ella se removió. Después, tomó su pezón entre los dientes y tiró delicadamente, y ella lo agarró por el pelo con más fuerza. Aquello le puso más difícil quitarse la ropa, pero lo consiguió, y lo arrojó todo al suelo.

Kylie se incorporó apoyándose en un codo y lo tocó en cuanto hubo terminado de desvestirse, separando las piernas para acogerlo. Él se puso un preservativo y se tendió entre sus muslos, deslizándose dentro de su cuerpo.

—Kylie —murmuró—. Mírame.

Ella abrió los ojos, y él vio en ellos tanta emoción que se le formó un nudo en la garganta. La besó, y devoró ávidamente los sonidos guturales que se le escaparon de la garganta cuando él comenzó a moverse. Intentó contenerse, pero Kylie estaba tan tensa, tan húmeda y tan caliente, que pensó que no iba a conseguirlo. Sin embargo, pudo aguantar hasta que ella tuvo el primer orgasmo. Además, no quería que fuera tan brusco como la primera vez que habían estado juntos. Quería mostrarle lo que había en su corazón.

Salvo que su corazón estaba rodeado por demasiados muros protectores, así que, incluso en aquel momento tan especial, tuvo que conformarse con mostrarle lo mucho que ella satisfacía su cuerpo. Y, al ver cómo ella se aferró a él después de que todo acabara, que tal vez eso sí se lo había demostrado.

Más tarde, mucho más tarde, Kylie rodó por la cama de su dormitorio, en la oscuridad, y oyó un suave gruñido.

—Oh, lo siento —le susurró a Vinnie, y rodó hacia el otro lado. En aquella ocasión, se topó con otro ser vivo, un ser humano, y lo tocó. Sí. Era un cuerpo de persona, caliente y duro.

—Ummpf —dijo aquel cuerpo, el que la había llevado a las alturas y había vuelto a depositarla en la tierra. Recordó que Joe la había llevado a casa después de... bueno, de que los dos hubieran arrasado su despacho. No había otra palabra para describirlo. Y, después, todavía hambrientos el uno del otro, habían acabado allí, en su cama.

Joe la abrazó. Ella pensó que se iba a levantar, a ponerse la ropa y a salir por la puerta.

Pero él no lo hizo. Siguió abrazándola, metió la cara en el hueco de su hombro y suspiró de relajación.

—No pensaba que fueras a quedarte —le dijo ella.
—Cansado.

Kylie se mordió el labio, porque no quería confundir aquello con algo que no era.

—Creía que íbamos a separar la iglesia y el estado, como la última vez.

—Puedo guardármelo en los pantalones, si quieres —dijo él en voz baja y enronquecida.

—Pero es que parece que tú duermes desnudo.

A él se le escapó una carcajada. No se levantó de la cama. De hecho, no se movió. Vinnie, sin embargo, sí.

Se subió encima de ellos y se dejó caer sin ceremonias sobre los dos, y se hizo un hueco en el cuello de Joe. Fue una buena elección; a ella también le encantaba aquel sitio. Estaba un poco áspero por la barba incipiente, y olía a hombre, y era cálido... Con un suspiro, cerró los ojos y se fue quedando dormida, sintiéndose segura y cálida, y con una ridícula sonrisa en los labios.

A la mañana siguiente, Kylie estaba en la ducha cuando notó un cambio de presión en el aire. Entonces, una mano mucho más grande que la suya tomó el control de su esponja. Las manos de Joe se deslizaron lenta y sabiamente por su cuerpo, le aceleraron el corazón y consiguieron que se derritiera contra él.

Él dejó la esponja y le acarició el vientre, y ella se estremeció a pesar del agua caliente. Cuando intentó girarse para ponerse frente a él, él la sujetó y continuó con aquella deliciosa tortura de sus dedos expertos, hasta que ella posó las manos en los azulejos, echó la cabeza hacia atrás y la apoyó en su hombro, y se dejó llevar. Todavía estaba estremeciéndose cuando él entró en su cuerpo y, como la noche anterior, la llevó al cielo y la devolvió a la tierra.

Kylie todavía tenía el brillo de la felicidad en la cara cuando llegó a trabajar. Gib le echó un vistazo y cerró los ojos.

—¿Qué? —le preguntó ella.

—Entonces, Joe y tú sí que sois pareja.

—No.

—¿Has decidido eso antes o después de acostarte con él?

Ella lo miró con los ojos entrecerrados.

—Tú no tienes por qué decirme eso, Gib.
—Te va a hacer daño, Kylie. No es el tipo adecuado para ti.
—Tampoco quiero hablar de eso contigo.
Él se quedó dolido.
—Mira, ya sé que la fastidié.
—¿Y qué quieres decir con eso?
—Que tenía que haberte tirado los tejos mucho antes.
—¿Ah, sí? ¡Vaya, no me digas!
Él hizo un mohín.
—Pero nunca llegaba el momento idóneo...
Kylie se echó a reír y él frunció el ceño.
—No sé qué es lo que te parece tan gracioso.
—Tuviste años para hacerlo, Gib.
—Éramos casi niños. Y tu abuelo hizo tanto por mí, que no podía permitir...
—Vamos, vamos. Por lo menos, sé sincero. Lo que pasa es que no te gustaba tanto. Y creo que a mí me pasaba lo mismo, o yo te habría tirado los tejos a ti —dijo ella. Suspiró y alargó el brazo para tomarle la mano, porque no quería que dejara de formar parte de su vida. Siempre había sido alguien muy importante para ella.

—No te preocupes —le dijo—. Estamos bien, y vamos a estar bien. Pero este tema está cerrado. Voy a ponerme a trabajar.

Y eso fue lo que hizo. Entró al taller y se concentró en el espejo que tenía que terminar antes del cumpleaños de Molly, que era al día siguiente, en vez de obsesionarse con el hecho de que solo le quedaba una semana para encontrar su pingüino, una semana hasta que el juego, o lo que estuvieran haciendo Joe y ella, terminara.

Capítulo 21

#TúNoPuedesEncajarLaVerdad

El resto del día pasó en una nebulosa, porque Kylie estuvo absorta en su trabajo. Gib, por un sentimiento de culpabilidad o por otra cosa, había vuelto a darle nuevos encargos, y eso la tenía ocupada en cinco proyectos diferentes. Era maravilloso y abrumador a la vez, pero, por lo menos, estaban de nuevo como antes.

A la hora de comer, tenía el cerebro apagado, así que se quitó el delantal, se sacudió el serrín lo mejor que pudo, tomó a Vinnie y salió al patio a aclararse la cabeza.

Se sentó en el banco de la fuente. Vinnie levantó la patita junto a un arbusto y, después, se acercó a olisquear el agua.

—Ten cuidado —le advirtió ella. No hacía mucho tiempo se había hecho el valiente y había saltado al agua. El problema era que, con un cuerpo tan pequeño y una cabeza tan grande, no podía nadar. Kylie había sentido pánico hasta que había conseguido rescatarlo.

Sin embargo, aunque Vinnie era listo y brillante, también tenía demasiada confianza en sí mismo, y de ahí el recordatorio.

—Nada de baños —le dijo.

Él resopló y se puso a correr en círculos durante dos minutos, hasta que se quedó sin gas y se dejó caer a los pies de Kylie, exhausto, jadeando.

Kylie movió la cabeza y miró la fuente. Tal y como le había dicho a Joe la noche anterior, el mito de la fuente estaba bien claro: si uno deseaba el amor con el corazón sincero, encontraría el amor.

Pero los mitos eran invenciones. Fantasías. Salvo que... Allí mismo, en aquel edificio, habían surgido muchas historias de amor durante los últimos años, algunas de ellas con sus mejores amigas, y todas tenían su origen en pedir un deseo a aquella misma fuente.

La noche anterior, cuando había pedido el deseo de recuperar su pingüino, tenía la tentación de pedir otra cosa completamente distinta, y eso le daba miedo. Le habría gustado pedir que Joe la mirara abiertamente como hacía algunas veces, cuando pensaba que ella no se daba cuenta. Su mirada cálida y su expresión le daban a entender que aquello era algo más que sexo para él, que tal vez hubiera sentimientos reales y profundos.

Aunque no se trataba de que quisiera renunciar al sexo; solo con pensarlo, se acaloraba. Recordaba la ligera sonrisa de Joe, su cuerpo duro y musculoso tomándola como quería, porque había que reconocer que todas las formas de tomarla por su parte habían sido increíbles hasta aquel momento, sobre todo cuando había utilizado la lengua para...

—Tienes que tirar una moneda —le dijo una voz ronca, y algo chapoteó en el agua. Una moneda.

Kylie volvió la cabeza y vio a Eddie. Él le sonrió.

—Espero que hayas deseado algo bueno, cariño —le dijo—. No me gustaría haber malgastado ese penique.

—No... no puedo creer que hayas hecho eso.

Él se encogió de hombros.

—Llevabas aquí indecisa tanto tiempo, que Vinnie se ha quedado dormido —dijo Eddie, y le señaló al perro, que estaba acurrucado a sus pies, roncando como una sierra mecánica—. ¿Qué deseo has pedido?

Oh, Dios Santo. Acababa de pedir más sexo salvaje con Joe. Se quedó mirando a Eddie anonadada, y él sonrió con astucia.

—Ah, ya veo. ¿Y quién es el afortunado?

—No. No, no, no —dijo ella—. No cuenta, porque no he sido yo quien ha tirado la moneda, sino tú.

El viejo Eddie se limitó a sonreír.

—Oh, vamos —dijo ella—. ¡Tiene que haber reglas!

—No sé, cariño —dijo, encogiéndose de hombros—. Yo no entiendo mucho de reglas.

—Bueno, pues estoy segura de que tiene que haberlas, y muchas —dijo Kylie. No iba a dejarse dominar por el pánico—. Y, de todos modos, la leyenda de la fuente trata del amor, y yo no estaba pensando en eso, así que no va a ocurrir. ¿Verdad que no? Por favor, dime que no va a ocurrir...

Él se echó a reír.

—Eso tampoco lo sé, pero daría más que un penique por saber qué es lo que has deseado, viendo la cara que se te ha puesto.

—Oh, Dios mío...

Kylie se giró hacia el agua. Había decidido meterse a la fuente y sacar el penique de Eddie. Pero... había muchas monedas, y no recordaba cuál era la que tenía que sacar. ¿Y si sacaba una que no era? ¿Impediría que se cumpliera el deseo de otra persona? No, eso no podía hacerlo.

—¿Cuál era? —le preguntó a Eddie—. No estoy segura...

—¿De qué no estás segura?

Era Molly, que se acercaba con Willa y con Elle. Todas llevaban bolsas del Pub O'Riley's.

—Bueno —dijo Eddie, columpiándose sobre los talones y sonriendo a Kylie con picardía—. Creo que nuestra Kylie pidió un deseo del que ahora se está arrepintiendo.

Kylie lo miró con asombro.

—¡Pero si la moneda la has lanzado tú!

—Un detalle sin importancia —respondió él, encogiéndose de hombros otra vez—. Lo cierto es que has pedido un deseo, y que te has ruborizado mucho. Creo que ya sé cómo se llama el afortunado...

Willa y Elle se echaron a reír. Molly la miró especulativamente.

Kylie suspiró.

—Me voy a casa.

—Kylie.

Se giró y vio a Molly, que le mostraba una de las bolsas marrones.

—Iba a llevarle esto a Joe, que está vigilando a un testigo y se muere de hambre. Pero tengo una reunión. ¿Te importaría llevárselo tú?

Kylie miró a Elle y a Willa que, de repente, estaban muy ocupadas con sus teléfonos móviles.

—Umm...

—¡Estupendo, muchas gracias! —exclamó Molly.

Antes de que Kylie se diera cuenta, tenía la bolsa en una mano y, en la otra, una dirección escrita a toda prisa en una servilleta.

—¿Qué acaba de ocurrir? —le preguntó Kylie a Eddie, cuando sus amigas desaparecieron.

—Me parece que va a ser más divertido ver cómo lo averiguas tú.

La dirección que le había dado Molly estaba a pocas manzanas de distancia, así que Vinnie y ella fueron andando. Terminó frente a un edificio de Pacific Heights que parecía una casa victoriana muy grande, pero dividida en cuatro viviendas. Delante de la entrada principal estaba el coche de Joe.

Y Joe estaba dentro.

Llevaba unas gafas de espejo y una gorra de béisbol dada la vuelta. Debido a eso, y a los cristales tintados de las ventanas, era difícil ver su expresión. Ella vaciló; no sabía si acercarse por el lado del conductor o el del pasajero. No quería molestar; solo quería entregarle su comida.

Oh, ¿a quién quería engañar? Joe estaba tan guapo, que lo que ella quería era subir al coche, sentarse en su regazo y...

Él se inclinó hacia delante y abrió la puerta del pasajero. Kylie se apartó de la cabeza sus fantasías y caminó hacia allí.

Joe llevaba su ropa de trabajo, unos pantalones de estilo militar con muchos bolsillos, una camiseta de Investigaciones Hunt y un cortavientos, que era para ocultar las armas y tener una apariencia menos amenazadora.

En el caso de Joe, solo servía para que pareciera más duro todavía.

—¿Estás muy ocupado?

—Estoy vigilando a un testigo para hacerle un favor a un abogado que nos da mucho trabajo —le dijo él—. El tipo no corre ningún peligro, pero puede que trate de huir. Lucas está en el callejón trasero, vigilando la otra salida. A Lucas no se le escapa nadie. Vamos, entra.

A ella no le gustaba mucho que le dijera lo que tenía que hacer, salvo cuando estaban desnudos, pero entró en el coche con Vinnie y le dio a Joe la bolsa de comida.

—De parte de Molly —le dijo.

Él enarcó las cejas e hizo caso omiso de la bolsa. Tomó a Vinnie con ambas manos y se lo puso delante de la cara, para que pudieran mirarse nariz con nariz. Vinnie se puso a jadear de alegría y movió las patitas en el aire, intentando acercarse a lamer a su persona preferida del mundo.

Kylie entendía perfectamente aquel impulso.

Joe dejó a Vinnie en su regazo. Vinnie giró sobre sí mismo tres veces, y Joe hizo un gesto de dolor al notar dónde posaba las zarpas. Después, Vinnie se dejó caer y se acurrucó para dormir una buena siesta.

Entonces, Joe miró lo que había en la bolsa.

—Alitas de pollo y patatas fritas. Qué rico.

—Molly me pidió que te trajera la comida.

Joe se quedó mirándola y sacó el teléfono. No saludó a quien respondió la llamada, fuera quien fuera. Tan solo, escuchó un momento, y después dijo:

—Más vale que te andes con ojo. La venganza será terrible.

—¿La venganza será terrible? —preguntó Kylie, cuando él colgó—. ¿Quién era?

—Mi hermana la entrometida.

—¿Tu...? ¿Quieres decir que me han tendido una trampa?

—¿No solo Molly?

—Molly, Elle y Willa —dijo ella—. ¡Incluso Eddie, en la dichosa fuente!

Aquella fue la segunda vez que él se alarmaba al oír mencionar la fuente.

—Venga, deja ya de tomarme el pelo con eso de que te da miedo esa cosa.

–No te estoy tomando el pelo –respondió él en un tono de inquietud–. Y tú también deberías tener miedo. Ya conoces las historias. Finn y Pru. Willa y Keane. Max y Rory. Spence y Colbie. Archer y Elle –dijo él, y cabeceó–. Y eso que Archer es el tipo más duro del mundo. Si él no ha tenido ni una oportunidad, nadie la tiene. Nadie, Kylie.

Sabiendo que él hablaba completamente en serio, ella empezó a contagiarse de su preocupación.

–Solo ha sido un penique. ¡Un penique! Hoy día ni siquiera se puede comprar nada con un penique, así que...

–¿Me estás diciendo que has pedido el deseo de encontrar el amor verdadero conmigo? ¿De verdad?

–¡No! No exactamente.

–Entonces, ¿qué, exactamente?

–Solo era una fantasía, ¿de acuerdo? ¡Caramba! –dijo ella, con las manos en el aire–. ¡Y ni siquiera iba en serio!

–Kylie, ¿qué deseo has pedido?

Ella exhaló un suspiro.

–Sexo. Contigo. ¿Contento?

A él se le llenó la mirada de humor, y sonrió. Fue una sonrisa de lobo feroz.

–Mucho –respondió Joe, y se echó a reír. Al oír sus carcajadas, ella sonrió.

–Bueno, pues como todo esto de la comida ha sido una trampa, vas a tener que compartirla conmigo –dijo, y abrió la bolsa con un suspiro.

Comieron en buena compañía, mientras Joe vigilaba el edificio. Al rato, un grupo de niños salió de un colegio que había un poco más abajo.

–¿Fuiste buen estudiante? –le preguntó ella.

Joe soltó un resoplido.

—No.
—¿Cuál era tu clase favorita?
—El recreo.
—¿Fuiste a la universidad?
Él la miró de reojo.
—¿Es que estamos jugando a las veinte preguntas?
—Estoy intentando conocerte mejor.
Él sonrió.
—Ya me conoces.
Ella puso los ojos en blanco.
—Conozco tu cuerpo.
—Y te gusta —dijo él con petulancia.

En realidad, le encantaba su cuerpo, hasta el último centímetro de su cuerpo atlético. Y él lo sabía. Pero, bueno, si quería entrar en ese tema, entrarían.

—Voy a hacerte una pregunta más fácil, Joe, ¿cuál es tu postura sexual favorita?

Él sonrió, y ella le dio una palmadita en el brazo.

—Vamos, esto sí que lo sabes. Pero, si tú me dices cuál es la tuya, yo te digo cuál es la mía.

—Ya sé cuál es la tuya —respondió él en voz baja.

Ella se ruborizó y apartó la vista. Intentó pensar rápidamente otra pregunta, alguna con la que poder borrar la expresión de depredador de la cara de Joe antes de poder cometer una estupidez como abalanzarse sobre él.

—Fui un estudiante aceptable —dijo él, y le dio una sorpresa al responder a su pregunta anterior—. No era difícil, pero yo no trabajaba demasiado. Sacaba sobresalientes, pero no hacía los deberes, lo cual hizo que bajaran mis notas. Y, realmente, mi clase favorita no era el recreo, sino las clases de ciencias.

—¿Sí? ¿Por qué?

—Porque me gustaba mucho mi profesora, la señorita Jones. Era guapísima –dijo él, y sonrió con afecto al recordarlo. Kylie se sintió un poco celosa, y él se dio cuenta; se echó a reír y le tiró de un mechón de pelo.

–¿Vamos a ir a investigar al último aprendiz de la lista hoy por la noche? –le preguntó ella, desesperada por cambiar de tema.

–Sí. Te llamo.

Kylie asintió y tomó a Vinnie del regazo de Joe.

–Nos vemos después –le dijo.

Había recorrido la mitad del camino de vuelta al trabajo cuando se dio cuenta de que todavía no sabía lo que iba a ocurrir cuando encontraran el pingüino, si lo encontraban alguna vez.

¿Seguirían con aquello que tenían, los llevara donde los llevara?

¿O empezarían a ignorarse el uno al otro?

¿Y cuál de las dos cosas quería ella? Bueno, sabía lo que quería, pero, teniendo en cuenta lo que él pensaba de las relaciones, no estaba dispuesta a pedírselo.

Capítulo 22

#TontoEsElQueHaceTonterías

A Joe se le hizo interminablemente largo el resto del día. Después de la visita sorpresa de Kylie a la hora de comer, había tenido que solucionar varios problemas en el trabajo. Aquel día había empezado la jornada a las cinco de la mañana, y no salió hasta las siete de la noche. Pensó en comprar algo de comida para llevar e ir a buscar a Kylie para investigar al último aprendiz.

Sin embargo, Archer apareció en la puerta de su despacho, preparado para salir.

Preparado significaba armado hasta los dientes.

Y Joe supo que no había terminado de trabajar.

–Te necesito –le dijo Archer.

Por ese motivo se vio también armado hasta los dientes y saliendo a una misión con el resto de sus compañeros. El cliente era un gran contratista que había contratado a Investigaciones Hunt porque estaban desapareciendo piezas de un equipo muy caro en el proyecto de reforma de un edificio situado en el distrito financiero. Hacía una semana, Joe y Lucas habían escondido un transmisor en cada una de las piezas que corrían más riesgo de ser robadas.

Aquella noche, el transmisor había lanzado el aviso de que una de aquellas piezas estaba en movimiento, cuando no debería ser así. Llegaron a la obra del edificio y todo sucedió rápidamente; sin embargo, no fue una operación limpia. Era el capataz de la obra quien cometía los robos de la maquinaria y, en aquella ocasión, estaba robando una pequeña excavadora por el sencillo método de llevársela conduciendo. Lo sacaron de la máquina pero, en el último momento, debió de darse cuenta de que aquel era el final para él, así que sacó un cuchillo y estuvo a punto de destriparlo a él. Al ver que no conseguía zafarse de ellos, sacó una granada.

Una granada de mano.

Joe y Lucas se lanzaron por ella. Lucas lo apartó de un empujón y abrió un contenedor de basura. Joe pudo atrapar la granada al vuelo y la arrojó al contenedor; gracias a eso, la explosión fue bastante contenida. Sin embargo, ni Lucas ni Joe se libraron y salieron volando. Atravesaron una placa de yeso y cayeron sobre una pila de madera.

Todo aquello tuvo que ser explicado a las autoridades, y eso les llevó unas cuantas horas más.

Después, Joe se sentó sin camisa en la mesa de la sala de empleados de su oficina para que Archer pudiera examinar la herida de arma blanca que tenía en el costado.

—Necesitas puntos de sutura —le dijo en un tono áspero, y no fue especialmente suave a la hora de limpiarle la herida con un algodón impregnado en alcohol.

—Ponme una tirita y valdrá —respondió Joe.

Archer pasó un minuto limpiando la sangre. Después, dijo:

—No habría sido el fin del mundo que fueras al hospital.

Sí. Joe se había pasado muchas horas en los hospitales. Su trabajo era peligroso, y había tenido que ir de vez en cuando, pero eso no era lo que realmente le causaba angustia. Lo que le angustiaba eran las salas de espera. Cuando era pequeño, había visto marchitarse a su madre y, después, había tenido que pasar muchas horas allí con la esperanza de que su padre se recuperara de las operaciones. Más recientemente, por las operaciones de Molly. No quería poner nunca más los pies en un hospital.

—Cóseme tú, como hiciste la última vez.

Archer soltó un juramento en voz baja.

—Sería mejor que te lo hiciera Lucas. Tiene mejor pulso.

—O Reyes —dijo Lucas, desde el sofá. Tenía unos cuantos arañazos y magulladuras, pero nada grave, porque era indestructible y, quizá, un superhéroe—. Reyes tiene las manos más pequeñas.

Reyes estaba sentado junto a la ventana, jugando a un juego en el teléfono, moviendo los pulgares a la velocidad de la luz. Se tomó un instante para enseñarle a Lucas su dedo corazón estirado. Reyes también estaba cubierto de sangre. No de la suya, sino del malo. Dejó el teléfono en la mesa, se acercó a Joe y le echó un vistazo a su herida.

—Yo podría hacerlo, pero te dejaría una buena cicatriz.

—No quiero que lo haga él —le dijo Joe a Archer—. Es capaz de darme los puntos en forma de corazón, con tal de fastidiarme.

Lucas sonrió, pero se levantó cuando Archer le hizo un gesto. Él también observó a Joe.

—Sí. Claramente, necesitas puntos.

—Ya lo sé –dijo Joe con un suspiro–. Vamos, hazlo ya.

Lucas exhaló con un gesto de exasperación y tomó el botiquín de la oficina, que era más completo que los botiquines de muchas consultas de urgencias, y se puso a coserle el corte del costado a Joe.

Molly entró en aquel momento, y se quedó inmóvil.

—¿Qué ha pasado?

—Nada. Estoy bien –dijo Joe, aunque estaba sudando, porque, demonios, aguantar las puntadas era muy doloroso.

—¡No, no estás bien! –exclamó Molly, y fulminó a Lucas con la mirada–. ¿Qué le estás haciendo a mi hermano?

—Archer –dijo Lucas–, sácala de aquí.

—Ni se te ocurra intentarlo –dijo Molly.

Sin embargo, Archer se puso delante de ella.

Ella lo esquivó y se acercó a Joe.

—Oh, Dios mío –murmuró al ver la herida.

Agarró a Lucas por la pechera de la camisa. Solo medía un metro sesenta centímetros, pero no estaba para bromas. Lucas medía más de un metro noventa, pero tuvo que agacharse para ponerse a la altura de su nariz.

—Ten mucho cuidadito con él –le advirtió.

Dios Santo.

—¡Estoy bien! –exclamó Joe.

Ni Lucas ni Molly lo miraron. Se estaban mirando el uno al otro, de una forma rara, aunque Joe percibió cierta química entre ellos, una química que no supo descifrar.

—¿Me has oído? –le preguntó Molly a Lucas.

—Molly, te han oído hasta en China.

—¿Necesita ir al hospital? –preguntó ella.

—No —dijo Joe.

Archer le pasó un brazo por los hombros.

—Se va a recuperar perfectamente, te lo prometo. Solo es un arañazo. Quiero que esperes fuera...

—Tengo que quedarme aquí.

—Archer —dijo Lucas otra vez.

Archer asintió y habló mirando a Molly.

—Lo que necesitas tú, y todos nosotros, es la botella de whiskey que tienes guardada en el último cajón del escritorio. ¿Puedes traérmela?

Molly miró a Joe, y él pudo esbozar una sonrisa y asentir. Entonces, ella miró a Lucas.

Nadie dijo ni una palabra, pero hubo una pulsación inexplicable. Al final, Molly exhaló una bocanada de aire y se marchó.

Lucas dejó de coserle y la miró mientras se alejaba.

—Eh, tú —le dijo Joe—. ¿Le estás mirando el culo a mi hermana?

Lucas pestañeó.

—¿Qué dices? No.

—Sí, claro que sí.

—Entonces, ¿para qué lo preguntas?

—Lucas nunca se atrevería a mirarle el culo a mi asistente personal y hermana tuya, ¿verdad, Lucas? —le preguntó Archer.

Como aquello no era una pregunta, en realidad, y Lucas lo sabía, se limitó a asentir, y siguió cosiendo la herida.

Fueron necesarios doce puntos y, cuando terminó, sacó la bolsa de hielo de la caja y se la entregó. Joe se la puso en el costado y rezó porque sirviera para bajarle la hinchazón. Tenía planes para aquella noche.

—¿Vais a contarme lo que ha pasado? —preguntó Archer.

Joe se encogió de hombros. O empezó a hacerlo, más bien, porque aquel movimiento le causó un terrible dolor.

—Lo que ha pasado es que hemos hecho el trabajo.

Archer cabeceó.

—No había visto a nadie sorprenderos de esta forma desde hacía años.

Joe sabía que Archer tenía razón. Él estaba distraído y había perdido la concentración, tanto, que el tipo pudo sacar un arma y hacerle daño. Ni siquiera recordaba la última vez que había ocurrido algo así.

Archer lo miró pensativamente.

—¿Te acuerdas de cuando me pegaron un tiro?

—Sí, el año pasado —dijo Joe—. Lo recuerdo perfectamente, porque Elle casi nos mata a todos por permitir que te hirieran.

—No estaba pensando en el trabajo. ¿Cuántas veces más ha ocurrido eso?

—Nunca —dijo Joe.

Archer esperó a que Joe captara lo que le estaba diciendo.

—Mierda —dijo Joe—. ¿Crees que la he fastidiado porque estaba pensando en Kylie?

—Ahí lo tienes —respondió Lucas—. Estaba empezando a preocuparme por si tenías una conmoción cerebral.

Joe exhaló una bocanada de aire.

—Mierda —dijo de nuevo.

Archer soltó un resoplido.

—Tío, Elle estaba empeñada en que iba a suceder esto. No tenía que haber hecho la apuesta con ella. Me ha sacado cien pavos.

Reyes empezó a canturrear *Another One Bites the Dust* en voz baja.

Lucas tenía cara de horror al pensar en que Joe había perdido la concentración por una mujer.

—Ah, tío. Deberías haber dejado que el tipo te acuchillara en el costado. Habría sido menos doloroso.

Joe ignoró a su compañero y miró a Archer.

—No volverá a ocurrir.

—Espero que sea cierto —dijo Archer—. Supongo que sabes que le rompiste dos costillas después de que te hiciera esa herida.

Y le habría roto el resto si no llega a ser porque Lucas lo había apartado de él.

—Me cabreó.

Archer sonrió.

—Vete a la cama, tortolito. A dormir.

Una idea muy inteligente. Sin embargo, había quedado demostrado que con respecto a Kylie, él no tenía inteligencia. Por ese motivo, subió al coche y no fue a su casa. Fue a la de Kylie.

Aparcó y se levantó la camiseta para mirarse la herida. La hinchazón era mínima, y la fila de puntos diminutos y perfectos que le había dado Lucas no era demasiado visible, si se dejaba la camiseta puesta, claro. Inclinó la cabeza hacia atrás y tomó una bocanada de aire. Después, lentamente, la exhaló.

Era la una de la mañana, y estaba agotado. Y, por una vez, no tenía plan A, ni B. Ningún plan. Tal vez se quedara allí y mirara su casa, como un adolescente enamorado, durante el resto de la noche.

Sin embargo, la pasividad no era una de sus características, así que, como ella tenía las luces encendidas, decidió ir a verla.

Kylie le abrió la puerta al oír su llamada. Estaba un poco sudorosa y tenía la respiración entrecortada, y llevaba ropa deportiva.

—Eh, ¿qué haces?

—Eso te pregunto yo a ti —dijo él.

—No podía dormir.

—Entonces, ¿estabas ocupándote de tus asuntos? —preguntó él, esperanzadamente—. ¿Con tu sable de luz, tal vez?

Ella puso los ojos en blanco.

—¿Por qué los hombres vais inmediatamente a eso?

—Porque solo somos adictos al sexo que buscamos nuestra siguiente dosis —respondió él. La apartó de un empujoncito y entró. Entonces, vio la colchoneta de yoga en el suelo, delante de la televisión, que estaba detenida en la imagen de una serie. Aquella imagen le arrancó la primera carcajada del día.

—¿Las chicas de oro?

—Es lo único que no he visto completo todavía —dijo ella. Apagó la tele, y la sonrisa se le apagó un poco—. ¿Estás bien? Tienes cara de estar muy cansado.

—Trabajo —dijo él, y se pasó una mano por la cara—. Ha sido una noche muy larga.

—¿Todo el mundo está bien?

—Sí. Bueno, salvo el malo. No le apetecía ir a la cárcel.

Ella se quedó boquiabierta.

—¿Y qué...?

—Intentó volarnos a Lucas y a mí por los aires con una granada de mano. Pero lo único que voló fue un contenedor. Ah, y él se llevó lo suyo.

—Oh, Dios mío —dijo ella con espanto.

—Una noche interesante, sí.

Entonces, ella entrecerró los ojos y se le acercó, mirando su camisa.

—Eso es... ¿sangre?

Él se miró la pechera. Se le había pegado la camisa al lugar donde había sangrado. Mierda.

—No es nada. Un arañazo.

Ella palideció y comenzó a subirle la camisa.

—De verdad, solo necesitaba una tirita, pero...

—Quítatela —le ordenó ella, y ¿quién era él para contradecir a una mujer autoritaria que quería que se quitara la ropa?

Con cuidado, sacó el brazo y se quitó la camisa. Al instante, se vio sentado en una de las sillas de la cocina, con una mujer sexy y cálida inclinada sobre él.

—Oh, Dios mío, ¿cuántos puntos te han dado?

—No demasiados.

—¿Fuiste a urgencias y te dejaron con toda esta sangre?

Antes de que él pudiera responder, ella le estaba limpiando la piel y haciéndole mimos.

—Qué descuidados los enfermeros —dijo.

—Sí, bueno, Lucas no es exactamente protector y gentil.

Ella alzó la cabeza de golpe.

—¿Lucas? ¿Tu compañero de trabajo? ¿Te ha dado él los puntos?

—Sí.

—Pero ¿qué te pasa? ¿Por qué no has ido al hospital?

—No me gustan los hospitales. Pero, eh, Lucas era médico. Siempre nos está cosiendo a alguno. Es muy bueno.

Ella movió la cabeza, murmurando algo sobre los machos alfa y su terquedad. Se miraron y, como si pudiera leer en sus ojos el motivo por el que odiaba los hospitales, a ella se le suavizó la expresión, y continuó limpiándolo.

La cocina estaba caliente y sus manos, también, y él estaba cansado. Muy cansado. Se apoyó en el respaldo de la silla y cerró los ojos, deleitándose con su cercanía, con su respiración cálida en el cuello y con su olor.

Cuando ella terminó, se inclinó y le besó la piel, justo por encima de la gasa blanca de la herida. Joe abrió los ojos y la miró.

–¿Mejor? –preguntó.

Él le acarició la mano.

–Mucho mejor.

–Y ahora, ¿qué? –le preguntó en voz baja–. ¿Qué necesitas ahora?

Eso era fácil.

–A ti.

A ella se le cortó la respiración.

–De acuerdo. Entonces, ven.

Lo tomó de la mano y lo llevó hacia la cama. Y, tal vez, con suerte, lo estuviera llevando también hacia su corazón.

Capítulo 23

#HoustonTenemosUnProblema

La noche siguiente se celebró en O'Riley's el cumpleaños de Molly. Kylie se alegró mucho de tener una distracción por una noche y poder divertirse en una fiesta. Finn y Sean decoraron el pub, cosa que hacían para los cumpleaños de todos ellos, lo cual significaba que lo decoraban muy a menudo.

Aquella noche, el tema de la decoración fue el Lejano Oeste, el favorito de Kylie. No era muy difícil para el pub, que ya tenía mesas hechas con barriles de whiskey y una barra construida con madera de puertas recicladas. Además, las lámparas tenían forma de faroles de latón, y el suelo era de tablones anchos.

Todo el mundo se disfrazó. Las chicas habían quedado a la hora de comer y habían ido a su tienda de disfraces favorita, que estaba en la esquina. Kylie no había tenido tiempo, así que solo se había puesto un sombrero y unas botas además de los pantalones vaqueros y una camisa de cuadros escoceses.

Molly iba vestida de prostituta de salón, y era el centro de atención.

—Me has ganado —le dijo Tina a Molly, acerca de su traje. Tina llevaba algo que, seguramente, también quería que fuera un disfraz de prostituta, pero parecía Little Bo Peep, si Little Bo Peep hubiera medido un metro noventa centímetros, tuviera la piel oscura y fuera impresionante.

—Estoy intentando no odiarte.

—Eh, no me como ni una rosca, ¿sabes? —dijo Molly, mientras se ajustaba el corsé—. He pensado en mejorar un poco mi método.

—A mí me parece que lo has conseguido, guapa —le dijo un tipo desde el otro lado de la barra.

Su amigo hizo un gesto negativo con la cabeza.

—Tío, ¿estás loco? Es la hermana pequeña de Joe.

El otro tipo palideció, le pidió disculpas a Molly y salió del pub.

—¡Maldita sea, Joe! —gritó Molly.

Joe estaba al otro lado del local, jugando a los dardos con Caleb, Spence y Lucas. La miró, y le preguntó, gritando para hacerse oír:

—¿Qué ocurre?

—¡Deja de destruir mi vida sexual! —le gritó su hermana.

Joe hizo un gesto de horror, se tapó los oídos con las manos y se dio la vuelta.

Molly puso los ojos en blanco.

—No va a parar. Me está causando ansiedad. Necesito un poco de acción. ¡Mis partes femeninas necesitan acción! —dijo—. ¡Alguien tiene que estar a la altura!

—Pensaba que habías intentado encontrar citas por Internet —le dijo Elle.

—Sí, lo hice, pero resulta que hay muchas ranas por ahí —dijo Molly, paseando la mirada por el bar con melancolía—. Yo no pido demasiado. Solo quiero un tipo de más de uno noventa que sea divertido, inteligente, respetuoso, sociable, bien vestido, leal, sincero, trabajador, y que esté obsesionado conmigo. Ah, y que tenga barba.

Elle dio un resoplido.

—Bueno, pues si eso es todo...

—Eh —dijo Molly—. Tú no eres quién para juzgarme. Llevas un anillo de brillantes con el que podrías cegar a toda la ciudad.

Todas miraron el anillo que le había regalado Archer. Era cierto que podría iluminar todo San Francisco. Tal vez, todo el estado de California.

—Supuestamente, los diamantes son los mejores amigos de las mujeres —dijo Willa—. Pero entonces, se inventaron los *leggins*. Los *leggins* son los nuevos diamantes —añadió. Miró a Tina, con su maquillaje y su peinado perfectos, y suspiró—. El hecho de que lleves extensiones y pestañas postizas me asombra, porque yo ni siquiera puedo molestarme en ponerme unos pantalones de verdad.

—Chicas, eso es muy triste —dijo Tina—. Hay que usarlo, o se pierde.

—Espero que eso no sea cierto —dijo Molly.

—Bueno, pase lo que pase, siempre os quedará la pizza —dijo Tina—. Ya sea fina o gruesa, la masa es nuestra líder espiritual.

Todas brindaron por ello. Después, la charla se centró en Haley, que había tenido una cita a ciegas la noche anterior.

—¿Qué tal fue? —le preguntó Willa. Tenía mucho interés, porque había emparejado a Haley con una amiga suya.

—Bueno —dijo Haley, jugueteando con la condensación de su copa de vino—. Mi yo sobrio y mi yo borracho ya no se hablan.

—Vaya —dijo Willa—. ¿No salió bien?

—Yo no he dicho eso —respondió Haley, mirando a Tina—. O lo usas, o lo pierdes, ¿a que sí?

Entonces, chocaron las palmas de las manos.

Kylie miró a Joe, que seguía jugando a los dardos con Spence y Lucas. Spence llevaba pantalones vaqueros y un sombrero de vaquero. Lucas, también. Ambos estaban guapísimos.

Y, después, estaba Joe. Él llevaba una gorra de béisbol y unas gafas de sol que se había puesto por encima y que, claramente, había olvidado. Llevaba una camisa escocesa abierta, en tonos azules, por encima de una camiseta, y unos pantalones vaqueros desgastados. Ella no podía quitarle los ojos de encima.

De repente, se volvió hacia ella como si hubiera notado su mirada. No habían vuelto a hablar desde aquella mañana, en la ducha, donde él la había dejado desnuda, jadeante y, prácticamente, ronroneando.

Él esbozó una ligerísima sonrisa, y ella se ruborizó.

A su lado, Elle y Archer estaban discutiendo por la comida que habían pedido, que acababa de llegar.

—Mira —le estaba diciendo él—, te quiero, pero te he preguntado qué querías de cenar y me has dicho que nada, así que he pedido alitas. La cantidad exacta que quería comerme.

Elle entrecerró los ojos.

—Pero si solo quiero unas cuantas...

—La cantidad exacta que quiero comerme, Elle.

Ella se quedó callada.

—De acuerdo —dijo, por fin—, pero quiero que te acuerdes de esto, porque, después, cuando quieras tener suerte, te voy a decir que te la busques tú solo, porque yo ya he tenido toda la suerte que quería tener hoy.

Archer abrió la boca, pero ella alzó un dedo para acallarlo.

—La cantidad exacta de suerte que quería —dijo.

Entonces, él se quedó mirándola, se echó a reír y se la sentó en el regazo. Elle sonrió y tomó una alita, y se la comió haciendo ruiditos de satisfacción. Archer la observó, se inclinó y lamió un poco de salsa de la comisura de su boca, y también emitió un sonido de placer.

—¿Es eso el amor? —le preguntó Molly, a nadie en particular—. ¿Compartir la comida cuando no quieres hacerlo?

—Sí —le dijo Kylie, suavemente.

Y, también, dejar que alguien se acercara a ti cuando, tal vez, no tenías intención de hacerlo. Buscó de nuevo a Joe con la mirada. Él también la miró, sin molestarse en disimular. Claramente, no se preocupaba en absoluto de lo que pensaban los de su alrededor. Eso no era ningún problema para él.

El problema de Joe era que no quería enamorarse.

Pero eso, precisamente, sí se había convertido en su problema, sin que ella se diera cuenta.

Cuando todos terminaron de cenar, Molly abrió los regalos. Al recibir el de Joe y abrir el precioso espejo que le había hecho Molly, se quedó inmóvil. Después, miró a su hermano con los ojos empañados.

—Es el que querías, ¿no? —le preguntó él.

—Sí, idiota —le dijo ella, y se acercó a él cojeando para abrazarlo.

—Me alegro mucho —respondió Joe, dándole palmaditas en la espalda.

—Qué tonto —murmuró Molly, y siguió abrazándolo.

—¿Estás llorando, o babeando? —le preguntó él, mientras intentaba zafarse.

—Un idiota —dijo Molly, sin soltarlo—. Te quiero, tonto.

Al final, se apartó de él y le dio un empujón.

Entonces, Joe se echó a reír, con gran alivio, porque su hermana había superado el momento.

Estaba claro que tenían una relación muy estrecha y fuerte. Sin embargo, Kylie también percibía una tensión extraña entre los dos.

Después de abrir todos los regalos, la gente empezó a bailar o fue a tomar otra copa. Molly se sentó junto a Kylie.

–Se puede sacar a un chico de la calle –dijo–, pero no se puede sacar la calle de un chico. Joe detesta que me ponga emotiva con él.

–Y a ti te gusta tomarle el pelo –dijo Kylie.

Molly se encogió de hombros.

–Es mi derecho como hermana, ¿no? ¿Tienes tú hermanos?

–No –dijo Kylie.

A menudo, había deseado tenerlos, tener a alguien de su misma sangre con quien compartir la carga. Sus amigas, como Molly, Elle, Pru y las demás, llenaban aquel vacío para ella, pero, en el fondo, tenía un hueco donde debería haber una familia.

Molly estaba observando a Joe.

–Finge que es muy duro, pero yo soy su kriptonita. Gracias por haber hecho ese espejo tan precioso para que pudiera regalármelo.

–Me lo pagó.

–Claro que lo pagó –dijo Molly–. Joe sabe muy bien que no hay nada gratis. Ni siquiera la amistad, o lo que haya entre vosotros dos. Lo que quiero decir es que él no esperaría nada de ti.

Kylie lo sabía, y no estaba segura de cómo se sentía al respecto.

–Los amigos hacen cosas por sus amigos.

—No. En el lugar del que venimos nosotros, no —dijo Molly—. Mi padre me contó que te había conocido. También me dijo que tú eras la que ibas a poner a Joe de rodillas.

Kylie sintió algo nuevo. Quiso decir que no era verdad, pero, después de todo lo que habían compartido Joe y ella, toda la intimidad... No, no era una negativa.

Era la esperanza, algo muchísimo más peligroso.

Capítulo 24

#Volveré

Molly miró a Kylie.

—Parece que acabas de tragarte una abeja, o de tener una revelación.

Kylie se echó a reír, pero, sí, era cierto. Había tenido una revelación.

Se estaba enamorando de Joe.

No era muy inteligente por su parte, pero, antes de que tuviera tiempo para caer en el pánico, se oyeron algunos vítores y gruñidos al otro lado del pub.

Joe había ganado al billar.

—Sí —dijo Molly, riéndose con ironía, al ver a su hermano recoger el dinero de su victoria—. Claramente, el chico callejero que hay en él sale de vez en cuando a la superficie. No puede cambiarlo todo.

—¿Es que ya ha cambiado algunas cosas?

Molly se encogió de hombros.

—Cuando era más joven, era más indómito.

—Pues no veo en qué ha cambiado —respondió Kylie.

Molly se echó a reír.

—Pues se ha dulcificado muchísimo. Paradójicamente, fue en el ejército. Y lo mismo sucede con Investigaciones Hunt: ahora está más centrado. Y es más cariñoso.

—Vosotros estáis muy unidos. A ti te quiere mucho.

—Sí —dijo Molly—. Pero hay una parte importante de culpabilidad.

—¿Sí? ¿Por qué?

Molly titubeó y apartó su cerveza.

—Bueno, claramente, creo que he llegado a mi límite de alcohol.

—¿Culpabilidad?

—Es una historia muy larga, y antigua, de antes de que los dos cambiáramos a mejor —dijo ella. Movió la pierna mala e hizo un pequeño gesto de dolor.

—Lo siento —le dijo Kylie—. Está claro que es una historia dolorosa, y no es asunto mío.

—Lo que pasa es que él se culpa a sí mismo —dijo Molly.

—¿De qué?

Molly se quedó callada un momento y, después, suspiró.

—Veo cómo te mira, ¿sabes? Y tú eres mi amiga, pero... No le hagas daño, ¿de acuerdo? Solo yo puedo hacer eso.

—No voy a hacerle daño —dijo Kylie—. Para ser sincera, no creo que pudiera. Y, de cualquier modo, las cosas no son así entre nosotros.

—Vamos.

—No, no lo son —dijo Kylie.

—Todos lo vimos sacarte de aquí el otro día —dijo Molly—, después de que tú intentaras decirle que no erais nada el uno para el otro. Y yo sé que estáis durmiendo juntos.

—Bueno, no es eso exactamente —dijo Kylie, mordiéndose el labio–. Salvo una o dos veces, claro. Y no cuentan, porque llegó muy tarde a mi casa. Y no tiene ropa allí. En mi casa solo hay un cepillo de dientes suyo y una camiseta, y la camiseta, porque se la robé, y...

—Un momento, un momento —le dijo Molly con asombro—, ¿me estás diciendo que mi hermano ha dormido en tu casa?

—Sí.

—¿Y que ha dejado un cepillo de dientes allí?

—Sí, bueno, es que es de buena educación lavarse los dientes por la mañana, ¿no?

Molly se quedó mirándola con la boca abierta.

—Vamos a ver si lo entiendo. Me estás diciendo que Joe pasó la noche entera contigo. Que te despertaste y todavía estaba allí.

Kylie asintió. Estaba empezando a sentir una presión en el pecho.

—¿Por qué te parece tan raro que se quedara conmigo? ¿Es porque crees que no estoy a la altura...?

—No, no —dijo Molly, rápidamente, y la tomó de la mano—. Te prometo que no tiene nada que ver contigo, sino con el hecho de que Joe ha sido de otro modo durante mucho tiempo, y yo no creía que pudiera adaptarse nunca. Y, en realidad... —le explicó, y sonrió—. Bueno, y, sí, también tiene que ver algo contigo, pero en el mejor de los sentidos —añadió—. ¿Habláis mucho?

—No, exactamente.

—Claro. Él no es muy dado a hablar, ¿verdad?

Kylie se echó a reír.

—No, es más dado a demostrar sin palabras.

Molly miró a su alrededor. El pub estaba lleno de gente, pero nadie les prestaba atención. Con alivio, se giró hacia Kylie.

—No te lo va a decir nunca —le dijo en voz baja—, pero él no tiene la culpa de ser así. Es culpa mía.

Kylie se quedó desconcertada.

—¿Tiene algo que ver con el sentimiento de culpabilidad del que me has hablado?

—Sí. Nuestro padre está mucho mejor ahora que antes, pero, cuando éramos pequeños, su síndrome de estrés post traumático era terrible. Estaba completamente paranoico. Si llegábamos a casa más tarde de que oscureciera, nos dejaba a dormir fuera. Literalmente. Echaba los cerrojos de la puerta y nadie podía entrar.

—Eso debía de ser terrorífico para vosotros. Y muy peligroso.

Molly asintió.

—Sí, pero no era culpa de mi padre. Él no estaba... presente. Y no conservaba los trabajos por eso. Así que Joe aprendió a cuidarnos a los dos desde muy joven. Aprendió cosas muy interesantes, como, por ejemplo, a entrar a escondidas en la casa para que no tuviéramos que dormir en la calle, entre otras cosas. Y a robar en las tiendas, para que pudiéramos comer.

A Kylie se le encogió el corazón.

—Lo siento muchísimo. Ningún niño tendría que pasar por eso.

—Por lo menos, nos teníamos el uno al otro. Pero es obvio que no teníamos supervisión. Y por eso ocurrió todo.

—¿Qué fue lo que ocurrió?

—Cuando Joe era joven, y bobo, se juntó con la gente que no debía. Ellos querían que hiciera cosas malas, porque sabían que Joe tenía habilidades muy interesantes, como te he dicho. Habilidades que son muy útiles para los delincuentes. Pero Joe no era así. Es una buena persona, buena de verdad.

Kylie asintió, porque ya lo sabía.

—Así que se negó a hacer nada malo.

Molly también asintió.

—Sí, pero ellos intentaron obligarle.

—¿Cómo? Joe no es el tipo de persona que hace lo que no quiere hacer.

—Ja. Entonces, sí que has conocido a mi hermano, también llamado el señor Terco —dijo Molly. Vaciló un instante y después dijo—: Intentaron obligarle.

—¿Cómo? —preguntó Kylie con un escalofrío—. ¿Le hicieron daño?

—No. Le hicieron daño a alguien de su familia.

Kylie la miró con horror.

—¿A ti?

Molly asintió una vez más.

—Oh, Molly, lo siento muchísimo.

Molly hizo un gesto negativo con la cabeza.

—No fue culpa suya, pero es lo que él cree. Nadie lo culpa, y menos, yo.

Molly se encogió de hombros, como si estuviera quitándose los recuerdos de la cabeza, y, aunque ella hubiera querido conocer la historia, no quería que Molly tuviera que revivir nada de aquello.

—Míralos —dijo Molly, señalando la pista de baile con un gesto de la barbilla. Archer y Elle estaban bailando abrazados, meciéndose.

Estaba claro lo mucho que Archer quería a Elle. Se besaron, y él acariciaba suavemente el esbelto cuerpo de Elle, mirándola con intensidad.

—Si ellos han podido encontrar el amor —dijo Molly—, significa que cualquiera puede.

—Para ser sincera —dijo Kylie—, creo que el amor no es para mí.

—Bueno, como yo también creo que no es para mí,

no soy quien para convencerte de lo contrario. Pero reconozco que esperaba que las cosas fueran bien entre Joe y tú.

Kylie tenía la misma esperanza. Sin embargo, al mirar de nuevo hacia la mesa de billar, Joe estaba charlando con una chica morena e impresionante. Ella tenía la mano puesta en su antebrazo, y le estaba contando algo que le hacía reír.

Molly se giró para ver lo que estaba mirando Kylie.

—Ah, no te preocupes por Dee. Joe y ella han estado tonteando desde el instituto, pero hace mucho que no significa nada.

Joe se rio de nuevo, y a Kylie se le encogió el estómago. Se puso de pie.

—Creo que me voy a retirar ya.

Entonces, como si la hubiera oído, algo imposible por encima del ruido y la música del bar, Joe alzó los ojos, y sus miradas se encontraron.

Entonces, Kylie huyó sin poder evitarlo. Salió a la calle y sacó el teléfono para pedir un taxi, cuando notó que alguien la había seguido, se dio la vuelta.

—Joe —dijo con la voz entrecortada—. Eh, no te había visto.

—¿No? Pero si estabas mirándome directamente en el pub.

Bueno, sí. La había pillado. Sin embargo, ella no quería pelearse con él. Quería hacer exactamente lo contrario, después de lo que le había contado Molly. Pero, algunas veces, las emociones se desbocaban.

Eran imposibles de controlar.

Joe la llevó a casa en su furgoneta y entró con ella. Después de revisar las habitaciones, volvió al salón.

—La mujer que has visto —le dijo—, es una vieja amiga del instituto. Ya no salimos nunca.

Era muy considerado por su parte darle aquella información sin que ella se la hubiera pedido y, también, que quisiera asegurarse de que ella no estaba celosa.

—No pasa nada —le dijo—. El problema soy yo, pero olvídalo. No tenemos por qué hablar de ello.

—Está bien —respondió él—. De todos modos, hablar no es nuestro punto fuerte.

Ella dio un resoplido, y Joe sonrió. Le acarició la sien con un dedo y le metió un mechón de pelo detrás de la oreja.

—La última oportunidad, Kylie. Habla ahora o calla para siempre.

A ella se le aceleró el corazón. Quería que llegaran rápidamente a su punto fuerte... pero también quería hablar sobre Molly antes de perder aquella oportunidad. Y no sabía si tenía derecho a conocer su pasado.

—Hoy he estado un rato con tu hermana —dijo.

—Sí —dijo él, e hizo que ella retrocediera un paso para poder cerrar las persianas y aislarlos del resto del mundo. Después, la ayudó a quitarse la chaqueta y la dejó en el sofá, antes de estrecharse contra su cuerpo—. Le encantó el espejo. Eres un genio.

—Fue idea tuya.

—Sí, pero la obra es tuya. Haces un trabajo muy bello —murmuró él mientras le besaba el cuello—. Tienes unas buenas manos.

A ella se le escapó una carcajada, pero se le quitaron las ganas de reír al recordar el resto de su conversación con Molly.

Joe alzó la cabeza y, al ver su expresión, a él también se le apagó la sonrisa.

—¿En qué estás pensando?

—No creo que sea el mejor momento para hablar de ello.

—Vamos, Kylie, dilo.

Ella tomó aire.

—Molly me contó lo que ocurrió cuando erais pequeños.

—¿El qué?

—Que le hicieron daño para tratar de obligarte a cometer un delito.

Él se quedó inmóvil un momento y, después, exhaló un suspiro y bajó las manos.

—Lo siento —dijo Kylie—. No debería haberlo sacado a relucir.

Él se apartó y se puso a mirar por la ventana.

—Fue hace mucho tiempo.

—Dice que tú te culpas a ti mismo, y que no deberías, Joe.

Él cerró los ojos y, cuando los abrió, en vez de tener la mirada llena de calma, como siempre, tenía una mirada turbulenta y llena de malos recuerdos.

—Todo lo que ocurrió fue culpa mía. Y debería irme.

Ella no quería presionarlo para que hablara de algo que le causaba tanto dolor, pero si podía calmar aquel dolor de alguna forma estaba dispuesta a intentarlo.

—Quédate, por favor.

—No voy a ser una compañía muy agradable.

—No pasa nada. Tengo helado, un sitio cómodo en mi cama reservado para ti, y *Pequeñas mentirosas* en el DVD. Podemos ver una temporada por delante de tu padre y luego hacerle *spoilers*.

Entonces, contuvo la respiración a la espera de su respuesta. Sabía, de algún modo, que aquel momento era un punto de inflexión y que si él se marchaba en aquel momento lo perdería.

Capítulo 25

#YaMeTeníasConElHola

Joe no pudo evitar que se le escapara una carcajada al oír la propuesta de Kylie. Ella lo estaba mirando con aquellos ojos enormes y cálidos a los que él ya no podía resistirse.

—¿De qué es el helado?

Ella sonrió y se giró hacia la cocina, pero él la tomó de la mano y la atrajo hacia sí.

—No te preocupes por el helado. Solo te necesito a ti.

Se sentaron en el sofá, juntos.

—Es una larga historia —le advirtió él—, y es fea. Yo cometí un terrible error. ¿Estás segura de que quieres oírla?

—Quiero oír lo que tú puedas contarme —respondió Kylie, en voz baja, con una mirada muy seria—. Siempre.

Él apoyo la frente sobre la de ella.

—Tengo sobre la conciencia los dolores de espalda y de la pierna de Molly. Eso, y más aún —dijo. Siempre hacía lo posible para no pensar en aquel momento de su vida, y se le daba bien. Y nunca le había contado a nadie lo sucedido. Sin embargo, se trataba de Kylie, y él tomó aire profundamente para continuar–: Era un imbécil.

Ella abrió la boca para responder, pero él le puso un dedo sobre los labios.

–Shh –le dijo–. Voy a contártelo, pero no necesitas defenderme, porque fui un imbécil –añadió. Después, hizo una pausa para recordar, y continuó–: Molly había llamado la atención de uno de los matones que había por la zona. Tenía catorce años y yo acababa de cumplir diecisiete. Hasta aquel momento, yo había soportado la idiotez de la pandilla porque me habían prometido que, si lo hacía, dejarían tranquila a Molly. Me lo creí, y no tenía que habérmelo creído. Cuando quisieron que yo robara un coche y me negué, se la llevaron para obligarme.

–Oh, Joe –susurró ella–. ¿Y qué hiciste?

–Los perseguí y la rescaté. Tardé tres días –dijo Joe. No quería pensar en aquellas horas tan largas, en el pánico que había sentido por Molly–. Por fin, conseguí averiguar dónde la tenían. Justo cuando llegaba al edificio, ella estaba escapándose por la ventana de un tercer piso. Estaba en un saliente, intentando alcanzar la rama de un árbol que no estaba lo suficientemente cerca. Saltó y no consiguió llegar, y cayó al suelo. Se rompió la espalda en dos sitios. Tuvieron que operarla tres veces, pero los nervios de la pierna quedaron dañados para siempre.

–Oh, Dios mío.

–Antes, ella hacía atletismo –le dijo Joe–. Quería ir a las Olimpíadas. Era su sueño. Iba a ser su forma de salir del barrio.

Kylie se acurrucó contra él, como si supiera que necesitaba calor. Joe sabía que no se lo merecía, pero no tuvo la fuerza suficiente como para apartarla, así que la abrazó.

—Ella me ha dicho que no fue culpa tuya, Joe —murmuró Kylie—. Es lo que cree. Y yo también lo creo.

Le estaba concediendo más méritos de los que merecía.

—Entonces, lo que le ocurrió a Molly es el motivo por el que tiendes a ser tan...

—¿Loco?

—Bueno, yo iba a decir protector —dijo ella con una sonrisa—. ¿Es ese el motivo por el que no me dejas que me acerque a ti? ¿Tienes miedo de que yo resulte perjudicada por tu estilo de vida?

Él se quedó inmóvil al oír aquella suposición, porque era muy acertada.

—Joe... Entiendo que te has propuesto salvar al mundo y ayudar a la gente y, tal vez, purificar tu karma al mismo tiempo, pero creo que nadie piensa que necesites purificarte, salvo tú. Eres demasiado duro contigo mismo.

Él sabía que, después, no dejaría de darle vueltas al hecho de haberle contado la historia. Estaban saliendo a la superficie todos los recuerdos, y no era un buen momento para eso, porque tenían un plazo que se les estaba acabando.

Sin embargo, Kylie no lo entendería. No se molestaba en ocultar sus emociones, como hacía él. No tenía interés en mantener siempre el control. Y, precisamente, una de las cosas que más le gustaban de ella era que estaba dispuesta a dejarse llevar. Le resultaba muy atrayente que no se preocupara del resultado de las cosas, ni de la posibilidad de que le hicieran daño.

Y eso la convertía en la más valiente de los dos. No

sabía por qué había intentado resistirse a ella, porque era inútil. Kylie se le había metido en el alma sin que él se diera cuenta. Ella pensaba que él se estaba conteniendo con ella, pero no había podido hacerlo.

Ya no podía imaginarse su vida sin Kylie. Después de aprender lo que era tenerla para él solo, se había acostumbrado a compartir su tiempo libre y su espacio con ella. Le encantaba dormir con ella después de que hubieran hecho el amor, abrazarla y abandonarse a su necesidad de estar a su lado.

Todo aquello le obligaba a reconocer una cosa: la vida solitaria que llevaba estaba empezando a ser demasiado solitaria para él.

Por eso, aunque sabía que debería marcharse en aquel mismo momento, ya era demasiado tarde.

Kylie metió las manos por debajo de su camisa y extendió las palmas y los dedos por su piel.

Él se endureció y tomó aire bruscamente.

—Sabes que ni siquiera puedo pensar cuando me pones las manos encima.

—Ummm —murmuró ella, sin quitar las manos—. No, no lo sabía —respondió con una mirada inocente, mordiéndose el labio.

Él la estrechó contra sí con un gruñido. Supo que había delatado su enorme deseo y su necesidad, porque, cuando sus ojos se encontraron, solo la mirada de Kylie fue suficiente para conseguir que se le parara el corazón y sus pulmones se quedaran sin aire.

Y ella también lo necesitaba.

La besó con dureza, la tomó en brazos y, cuando ella lo rodeó con las piernas, la llevó a la habitación.

La dejó sobre la cama y comenzó a desnudarla. Sus emociones eran una mezcla caótica de cosas que no entendía, aunque la lujuria y la pasión ocupaban los primeros puestos de la lista. Cuando se puso el preservativo y se colocó entre sus piernas, ella echó la cabeza hacia atrás y cerró los ojos, impaciente por lo que iba a llegar.

—Kylie —dijo él con suavidad—. Mírame.

Ella alzó la cabeza y abrió lentamente los ojos. Los tenía empañados por la pasión, y él tuvo que contenerse para no hundirse en ella en aquel mismo instante.

—¿Puedes sentir lo que me haces? —le preguntó, y se apretó ligeramente contra ella.

Kylie tomó aire y asintió mientras le clavaba las uñas en los hombros.

—Sí.

—Nunca me voy a cansar de esto —dijo, y comenzó a penetrar en su cuerpo—. Nunca me voy a cansar de lo que me haces sentir.

Entonces, Joe hizo girar las caderas y entró por completo en ella. Con un gemido, ella le rodeó el cuello con los brazos y estrechó las piernas alrededor de su cintura. Cuando él comenzó a moverse, alzó las caderas para recibir sus acometidas y, cuando llegó al orgasmo, lo llevó consigo a lo más alto.

Todavía estaban jadeando cuando en los pantalones de Joe, que estaban en algún lugar del suelo, sonó su teléfono móvil para avisarlo de que le había llegado un nuevo mensaje. Él bajó la frente y la apoyó en la de Kylie, y se concentró en lo único que podía hacer: respirar.

—Puede que no sea nada —dijo ella, todavía temblorosa.

—Puede —respondió él.

Sin embargo, los dos sabían que no era así. Él le dio un beso suave, y otro. Y otro…

Y ella se zafó de él con pesar.

—Tienes que irte –le dijo.
Él se rio secamente.
—Es la historia de nuestra relación.
Estaba a punto de salir, cuando Kylie le hizo una pregunta:
—¿Ahora tenemos una relación?
Él se volvió hacia ella, con la esperanza de que fuera una pregunta retórica. Pero, no. Kylie estaba esperando una respuesta, pero, viera lo que viera en su cara, hizo que se le escapara una risa áspera.
—Bueno, quizá no, no la tenemos –murmuró.
—Kylie...
—No, espera. Yo primero. Sé que he dejado que pensaras que a mí me bastaba con el sexo. Y era cierto. De verdad.
A él se le aceleró el corazón.
—¿Pero?
—Pero, ahora... De repente, ya no me basta. Yo me merezco más, Joe. Me estoy dando cuenta de que quiero estar con un hombre que pueda darme más. Que pueda dármelo todo.
Él se quedó paralizado.
—¿Me estás dejando, Kylie?
—Supongo que te estoy preguntando si tú vas a querer alguna vez ser ese hombre.
Demonios. Si no lo estaba dejando en aquel momento, iba a dejarlo muy pronto, porque iba a ser sincero.
—Estar contigo en el trabajo, o como amigos, o en la cama... Todo eso me vale, Kylie. Hasta el último segundo. Pero, si estás preguntándome lo que tenemos o pidiéndome que te prometa algo más ahora, no puedo.
—Eso lo entiendo –dijo ella–. No puedo conseguir que quieras estar conmigo solo porque yo haya descubierto que eso es lo que quiero.

A él se le encogió el corazón. Quería expresar con palabras los sentimientos que le atenazaban el pecho, pero, si lo hacía, ella se daría cuenta de todas las dificultades emocionales que tenía. Y eran muchas.

Sin embargo, también había descubierto que cuando estaba con Kylie, se sentía vivo. Y que cuando no estaban juntos solo podía pensar en estar con ella y en las cosas que quería hacer con ella.

Era un hombre solitario por naturaleza, que no mantenía relaciones serias. Eran difíciles y requerían cosas que él no podía dar. Pero, al pensar en Kylie y en lo cómodamente que había encajado en su vida, no se sentía amenazado en absoluto. En realidad, se sentía... en paz.

Kylie era lo mejor que le había ocurrido en mucho tiempo, pero eso no significaba que pudiera cambiar de postura. No podía. Por eso, contuvo sus emociones.

—Yo también quiero estar contigo, y yo tampoco me lo esperaba. Pero los dos sabemos que no puedo. Ni siquiera sé si debería abrirme a más posibilidades, si soy capaz de hacerlo.

—¿Estás seguro? Porque, a lo mejor, solo se trata de que no quieres implicarte tanto emocionalmente para no sentirte vulnerable otra vez.

Ella acababa de restregarle la verdad por la cara. Y él se sintió orgulloso y horrorizado a la vez, por haber permitido que lo conociera tan bien.

—No se trata de mí —le dijo—. Sino de ti. Tú eres la que correrías peligro, y no pienso permitirlo.

—Me estás hablando como si todavía estuvieras en Operaciones especiales. Pero, Joe, ahora estás en casa. Ya no trabajas en eso.

—No, pero mi trabajo actual puede ser aún peor, porque tengo la guardia más baja. Todavía pueden suceder cosas...

—Yo no soy una niña de catorce años indefensa. No me va a ocurrir nada malo por tu trabajo.

—Eso no lo sabemos.

—Joe, no puedes proteger de todo a todos los que te rodean.

—A lo mejor no, pero puedo intentarlo.

Ella se quedó mirándolo un largo instante, y él sintió terror al ver que se le llenaban los ojos de lágrimas antes de envolverse en la sábana, entrar en su baño y cerrar la puerta.

El clic le envió un mensaje alto y claro.

Joe se dijo que se alegraba, que había que hacerlo. Debería sentir alivio, porque ella lo había entendido completamente.

Pero no era alivio lo que sentía, sino, más bien, todo lo contrario, mientras se dirigía a atender la urgencia que hubiera surgido aquella noche.

Capítulo 26

#ElementalQueridoWatson

Media hora después, Joe estaba colgado de un tejado con su equipo, haciéndose pasar por limpiadores de ventanas, a quince pisos del suelo.

Parecía que las ventanas de los edificios se limpiaban por las noches, y ellos necesitaban aquella tapadera porque estaban haciendo una vigilancia en medio de una investigación para aportar pruebas en un caso de desfalco de millones de dólares. Y, como en el noventa por ciento del tiempo durante una vigilancia, las cosas estaban muy tranquilas. Tanto que él solo podía pensar en Kylie, y en su mirada cuando él le había dicho que no iba a estar con ella. En aquel momento, habría preferido estar saltando otra vez por los aires y atravesar una placa de yeso que pensar en todo eso. Cuando sonó su teléfono móvil, se abalanzó sobre aquella distracción.

Papá: Voy a ver otro episodio de Buffy, la cazavampiros.

Joe: Es medianoche. Y, mierda, sigues viendo las series sin mí.

Papá: ¿Quieres ver Buffy, la cazavampiros, o no?
Joe: Pues claro que sí, pero espérame. Todavía estoy trabajando.
Papá: Buffy, la cazavampiros no espera a nadie.
Joe: Di Buffy, la cazavampiros otra vez.
Papá: Buffy, la cazavampiros otra vez.

Joe se rindió y dejó el teléfono. Sopló una ráfaga de viento que movió su plataforma hacia un lateral del edificio.

Lucas cerró los ojos y gimió como si se estuviera muriendo. Joe no tenía vértigo, pero Superman, sí. Joe había visto una vez a su amigo saltar a un río turbulento para cazar al malo, y eso, sin inmutarse, así que aquello le divertía. Lucas era tan invencible que casi era gracioso ver una de sus debilidades.

—Eh, Lucas —le dijo Reyes con una sonrisita—. Mira.

Lucas abrió los ojos y Reyes saltó unas cuantas veces. La plataforma se movió.

Y Lucas se agarró a la barandilla con todas sus fuerzas y soltó una retahíla de juramentos.

—¿Y besas a tu madre con esa boca? —le preguntó Max.

—Callaos —les dijo Archer.

—Y todos se callaron.

Pero Lucas siguió de color verde.

—Eh —le dijo Max a Joe—. Me he enterado de que estás con la ebanista.

Joe puso los ojos en blanco y no respondió.

—Ah, sí —intervino Reyes—. Os he visto, y estáis como dos tortolitos.

—¿Y qué? —preguntó Joe con frialdad.

—Que deberías cazarla lo antes posible, tío —respondió Reyes, riéndose—. Merece la pena que estés con cualquier mujer que sea capaz de aguantarte. Además, está buenísima.

—Se supone que es algo más que un cuerpo —dijo Max—. Rory dice que lo fundamental es la personalidad.

—Es verdad —dijo Reyes—. Con personalidad puedes elegir a diez, pero buenísima solo a una de esas diez.

—Nuestro hombre está entrando en el edificio, así que atentos —dijo—. Si estáis dispuestos a callaros la boca y poneros a trabajar, claro.

Cinco minutos después, el tipo entraba en su despacho hablando por el teléfono, inculpándose a sí mismo. No les prestó ni la más mínima atención a los limpiadores, así que ellos pudieron grabar la conversación entera sin problemas.

—Es lo que necesitábamos —dijo Archer—. Tenemos suficiente para que el fiscal lleve el caso adelante. Tenéis libre el resto de la noche.

Joe sabía que no podía volver a casa de Kylie, así que se fue a ver Buffy con su padre antes de investigar al último aprendiz de la lista. Supuestamente, Phillip Wilde era carpintero y trabajaba a las afueras de San José. Sin embargo, tal y como sospechaba Joe, fue otro callejón sin salida. Phillip se había marchado un año antes a vivir a los Cayos de Florida y se ganaba la vida haciendo sillas para los turistas.

Esperó hasta el día siguiente para decírselo a Kylie. Estaba esperándola delante de Maderas recuperadas cuando salió. Se quedó sorprendida al verlo, y él sintió consternación.

—¿Qué haces aquí? —le preguntó ella.
—Quería hablar contigo.
—Creía que hablar no era lo tuyo.
Bueno, eso se lo merecía.

Kylie suspiró.

—No me hagas caso. ¿Qué ocurre?

—La lista de aprendices se ha terminado, y no hemos averiguado nada. Tenemos que enfocar esto desde otro ángulo.

—Pero todavía nos queda uno. Phillip, de San José.

—Ya lo he investigado. Phillip se fue a vivir a Florida el año pasado.

Ella se cruzó brazos.

—Entonces, ¿me has echado de la investigación de la misma manera que me has echado de tu vida? Teníamos un trato, Joe.

—No te he echado de ningún sitio. Solo quería ahorrarnos tiempo a los dos.

—De acuerdo —dijo ella, echando humo por las orejas—. Pues yo voy a ahorrarte más tiempo todavía. Voy a cambiar el sentido de la investigación. Estás despedido.

—No, no, no. No va a ser tan fácil.

—Ya te he dado el espejo de Molly. Estamos en paz.

Ella echó a andar por el patio, mirando la pantalla de su teléfono móvil.

—No, no estamos en paz —dijo él, siguiéndola—. No habremos terminado este asunto hasta que tú estés a salvo.

Kylie dio un resoplido.

—¿Qué significa eso? —le preguntó él.

En vez de responder, ella entró en un coche de Uber que acababa de pedir.

Él casi no tuvo tiempo de seguirla, porque Kylie trató de cerrarle la puerta en las narices. Como ella no quería hablarle, y como él no quería pelearse con ella delante de un espectador, hicieron el trayecto en silencio hasta que llegaron a Soma.

—¿Qué hacemos aquí? —le preguntó cuando ella empezó a caminar—. Kylie.

Terminaron en una callejuela estrecha. Ella entró por la puerta de un patio y desapareció.

Él la siguió, y la vio subiendo por una vieja y destartalada escalera de incendios. El edificio tenía solo tres pisos, y él la alcanzó en el siguiente. Parecía que en cada uno de los pisos había cuatro tramos de escalera, y Kylie se detuvo cuando estaban en el tramo más a la derecha del tercer piso. Desde allí, por una ventana, se veía una cocina.

—Es la casa de mi madre —susurró ella, y miró el reloj—. Tiene que volver del trabajo dentro de...

Una mujer entró en la cocina.

—Ahora mismo —susurró Kylie.

—¿Por qué no la has esperado fuera?

—Porque las últimas veces que hemos hablado me ha dado la impresión de que me estaba ocultando algo. Al principio, pensé que solo era que necesitaba más dinero, pero ahora no estoy segura. Estoy preocupada por ella, pero no puedo preguntarle nada. No suelta prenda.

—¿Le das dinero?

—Shh.

Muy bien. Entonces, Kylie no quería hablar de ello. Se concentró en la escena. La mujer de la cocina tenía el mismo color de pelo que Kylie y lo llevaba largo y suelto. Iba muy maquillada y llevaba un vestido muy ajustado y unas botas altas. No parecía lo suficientemente mayor como para ser la madre de Kylie. Sin embargo, al mirarla bien, se dio cuenta de que su apariencia y su atuendo lo habían engañado.

Ella dejó el bolso en la encimera de la cocina y se giró hacia un hombre que había aparecido siguiéndola.

Con una sonrisa, se sentó de un salto en la encimera y le hizo un gesto para que se acercara. Entonces, él se colocó entre sus piernas y empezaron a besarse.

Kylie hizo un gesto de horror.

—Este es nuevo —dijo—. No es su novio. Eso es lo que no quería que supiera.

—¿Por qué no?

—Porque cambia de hombre como otras mujeres de zapatos. Y sabe que me enfada, porque siempre deja a los buenos.

Kylie y Joe se agacharon para ocultarse cuando ella abrió la ventana. Sin darse cuenta, los estaba ayudando, porque así podían oír la conversación.

—Vaya —dijo la madre de Kylie mientras se abanicaba—. Así está mejor. Me has puesto como una moto.

El tipo tenía una sonrisa petulante.

—Entonces, ¿por qué me has parado?

—Ayer hablé con Kylie.

Joe notó que Kylie se quedaba inmóvil a su lado.

—¿Y? —le preguntó el tipo—. ¿Le diste la buena noticia?

—No. Todavía no. No está preparada para oírla. A esa niña hay que contarle las cosas despacio, o se asusta.

Joe la miró. Kylie seguía sin moverse.

—Cuando era pequeña —prosiguió su madre—, se ponía fatal a la primera señal de cambio o de drama. Si yo dejaba de salir con alguien. Si empezaba a salir con alguien. Es una persona de costumbres, y no soporta los cambios. Por eso tuvo que llevársela su abuelo.

—¿Tu padre? —le preguntó el novio—. ¿El artista rico?

Una forma interesante de describirlo, pensó Joe. Interesante, y sospechosa.

—Sí —dijo la madre de Kylie, distraídamente—. Él dijo que sabría cuidarla, y lo hizo. Además, se le daba mucho mejor que a mí, y ella estaba feliz con él. Pero mi padre la crio para que fuera como él, que era viejo. Así que, si ahora le cuento de repente que lo he dejado con Charlie, que he empezado a salir contigo y que queremos casarnos, le dará un ataque.

—Eres una mujer adulta, nena. Y ella es tu hija.

—Sí, pero nuestra relación es un poco difícil. Ella siempre ha pensado que es la madre y, en realidad, muchas veces ha tenido que serlo.

—¿Sabes lo que necesitas? Una distracción —le dijo él con la voz ronca—. Vamos al dormitorio, que voy a hacer mi mejor trabajo.

Joe puso los ojos en blanco al oír aquella frasecita, y los dos tórtolos salieron de la cocina. Entonces, miró a Kylie. No sabía si respiraba. Trató de tocarla, pero ella hizo un gesto negativo con la cabeza.

—Estoy bien.

No, no lo estaba, pero iba a estarlo.

—¿Cuántos novios ha tenido? —le preguntó. Por la expresión de Kylie supo que habían sido demasiados—. ¿Has oído ya lo que necesitabas saber? ¿Hemos terminado aquí?

Ella, un poco apagada, asintió, y empezó a bajar las escaleras. Rápidamente.

—Kylie...

Demasiado tarde. Cuando Kylie pisó el rellano del segundo piso, se le enganchó el pie con un peldaño. Eso aflojó la escalerilla, que se desdobló hacia el suelo como una cascada, con Kylie en caída libre a su lado. El choque con el suelo hizo que él reviviera la pesadilla que había vivido con Molly, viéndola caer del árbol sin poder hacer nada. Él bajó rápidamente hacia el saliente del edificio y, desde allí, se dejó caer al suelo. Aterrizó junto al cuerpo de Kylie.

—No te muevas...

—No te preocupes, estoy bien —dijo ella.

Se levantó de un salto, rápidamente, y comenzó a caminar hacia la calle.

—Kylie, para. No estás bien. Te acabas de chafar las dos rodillas dentro de los vaqueros. Enséñame las palmas de las manos.

A ella le temblaba la voz, y también las manos, y no permitió que la tocara. De nuevo, sacó el teléfono, seguramente, para pedir un coche.

En cierto sentido, la madre de Kylie tenía razón. Ella necesitaba hacer las cosas a su manera y a su tiempo, y él lo entendía. Iba a darle el tiempo que necesitara para recomponerse, hasta que llegaran a su casa. Entonces, se habría terminado su rechazo. Era irónico, porque era él quien la había rechazado primero. Sin embargo, le estaba costando demasiado mantener aquella distancia.

Capítulo 27

#HastaLaVistaBaby

Kylie se sentía muy furiosa mientras Joe y ella esperaban un coche de Uber. Enfadada con su madre, con el nuevo novio de su madre, con la escalera de incendios y con Joe. En resumen, estaba enfadada con todo y con todos aquellos que formaban parte de su vida.

Incluyéndose a sí misma.

Porque... Ella podía haberse enamorado de aquel hombre inteligente, útil, resistente, estoico y silencioso que estaba detrás de ella. Sin embargo, él había aniquilado aquella posibilidad antes de poder sentir lo mismo.

Y eso hería sus sentimientos.

Sin embargo, no le iba a pedir más. Iba a continuar hacia delante. Ningún Gib ni ningún Joe más en su vida.

Se negó a llorar, algo que tenía tendencia a hacer cuando estaba muy enfadada, e ignoró a Joe, que se empeñó en que el conductor los llevara hasta su furgoneta. Allí, él subió rápidamente a la oficina en busca de algo, y volvió con una mochila al hombro. Después la llevó a casa. Ella abrió la puerta y entró cojeando, dejó sus cosas en el sofá y fue directamente a la cocina.

Todavía tenía helado en el congelador. Había creído que necesitaba a Joe en su vida. Había creído que necesitaba hablar con su madre. Había creído muchas cosas, pero resultaba que lo verdaderamente necesario para ella era algún tipo de comida que la reconfortara. Sacó el bote de helado, lo metió al microondas durante quince segundos y tomó una cuchara. Se apoyó en la encimera y tomó una cucharada, con los ojos cerrados, y se concentró solo en el sabor de las pepitas de chocolate que se le derretían en la lengua.

Gracias a Dios por el chocolate.

Joe no la siguió a la cocina, al principio. Seguramente estaba comprobando que todo estaba en orden en el apartamento. Sin embargo, notó su presencia en cuanto entró, lo cual era realmente molesto. Abrió los ojos y sí, allí estaba él, observándola atentamente.

Por lo general, cuando estaba tan agitada, nadie conseguía llegar a ella. Sin embargo, al verlo sacar unos Twinkies de nata de su mochila, además de el botiquín, se le llenaron los ojos de lágrimas. Así que para eso había subido a la oficina.

—Estoy bien —dijo. Pero no estaba bien, demonios.

Él la tomó en brazos, la sentó en la encimera de la cocina y le dio uno de los pastelitos.

—Mi reserva de emergencia. No se lo digas a Archer.

—Qué monada —dijo ella, y notó que su ira se calmaba un poco. Pero solo un poco—. Gracias.

Él le miró las manos. Tenía una raspadura bastante grande en la palma derecha. Se la limpió y se la vendó. Después, le separó las rodillas y se colocó entre ellas.

—Inclina un poco la cabeza hacia atrás —le dijo él en voz baja, y posó las manos en sus muslos.

Ella obedeció, y su cuello quedó expuesto. Se sintió como si fuera Caperucita Roja delante del Lobo Feroz. Joe le apartó el pelo de la cara y le tomó la cabeza con ambas manos, para mirar con atención el lugar de la sien donde se había golpeado en su imperfecta bajada de la escalera de incendios.

—¿Te duele? —le preguntó palpándola suavemente.

—No.

Y de todos modos, si le doliera, no iba a admitirlo.

Él le dio un ligero beso en el sitio del golpe, y el beso se extendió por todo su cuerpo. «Sé fuerte», se dijo Kylie. «Te ha hecho daño y estás enfadada con él, ¿te acuerdas?». Joe le bajó la cremallera de la sudadera y se la quitó. Debajo, ella solo llevaba una fina camisa.

—¿Y aquí? —le preguntó él, tocándole el hombro, donde también se había llevado un buen golpe y se había raspado la piel.

Como no podía hablar, se encogió de hombros.

Él ignoró su actitud y la besó también allí. Cada movimiento de Joe le aceleraba el pulso y, mientras él continuaba su inspección, a ella le resultaba cada vez más difícil mantener encendida la ira.

De hecho, se le estaba escapando por entre los dedos.

—¿Y aquí? —le preguntó, acariciándole la unión entre el cuello y el hombro.

—No lo sé.

Sin embargo, se le escapó un suspiro cuando él rozó con los labios su piel. Entonces, con cuidado, la dejó en el suelo. La miró a los ojos.

—Desnúdate —le dijo.

A ella se le escapó una risa ronca porque no estaba dispuesta a hacerlo. Nunca volvería a acostarse con él. Sin embargo, Joe permaneció allí, mirándola con una sonrisa.

—Quiero verte las rodillas. Tienes sangre en los pantalones vaqueros.

Ah, claro. Ella se llevó las manos a la cintura y vaciló.

—¿Qué? —le preguntó él.

Kylie hizo un gesto de pesar.

—Me resulta raro quitarme los pantalones delante de ti cuando no es para acostarnos. Es como si estuviéramos jugando a los médicos, o algo así.

—¿Y si, después de que te eche un vistazo, yo me desnudo también? —le preguntó Joe, sonriendo—. Tú puedes ser la enfermera sexy.

—¿Y si quiero ser la médica? —preguntó ella.

—Cariño, cuando me tengas desnudo, puedes ser lo que tú quieras.

Ella puso los ojos en blanco y se bajó los pantalones vaqueros. Cuando cayeron al suelo, a ella se le aceleró la respiración, porque, aunque quisiera negarlo, desnudarse mientras Joe permanecía vestido tenía algo muy erótico.

Al ver su tanga de color azul claro, a Joe también se le aceleró la respiración, pero volvió a sentarla sobre la encimera sin decir una palabra. Ella soltó un gritito porque, sin vaqueros, el azulejo estaba frío. Él se rio suavemente, con maldad. Después, empezó a curarla.

Cuando le hubo vendado las rodillas, deslizó las manos por debajo de sus nalgas y la atrajo hacia sí, con sus muslos a cada lado de sus caderas. Kylie lo estrechó entre sus piernas y notó que se inclinaba hacia ella, abrazándola suavemente. Le besó la mandíbula, mordisqueándole con delicadeza la piel, y ella solo pudo pensar una cosa:

«Estoy metida en un buen lío...».

—¿Joe?
—¿Sí?
—Ahora quiero ser yo la médica.
—Perfecto —dijo él en voz baja y ronca.
—¿Qué te duele?
—Todo.

Oh, vaya. A ella se le quedó el cerebro en blanco, porque él la sujetó por la nuca mientras bajaba con los labios hasta su clavícula y le hacía cosas increíbles. Kylie olvidó el dolor que había sentido y se movió para darle mejor acceso a su piel, pero él interceptó su boca con los labios y consiguió que gimiera cuando sus lenguas se tocaron y se entrelazaron.

Joe besaba tal y como lo hacía todo en la vida: con seguridad y destreza absolutas. Recibir sus besos hacía que se olvidara de todo lo demás. Notaba su erección a través de sus vaqueros y, al recordar cómo se sentía teniéndolo dentro del cuerpo, gimió de nuevo.

Él la estrechó contra su cuerpo y se movieron el uno contra el otro hasta que Kylie no pudo soportarlo más y se liberó, respirando con intensidad. Era una locura pensar que pudiera llevarla a medio camino del orgasmo tan solo con un beso.

—Cama —dijo él, con firmeza, y la llevo a la habitación. Empezó a quitarse la ropa con rapidez y eficiencia y, en aquel momento, a ella se le ocurrió algo.

¿Podía mantener relaciones sexuales sin comprometer su corazón? Se levantó de la cama y vaciló. ¿Dónde estaba su peluca pelirroja cuando más la necesitaba?

La habitación estaba en penumbra, iluminada tan

solo por los rayos de luna que entraban por la ventana. Kylie distinguía la silueta oscura y musculosa de Joe, que se sentó y la observó.

—Puedo irme al sofá —le dijo él en voz baja—. Lo que quieras. Pero no me pidas que te deje sola esta noche.

Ella se mordió el labio.

—Kylie.

—Estoy intentando decidir qué quiero hacer contigo.

—¿Cuáles son las opciones?

—Matarte o besarte.

Él se echó a reír.

—Ven, y te ayudo a decidirte.

Joe tiró de ella y la situó entre sus muslos abiertos. Ella suspiró.

—Me resulta irritante que huelas tan bien. Quiero morderte.

Él sonrió.

—Pues muérdeme.

—Estoy muy enfadada contigo, Joe.

—Ya lo sé. Déjame que lo arregle.

Por el momento, quería decir. Pero, tal vez, no. Aunque estuvieran a oscuras, ella veía el anhelo, la necesidad y el hambre en su cara. Él la deseaba tanto como ella lo deseaba él. Asintió lentamente, y él la abrazó por la cintura y la devolvió a la cama.

Y, entonces, encendió la luz.

—¡Eh! —protestó ella, y alzó una mano para taparse los ojos—. Apágala.

—Quiero verte.

—Ya sabes cómo soy.

—Cuando estamos desnudos, no —dijo él.

—Yo no estoy desnuda… —replicó ella, pero se quedó callada cuando él le deslizó las bragas por las piernas y se las quitó. Entonces, sí quedó desnuda.

—Nunca hemos hecho esto —dijo Joe.

—¿De qué estás hablando? No hemos hecho otra cosa que esto.

Él sonrió.

—No siendo tú. Siempre has llevado una peluca. Pero ahora eres tú.

—No estaba disfrazada el otro día, en la ducha.

—Bueno, pero tenías el cuerpo cálido y húmedo, y cubierto de espuma. Perdí la razón.

—¿Y la otra noche, cuando llegaste tan tarde...?

—Exacto. Era tarde. Y estaba oscuro —dijo él. Le apartó el pelo de la cara y se acomodó entre sus piernas—. ¿Dónde estábamos?

Ella estaba a punto de marcharse. Pero, en aquel momento, teniéndolo tan cerca, no pudo reunir fuerzas. No podía mantener aquella conversación con él en aquella postura. De hecho, quería cambiar de postura, así que rodó de modo que ella estuviera arriba. Mejor. Así, él estaba extendido debajo de ella, todo músculos y calor, y ella no podía pensar. «Una última vez. Puedes tenerlo una última vez, hasta que te vayas».

—Creo que estábamos a punto de poner nuestro mundo patas arriba.

—Me gusta cómo suena eso.

Entonces, él fue quien rodó y, en un abrir y cerrar de ojos, la tuvo debajo.

Y no parecía que fuese porque tenía prisa. Era lo contrario, como si tuviera todo el tiempo del mundo. Empezó a besarle el cuerpo, a lamerla, a mordisquearla y a besarla de nuevo, hasta el último centímetro de su cuerpo. Ella estaba retorciéndose, pidiéndole más, pero él no se apresuró. Le dio un beso ardiente, profundo y lento, y ella se derritió. Él la besó así durante largos minutos; parecía que le bastaba con devorarla mientras rodaban por la cama, colocándose encima y abajo por turnos. Cuando llegaron ya demasiado lejos, él gruñó su nombre y la colocó a horcajadas sobre el cuerpo, y ella le tomó las manos y las puso por encima de su cabeza, en la almohada, mientras lo acogía en su cuerpo, profundamente.

La luz de ambiente que salía del baño iluminaba el cuerpo de guerrero de Joe, sus músculos, sus movimientos. Mientras él embestía una y otra vez, ella observó con fascinación sus detalles; la fina línea de vello que tenía en el vientre, una cicatriz larga y fina que tenía en las costillas y la hilera de puntos de sutura de la otra noche.

Con el cuello tenso de placer, Joe la miró a los ojos y echó la cabeza hacia atrás, y su mirada fue lo que terminó de lanzarla al éxtasis. Notó que él también llegaba al orgasmo y se estremecía con ella...

Estaban jadeando, tomando aire, entrelazados, cuando vibró el teléfono de Joe. Así era su trabajo, y así era la historia de su vida. Él lo ignoró, y Kylie apenas fue capaz de oírlo. Estaba demasiado absorta en lo que había ocurrido. Se sentía como si él hubiera podido atravesar todas sus barreras y hubiera entrado directamente en su corazón. Sentía muchas cosas, y sabía que no era la única. Sin embargo, no iba a quedarse esperando a que él se diera cuenta.

Joe estaba acariciándole la espalda en medio de la cama deshecha. Cuando estuvo relajada y calmada, él se levantó a mirar el teléfono. Entonces, Kylie tomó la manta del suelo y se tapó. Joe la miró con cara de diversión, al notar su repentino pudor. Sin embargo, al escuchar, el mensaje, la sonrisa se le borró de la cara.

—¿Qué pasa? —preguntó ella cuando él colgó.

Joe no respondió. Empezó a vestirse.

Kylie se incorporó.

–Joe.

–¿Te acuerdas del aprendiz vaquero, Eric? –le preguntó él.

–Claro. ¿Qué quería?

Joe puso cara de consternación.

–Ha encontrado la tarjeta del impostor. Tiene el número de ese tipo.

Capítulo 28

#CarpeDiem

A Kylie se le aceleró el corazón al enterarse de que había un progreso en la investigación sobre el pingüino Por fin estaban llegando a algún sitio. Aunque...

Miró a Joe a los ojos.

—Dime una cosa.

—¿Qué?

—¿Ibas a avisarme de que Eric te había llamado si yo no te lo hubiese preguntado?

Él se pasó una mano por el pelo con un gesto de frustración.

—Pensé en no decírtelo... todavía. Pero sabía que te habrías puesto furiosa, así que sí, iba a decírtelo, Kylie.

—Pero puede que no hasta que no hubieras investigado por tu cuenta.

Él no respondió a eso. No era necesario. La verdad estaba reflejada en sus ojos.

Ella cabeceó con asombro y lo miró fijamente. No sabía cómo sentirse. Nunca hubiera pensado que la confianza era algo premeditado y calculado, pero parecía que sí. No le gustaba nada. Se puso en pie y se vistió. Después, tomó el móvil.

—¿Cómo se llama el tipo, y cuál es su número?
—Kylie...
—Joe...

Él no suspiró, pero parecía que quería hacerlo.

—No tenemos el nombre —dijo—. Solo el de la tienda, Artículos en madera, y un número.
—Muy bien —respondió ella.

Llamó a aquel número y oyó la respuesta del contestador. La voz era masculina y brusca.

—Estoy interesada en su trabajo —dijo Kylie—. Llámeme.

Dejó su número y colgó.

Joe estaba terminando de vestirse. Tomó las llaves.

—Voy a la oficina a investigar ese número y conseguir una dirección.
—Buena idea —respondió Kylie—. Voy contigo.
—Es medianoche.

Ella se quedó mirándolo, y él exhaló un suspiro e hizo un gesto de resignación.

—De acuerdo, muy bien.
—Muy bien.

Media hora después, estaban en su despacho y tenían la dirección de Artículos de madera, que estaba en una barcaza, en el puerto. También tenían el nombre del dueño de la tienda: Kevin Baker.

Kylie se quedó de piedra.

—¿Lo conoces? —le preguntó Joe.
—Sí —dijo ella—. Es uno de los antiguos novios de mi madre. Uno de los pocos que me caía bien. Fue bueno conmigo, y le caía bien mi abuelo. Hacía trabajos para él, de vez en cuando, aunque se marchó justo después del incendio.

Joe apartó los ojos de la pantalla del monitor y la miró.

—¿Y no creías que debía estar en la lista de sospechosos?

—No, no me lo pareció. Nunca hubiera pensado que Kevin podía robarme el pingüino. No era aprendiz, y fue uno de los novios favoritos de mi madre. Es un buen tipo, y el único que se preocupó de ser agradable con la hija de su alocada novia.

Joe dio un suspiro que hablaba por sí solo. Los dos sabían que ella no había conocido a muchos tipos agradables en la vida, y Kylie tenía el presentimiento de que Joe creía que estaban a punto de destruir el buen recuerdo de uno de ellos.

—No es él —dijo Kylie—. No es posible.

—Tal vez no —dijo Joe—, pero ha llegado el momento de hacer una lista de novios de tu madre, y Kevin está en el primer puesto. ¿Es ebanista?

—Más o menos, pero prefería pintar. No era muy bueno en ninguna de las dos cosas.

Joe se quedó callado un segundo.

—La noche que acordé contigo que te ayudaría, leí los informes sobre el incendio del taller de tu abuelo y hablé con el detective de incendios que llevó el caso.

—¿Por qué?

—Me pediste ayuda —dijo él—, y yo nunca empiezo un caso sin prepararme.

—¿Y por qué no me lo dijiste, ni me hablaste de lo que ponía en los informes?

—Porque no había nada que tú no supieras ya —dijo él—. Y pensé que si tenías que leerlo todo de nuevo te disgustarías mucho.

Ella pensó unos instantes, y asintió.

—Kylie.

Ella lo miró a los ojos.

–No te culpabilizaron del incendio.

–Porque no había pruebas suficientes.

–No. Tú no tienes la culpa.

–Eso no lo sabes. Pudo ser culpa mía.

–No, no lo fue –dijo él con firmeza y con calma.

–¿Cómo lo sabes?

–Porque te conozco. Puede que te conozca mejor que nadie.

Posiblemente, eso era cierto, así que ella no respondió. Tuvo ganas de preguntarle por qué no estaba dispuesto a quererla, si la conocía tan bien. Sin embargo, eso era demasiado desesperado, y no estaba dispuesta a hacerlo.

–¿Qué crees que sabes sobre mí?

Él sonrió.

–Que eres muy terca, muy lista y muy cuidadosa. Y que eres absolutamente minuciosa en tu trabajo. Tú nunca te habrías dejado encendido el soldador. Creo que alguien debió de entrar después de que tú terminaras tu trabajo. Tú no tuviste nada que ver con el incendio, y estoy seguro de que, cuando lleguemos al fondo de este asunto, podré demostrártelo de una vez por todas. Y ahora dime todo lo que sepas sobre Kevin.

–Nunca llegó lejos con sus capacidades artísticas –dijo ella–. Terminó trabajando para un marchante de arte y aprendiendo ese oficio. Hace tiempo que no sabía nada de él, pero lo último que supe fue que estaba trabajando por cuenta propia para varias galerías por todo el país. Necesito hablar con él –dijo Kylie.

Se puso en pie y se dirigió hacia la puerta.

Él la agarró de la correa del bolso.

—Muy bien. Y yo voy a ir contigo. Pero, Kylie, no a las dos de la mañana. No es seguro. Tenemos que hacer un plan y tener alternativas.

Ella se cruzó de brazos.

—Antes nunca hemos necesitado hacer un plan, ni tener alternativas.

—Pero no estábamos tan cerca. Me parece que ahora sí lo estamos, y es peligroso —replicó él. Le puso las manos en los brazos y se inclinó un poco hacia ella para mirarla a los ojos.

—Para mí no es aceptable ponerte en peligro. Vamos a esperar hasta mañana por la mañana, cuando tengamos un plan bien pensado.

Todo aquello tenía sentido, pero él ya le había demostrado antes que prefería ir solo a las investigaciones. Quería apartarla. Sin embargo, cuando era pequeña y su madre se empeñaba en alguna cosa poco razonable, como le ocurría a Joe en aquel momento, ella había aprendido a resolver el problema siguiendo el juego. Así pues, asintió y se calló sus argumentos.

—De acuerdo —dijo—. Muy bien.

Joe no se dejaba engañar tan fácilmente como su madre. Enarcó las cejas y preguntó:

—¿De verdad? ¿Muy bien?

Ella no respondió. Se dirigió hacia la puerta del despacho. Al mirar el sofá y la mesa de escritorio de Joe, tuvo de repente recuerdos eróticos de cuando habían estado allí juntos. Sin embargo, endureció su corazón y salió.

Joe la siguió. Tal vez hubiera tenido los mismos recuerdos, pero no dijo nada. ¿Lo recordaría? Lo miró, y se dio cuenta de que tenía las pupilas tan dilatadas, que sus ojos parecían negros.

Sí, sí lo recordaba. La llevó a casa y, cuando ella

había salido del coche y caminaba hacia la puerta de su casa, él aparcó.

La alcanzó con la clara intención de entrar con ella, pero Kylie le lanzó una mirada de rechazo.

—Voy a acompañarte al apartamento para asegurarme de que entras con seguridad.

—No es necesario. Nunca he tenido ningún problema.

Joe no cedió.

—Pero ahora has estado hablando con gente de tu pasado y mirando debajo de las piedras. Voy a acompañarte al apartamento, Kylie.

Ella alzó las manos y le transmitió un mensaje: «Como quieras, pero eres un idiota».

Y, a tenor del suspiro que exhaló, Joe recibió el mensaje con claridad.

—¿A qué hora vas a hablar con Kevin? —preguntó Kylie.

—Voy a consultarlo con los chicos, y te llamaré —dijo Joe.

Comprobó que el apartamento estuviera en orden, vacío, y se giró hacia ella, seguramente, para intentar quedarse a dormir. Sin embargo, ella abrió la puerta y le hizo una silenciosa invitación a marcharse.

—Kylie...

—No —dijo ella.

Se le escapó una carcajada seca, porque con solo oír su voz pronunciando su nombre, tuvo el impulso de ceder. Sin embargo, se contuvo, y abrió aún más la puerta.

Él la miró fijamente y asintió. Le acarició la mejilla e hizo lo que ella quería. Se marchó.

Capítulo 29

#LaPrimeraReglaDelClubDeLaLuchaEsNadieHablaSobreElClubDeLaLucha

Joe volvió a la oficina directamente, haciendo lo posible por reprimir sus emociones. Tenía que trabajar, y el trabajo siempre era lo primero. Sin embargo, tenía un dolor en el pecho, y tenía un sentimiento al que no estaba acostumbrado: el miedo.

Tenía miedo de perderla.

Sin embargo, él mismo se lo había buscado, así que le envió un mensaje a Archer, porque era hora de pedir refuerzos. Archer accedió y, por suerte, ninguno de los miembros del equipo puso objeciones a ir a la oficina a las tres de la mañana.

Tal y como hacían en todos los casos, recabaron información y la analizaron minuciosamente. Joe ya había hecho una parte del trabajo, con la excepción de investigar a los novios de la madre de Kylie.

Y allí fue donde encontraron pistas.

O, más bien, fue Lucas quien las encontró. Puso su iPad en el centro de la mesa, para que todos pudieran verlo.

Joe no daba crédito a lo que estaba leyendo. Kevin se había hecho marchante de arte, pero había cosas feas en su pasado. Aquel tipo había sido detenido por incendiario.

En dos ocasiones.

Y las dos veces se había librado del juicio.

—¿Coincidencia? —preguntó Lucas.

—Yo no creo en las coincidencias —dijo Archer.

Joe, tampoco. Quería ir al puerto y arrastrar a aquel desgraciado directamente a la cárcel. Sin embargo, ya no se dejaba llevar por las emociones y la falta de sentido común. Había aprendido a tener paciencia, a hacer y ejecutar un plan fueran cuales fueran las circunstancias.

—Lo mejor será ir al amanecer —sugirió Archer—. Si vamos ahora, cualquier luz que usemos se reflejará en el agua y nos verá con facilidad —dijo, y miró a Joe—. ¿A qué hora va a venir Kylie?

Joe titubeó, y Archer enarcó las cejas.

—¿La vas a dejar fuera de esto?

—Sí.

—Tu funeral —dijo Archer, encogiéndose de hombros—. Vamos a cazar a ese cabrón con todas las pruebas que podamos encontrar, para que ella se libre de esto para siempre.

Cuando terminaron la reunión, eran las cuatro de la madrugada. Quedaron en encontrarse de nuevo a las cinco y se separaron, unos en busca de comida y otros para dormir un poco más.

Salvo Lucas. Él se quedó en la sala de reuniones esperando, hasta que Joe y él estuvieron a solas.

—¿Qué más te ocurre? —le preguntó en voz baja—. Tienes mala cara.

—Estoy bien.

—¿Te has peleado con Kylie?

Joe lo fulminó con la mirada, pero Lucas lo ignoró.

—¿Cómo la has fastidiado?

—¿Y por qué piensas que he sido yo?

—Porque tú eres idiota con respecto a las buenas mujeres —le dijo Lucas.

Joe sabía que era cierto, y no se lo tomó como un insulto.

—Se arreglará.

—¿Sí? —preguntó Lucas con escepticismo—. ¿Qué es lo último que te dijo?

—¿Por qué?

—¿Te sonrió? ¿Te acarició? ¿Te dio un beso de despedida?

—En realidad, se rio de mí.

—Vaya, tío. Si una chica se ríe de ti durante una discusión, es que ha pasado de estar cabreada a ser una psicópata, y está a punto de asesinarte. ¿Necesitas protección?

—Creo que estoy bien —dijo Joe con ironía.

Kylie no iba a matarlo. Iba a hacer algo peor: dejarlo.

Con aquella certeza, fue a casa para darse una ducha y despejarse. Sin embargo, al llegar, vio que había una luz encendida. Sacó el arma y entró.

Molly estaba acurrucada en su sofá, con una botella de tequila y su reserva de urgencia de galletas de chocolate y menta.

—Es muy temprano para beber —le dijo él—. ¿Qué te pasa?

—No estoy bebiendo, aunque me lo he pensado. Solo estoy comiendo —dijo ella, y se encogió de hombros—. Y no me pasa nada.

—Entonces, ¿por qué me estás robando?

—Tenía hambre. ¿Por qué tienes las galletas en la nevera, detrás del alcohol?

—Para mantenerlas a salvo de ti —dijo él. Le quitó la caja y tomó unas cuantas para desayunar—. ¿Cómo sabías dónde tenías que buscarlas?

—Yo sé todos tus secretos.

—No, claro que no.

—Sí.

—Mierda —dijo Joe, y se dejó caer en el sofá, junto a su hermana—. ¿Quieres hablar de algo? Di lo que tengas que decir. Sabemos perfectamente que hasta entonces no me vas a dejar en paz.

Ella le dio un codazo en las costillas.

—Vaya, ahora resulta que entiendes la psicología femenina. Eres capaz...

Él cerró los ojos.

—No tengo ni tiempo ni paciencia para jueguecitos, Molly. Di lo que sea.

—De acuerdo. Lo que haya entre Kylie y tú...

—Nada. No hay nada.

Molly enarcó una ceja.

—No lo hay —insistió él.

—¿La has cagado? —le preguntó ella, sin paños calientes, y lo miró fijamente—. Sí, la has cagado. Mierda, Joe.

Él se mantuvo en silencio.

—Bueno, lo que sea. Es tu vida sentimental, no la mía. Pero Kylie tiene derecho a enfrentarse a ese desgraciado que la está aterrorizando. No puedes dejarla a un lado. No te lo perdonará nunca.

—Yo no la estoy dejando a un lado.

—Oh, claro que sí. Yo trabajo en el mismo sitio que tú. Llevo la oficina, por el amor de Dios. Recibo los mismos mensajes y correos electrónicos que todos vosotros. Vais a ir al amanecer, y vais a ir sin ella. Mi pregunta es: ¿eres tonto o te has vuelto loco?

Sinceramente, cabía la posibilidad de las dos cosas. Él recibió un mensaje en aquel momento.

—Espera —le dijo a Molly, y miró la pantalla.

Papá: ¿Has hablado ya con ese idiota?
Joe: Papá, creo que me has enviado un mensaje equivocado.
Papá: Ah, sí, era para tu hermana.
Joe: Espera, ¿qué idiota? ¿Te referías a mí?
Papá: ....

Joe cabeceó y dejó el teléfono.

—¿De qué quiere papá que hables conmigo?

—Quiere que te enamores de Kylie. Hemos tenido reuniones al respecto. Tengo que darle informes.

Joe se quedó mirándola, intentando asimilar aquello.

—¿Y qué le vas a decir, exactamente?

—Que es demasiado tarde. Que lo has echado todo a perder.

—Yo no...

—Mira, voy a decirte una cosa —dijo su hermana, interrumpiéndolo.

Él hizo un gesto de dolor.

—¿Es imprescindible?

Molly hizo un gesto negativo con la cabeza.

—No puedes librarte de esta, Joe. Tienes que oírlo. Si vas a resolver este caso sin ella y resulta que Kevin es el culpable, le estás arrebatando a Kylie la posibilidad de poner un punto y final a lo que sucedió y poder superarlo.

Él abrió la boca, pero ella alzó un dedo y lo señaló.

—Como me hiciste a mí —le dijo.

Él se quedó horrorizado.

—Y una mierda, Molly. Yo no...

—Sí, claro que sí —dijo ella—. Es verdad que fuiste a buscarme cuando ellos me secuestraron. No dejaste de buscarme ni un segundo, aunque los policías le dijeran a papá que me había escapado. Tú sabías que yo no me había escapado por un capricho de adolescente. Sabías que estaba en peligro y me buscaste sin descanso —prosiguió en un tono suave y emotivo—. Y eso te lo agradezco mucho, te lo agradeceré siempre —añadió, con un suspiro tembloroso—. No sabes cuánto.

Él cerró los ojos. ¿Cómo era posible que su hermana se sintiera agradecida? Por su culpa, habían estado a punto de matarla. Él era quien le agradecía que hubiera vuelto a dirigirle la palabra, que hubiera seguido contando con él en su vida. Que lo quisiera.

—Molly.

—Pero no me dejaste cerrarlo todo y olvidar, Joe. Después de que me llevaras al hospital, volviste y te enfrentaste a la situación tú solo, poniendo en peligro tu propia vida.

Al recordar el cuerpo de su hermana tendido en la acera, después de la caída, Joe se levantó de golpe.

—Yo te había puesto en esa situación. Tú eras inocente y...

—Y tú, también —replicó ella, alzando la voz. Se levantó también y se puso frente a él.

—No, yo nunca fui inocente —respondió Joe.

—¡Claro que sí! Joe, ¡tú nunca hiciste lo que ellos querían que hicieras! No fue culpa tuya que fueran unos matones. Y me rescataste en cuanto pudiste.

—No fue lo suficientemente pronto.

Se miraron el uno al otro. Molly apartó la vista primero y suspiró, y los dos miraron la pierna que aún le causaba tanto dolor.

—Yo fui la que se hizo esto en la pierna —dijo ella, en voz baja—. Tú lo sabes. Ellos me dijeron que, si me estaba quieta y callada, no iban a hacerme daño, que solo querían asustarte. Pero yo me impacienté.

—Vaya, qué sorpresa.

Al oír su comentario irónico, Molly sonrió. Entonces, él, aliviado, la tomó de la mano. Si sabía hacer una cosa con su hermana era calmar su genio.

Ella le apretó los dedos y continuó.

—Me impacienté —le dijo de nuevo—, y me hice tanto daño porque, a los catorce años, se me ocurrió la brillante idea de intentar escapar. Por favor, métete eso en la cabeza, Joe. Cuando tú fuiste por ellos y estuviste a punto de matarlos, y después tuviste tantos problemas por ello...

—No podía dejar que se fueran de rositas después de lo que habían hecho.

—¡Claro que podías! —exclamó ella. En realidad, había empezado a gritar de nuevo—. La policía se habría ocupado de ellos. Tú te ocupaste de que los detuvieran, Joe, y eso fue increíble. No eras más que un niño, y conseguiste algo que nadie más podía hacer. Pero, entonces, te tomaste la justicia por tu mano y, por eso, te apartaron de nosotros. De papá y de mí. Y sé que te sientes culpable, Joe, lo entiendo, pero ¿es que todavía no lo has entendido? Yo también me siento culpable.

Él se quedó asombrado.

—¿Por qué demonios?

—Porque en el ejército, te volviste más duro y más inflexible de lo que ya eras, y eso es culpa mía. Ahora estás tan aislado de nosotros que casi no puedo llegar a ti la mitad de las veces. Pensaba que no ibas a conseguir volver a sentirte humano y, entonces, llegó Kylie. Ella te cambió. Hizo que yo te recuperara. Y, ahora, vas a echarlo todo a perder sin dejar que ella pueda resolver su propio pasado.

—¿Por qué? ¿Cómo voy a impedirle eso?

—Porque vas a terminar este asunto por ella, sin ella. Yo nunca pude ver a esos cabrones y decirles que, a pesar de lo que me hicieron, yo seguía respirando. Y necesitaba hacerlo, Joe. Y a Kylie le pasa lo mismo. Necesita resolver el problema de Kevin. Tienes que entender eso, ¿no? Por favor, dime que lo entiendes.

Solo con haber removido aquel tema, se sintió... en carne viva. Se sintió conmovido, algo que no le sucedía desde hacía mucho tiempo.

—No era mi intención impedirte cerrar aquel asunto, Molly, pero... Por Dios, estuviste a punto de morir. Yo tenía que...

—Tenías que estar a mi lado. Eso era lo que tenías que hacer, y lo que yo necesitaba —respondió Kylie—. Mira, Joe, no puedes protegerme siempre, y nadie espera que lo hagas. Y lo mismo pasa con las demás personas que forman parte de tu vida. Kylie es una mujer adulta. Prefiere que estés a su lado mientras lucha a que tú luches por ella.

Aquello tenía sentido, y eso significaba que su hermana tenía razón.

Molly se le acercó y le puso una mano sobre el pecho.

—Necesito que me escuches, Joe, y que me creas. Y, después, que actúes en consecuencia. Además, siento que le estás haciendo lo mismo a Kylie, y que ella no te va a perdonar como hizo tu hermana. Yo he tenido que perdonarte, porque eres de mi sangre, y siempre te voy a querer, me guste o no. Pero Kylie no tiene por qué perdonarte. Y, si no lo hace, si te deja para siempre, me temo que tú volverás a...

—¿A qué? —preguntó él, suavemente.

—A ser el hombre que no sonríe, que no se ríe, que no se permite a sí mismo sentir.

Él cerró los ojos.

—Molly —susurró y la abrazó.

Ella se aferró a él con fuerza, con tanta fuerza que Joe no pudo tragar a través del nudo que tenía en la garganta.

Tenía razón. No podía protegerla a todas horas, y debía aceptarlo. Y lo mismo sucedía con Kylie. Y, si la quería, tenía que dejar que hiciera aquello.

¿La quería?

Sí.

Tuvo que sentarse en el sofá, porque empezaron a temblarle las piernas. Sacó el teléfono y les envió un mensaje a los chicos para decirles que había un cambio de planes. Kylie iría primero y hablaría con Kevin. Así podría resolver aquella incertidumbre de su vida y tratar de superarlo. Aunque eso pudiera matarlo a él.

Después, ellos la devolverían a su casa sana y salva y, cuando ella hubiera obtenido las respuestas que necesitaba y estuviera satisfecha, volverían a detener a Kevin si era necesario, y lo entregarían a las autoridades.

—Tengo que irme —dijo él.

Molly sonrió.

—Dile «hola» a Kylie de mi parte.

Cuando llegó a su casa y aparcó frente a su edificio, eran las cuatro y media de la mañana, y las luces estaban apagadas. Sin duda, Kylie estaba dormida. No quería despertarla, pero no tenía otro remedio. Ya no les quedaba mucho tiempo para reunirse con el equipo.

Sin embargo, ella no abrió la puerta, ni respondió al teléfono. Y, cuando él decidió entrar en su casa forzando la puerta, descubrió que Kylie no estaba allí.

Y supo dónde había ido, y por qué. Él la había apartado de la investigación, y ella estaba haciendo lo mismo. Trató de llamarla nuevamente, pero ella tampoco respondió.

Joe estaba entrenado para ejercer el dominio sobre sí mismo en cualquier situación, pero el hecho de saber que Kylie se había ido sola por su culpa fue demasiado para él.

Nunca debería haber tratado de apartarla. Debería haber ido con ella y haber confiado en que podría enfrentarse a lo que averiguaran entre los dos.

Lo peor de todo era que no soportaba la idea de perderla, y que, de todos modos, la había perdido por no confiar en ella. Siempre intentaba no cometer estupideces en su vida, pero en aquella ocasión había fracasado. La gente tendía a hacer suposiciones basándose en las palabras, pero, por experiencia propia, sabía que nadie decía casi nunca lo que pensaba de verdad. Así que no se dejaba guiar por las palabras, sino por los actos.

Y todos los actos de Kylie le habían dado a entender que ella también lo quería.

Por desgracia, sus propios actos no le habían dado a entender lo mismo a ella. Era un imbécil. Le dolía el pecho, seguramente porque había entendido cómo iba a ser su vida sin Kylie.

Una vida vacía.

Corrió hacia su furgoneta mientras llamaba a Archer y a los demás para adelantar la operación. Llamó a la policía. Llamó a todo el mundo, con la esperanza de que no fuera demasiado tarde.

Capítulo 30

#DéjaloYa

Kylie estaba sentada en la mesa de la cocina de su madre, tomando chocolate caliente y nubes de azúcar. Cuando era pequeña, tenía que llevar una silla para subirse hasta los armarios de su abuelo y alcanzar la caja de cacao en polvo. Él lo tenía escondido porque sabía que ella no tenía control y adoraba cómo se sentía, como Wonder Woman, cuando tenía mucho azúcar en el organismo.

Sin embargo, su madre no lo escondía, y ella ya iba por la tercera taza.

Wonder Woman no aparecía.

Sin embargo, sí habían aparecido muchas dudas. A la hora de la verdad, cuando Joe había pensado que tenían un verdadero sospechoso, había planeado resolver el caso sin ella. Él la habría dejado atrás, cuando unos días antes había prometido que nunca lo haría.

—Los hombres son un asco —dijo.

—Sí, eso es cierto —dijo su madre, y se sentó a su lado, con su propia taza de chocolate y ron—. Los hombres siempre han sido un asco. ¿Seguro que no necesitas un chupito para animarte?

—Sí, seguro —dijo Kylie.

Su madre tenía una larga historia con hombres que daban asco. Aunque ella tampoco se había reprimido nunca, claro; cuando ella era pequeña, su madre iba a verla a casa de su abuelo y la mimaba, hasta que aparecía otro tipo y, entonces, ¡puf!, volvía a desaparecer.

Por lógica, Kylie sabía que estaba enfadada con Joe porque él le estaba haciendo revivir momentos del pasado. La retrotraía a aquellos días en que su madre no se preocupaba de ella y no estaba dispuesta a vivir la vida siendo, en primer lugar, una madre.

Había cierta excusa, porque su madre era una adolescente cuando la había tenido, pero aquella había sido su forma de tratarla durante toda la vida, incluso de adultas: siempre elegía a un hombre antes que a su hija.

Y, en su caso, siempre había elegido a hombres que ponían el trabajo por delante de ella.

Tal vez estuviera exagerando. Sí, estaba exagerando. Lo único que quería Joe era que estuviera a salvo, eso lo entendía. Sin embargo, el sentido común no podía vencer a emociones como el dolor y la frustración.

Lo cierto era que ellos dos veían el mundo de forma diferente. Un hombre como Joe siempre sería capaz de prescindir de ella en las ocasiones en que hubiera que hacer algo que consideraba más importante. Y ella ya había tenido suficiente de eso en su vida; se merecía algo mejor. Así pues, tenía que continuar y conseguirlo.

—Entonces, ¿no me vas a contar lo que te ha traído aquí a las...? —dijo su madre, y miró el reloj—. ¿Cuatro y media de la mañana? No me creo que sea porque te ha hecho daño un tipo. Tú nunca te has interesado tanto por el sexo opuesto, y mucho menos hasta el punto de dejar que algún hombre te importara.

Ja. Eso sí que era gracioso. Sin embargo, no hizo ningún comentario, porque eso no tenía nada que ver con el motivo por el que estaba allí. Ella no era tonta y, aunque Joe no se fiaba de que supiera utilizar el cerebro, no iba a ir a enfrentarse con Kevin ella sola. Nunca haría algo así.

No obstante, quería respuestas, y tal vez su madre pudiera dárselas.

—Es complicado —dijo ella.

Su madre sonrió.

—Kylie, cariño, contigo todo es complicado.

Kylie suspiró y trató de no enfadarse. Había ido allí para conseguir información, no para pelearse.

—Es que estás... triste —dijo su madre, mirándola con una expresión sorprendentemente sincera—. ¿Estás triste de verdad?

Bueno, no era exactamente como se sentía. No estaba triste, sino hundida.

—¿Te acuerdas de Kevin Baker? —le preguntó.

Su madre frunció el ceño.

—Kevin... sí, claro. Era el que cocinaba tan bien, ¿no? Siempre hacía tortitas por las mañanas. A ti te encantaban.

Sí, era cierto. Le encantaban las tortitas de Kevin. Él dejaba que se sentara en la encimera y removiera la mantequilla.

—Es posible que tenga mi pingüino.

—¿Qué pingüino?

—¿Te acuerdas de las tallas del abuelo?

—Ah, sí —dijo su madre y enarcó las cejas—. ¿Todavía tienes alguna?

—La tenía —dijo Kylie—. Alguien me la robó y empezó a enviarme fotos de él, diciéndome que podría recuperarlo si certificaba que un par de piezas eran del abuelo.

Su madre frunció el ceño.

—Pero yo creía que se había quemado todo.

—Yo, también, pero una de las dos piezas parece auténtica. La otra parece una falsificación.

—¿Y por qué iba a querer alguien que las certificaras...? Ah —murmuró su madre—. Alguien está haciendo un chanchullo. Vaya. Es muy brillante —dijo. Al ver la expresión de Kylie, añadió—: Y está mal. Muy mal. ¿Crees que puede ser Kevin?

—No quiero pensarlo, pero hay algunas pruebas que lo señalan como sospechoso, así que quiero hablar con él.

—¿Qué pruebas?

—Le llevó una pieza a Eric Hansen, uno de los aprendices del abuelo, e intentó vendérsela como si fuera suya. Después, fue diciendo que la pieza era del abuelo.

—¿Me estás tomando el pelo? Ese cerdo...

Su madre se puso de pie y tomó el bolso y las llaves.

—Espera —dijo Kylie—. Mamá, ¿adónde vas?

—Voy a hacerle una visita a Kevin. Si alguien tiene que ganar dinero con el talento de mi padre, esas somos tú y yo.

—No. Mamá, no puedes...

Pero su madre ya había salido por la puerta.

Kylie salió corriendo detrás de ella y la alcanzó cuando estaba metiéndose al coche. Kylie saltó al asiento del pasajero.

—Mamá, de verdad. No puedes...

—Voy a aclarar esto. Nadie les roba a las Masters.

Kylie se agarró al asidero cuando su madre salió a toda velocidad a la calle.

—¿Sabes dónde vive Kevin? —le preguntó.

—Sí.

—Pero si rompisteis hace muchos años.

—Pero él vive en el barco de su tío. El viejo murió antes de que yo conociera a Kevin. Y Kevin no se va a mudar de ese barco hasta que esté muerto y enterrado.

—Bueno, está bien, pero da la vuelta. Tenemos que volver a casa. Hay otra gente ocupándose de esto. Las autoridades...

—A mí jamás me han ayudado las autoridades. No te engañes, Kylie, estamos solas.

Entró en el aparcamiento del puerto, que estaba oscuro. Aunque iba a amanecer, aquel día no iba a ser muy luminoso, porque iba a haber tormenta.

Kylie sacó su teléfono para llamar a Joe, pero no tenía cobertura.

—Mamá, mira tu móvil. ¿Tienes cobertura?

Su madre sacó el móvil del bolso.

—Una sola barra. No sirve para nada.

—Pues tenemos que parar, porque no podemos llamar a nadie para que nos ayude. No vamos a ser como las chicas tontas de las películas de terror, ¿no? Vamos, salgamos a la calle principal de nuevo, donde haya cobertura, y llamaré a...

—Primero, quiero hacerle algunas preguntas, nada importante. Si te sientes mejor, quédate en el coche. Yo vuelvo ahora mismo.

Llevó el coche al borde del aparcamiento y salió sin apagar el motor.

—Mamá...

Pero ella se fue hacia el embarcadero.

Demonios... Kylie se pasó al asiento del conductor

y llevó el coche por el aparcamiento, sin perder de vista el teléfono. No quería dejar a su madre, pero tenía que llamar a Joe. Cuando apareció una barra de cobertura, le pidió a Siri que le mandara un mensaje a Joe diciéndole que estaba en el puerto con su madre, que se había ido a hablar con Kevin. Tal vez aquella mujer no fuera la mejor madre del mundo, pero era la única que tenía. Así pues, no podía quedarse en el coche de brazos cruzados, esperando a que llegara la ayuda.

Intentó mantenerse entre las sombras de camino al embarcadero. Allí no había ningún sitio en el que ocultarse, pero todavía estaba oscuro. Kylie trató de escuchar, pero solo oyó el chapoteo del agua contra los pilones.

—¿Mamá?

Nadie respondió, pero a ella le pareció que oía el ruido de los tacones de su madre a la derecha, así que se dirigió hacia allí y estuvo a punto de gruñir al ver la cantidad de barcos que había.

Una fila de ellos, que llegaba hasta donde alcanzaba la vista.

Sin embargo, solo uno de los barcos tenía una luz encendida en su interior. Kylie fue hacia allí con el estómago encogido de miedo. No se sentía bien con nada de aquello. Cuando estuvo cerca del barco, se escondió detrás de un pilón y miró por una de las ventanas.

El interior del barco estaba lleno de muebles de madera. Se acercó para verlos mejor, y se quedó petrificada. La mayoría de las piezas eran en serie; un montón de cabeceros iguales, mesillas de noche idénticas... Sin embargo, había otros muebles distintos, como una consola que se parecía mucho a la que ella había recibido por foto. Otro era un reloj único de su abuelo, que ella reconoció del taller. Del taller donde todo, supuestamente, se había quemado.

Capítulo 31

#DileHolaAMiAmiguito

Kylie sintió pánico e intentó llamar de nuevo a su madre. Como no obtuvo respuesta, se acercó a la escalera y bajó a la cubierta del barco de un salto.

—¡Mamá!

Nadie respondió, pero ella empezó a oír las voces airadas de un hombre y de una mujer. Se acercó a la portezuela y comprobó que no estaba cerrada con llave. Bajó unos peldaños y se vio bajo cubierta, en la zona que había visto por el ojo de buey desde el muelle.

Más allá de los muebles estaban Kevin y su madre, en una pequeña cocina, frente a frente. Los dos se volvieron hacia ella a la vez; su madre no se sorprendió, pero Kevin, sí.

—¿Kylie? —preguntó, horrorizado—. ¿Qué estás haciendo aquí?

Ella señaló el reloj de su abuelo.

—¿De dónde has sacado eso?

Él se quedó desconcertado.

—¿Qué pasa?

—Responde primero a la pregunta de Kylie.
—Muy bien —dijo Kevin—. Me lo dio tu abuelo.
Kylie hizo un gesto negativo con la cabeza.
—No es posible. Estaba en su taller la noche del incendio, y sin acabar.
—Él todavía tenía muchas cosas sin acabar —dijo Kevin—. Kylie... —con una expresión afectuosa, se acercó a ella—. Me alegro mucho de verte. Yo...
—Espera —dijo Kylie, alzando una mano—. ¿Cómo es que está aquí, si se quemó?
Él vaciló, y a ella se le escapó una carcajada áspera.
—Tú estabas en su taller esa noche. Y tú, u otra persona, se lo llevó y lo terminó.
Esperó que Kevin la contradijera, que hubiera una buena explicación, para no tener que aceptar el hecho de que había traicionado y había aniquilado uno de los pocos recuerdos buenos que tenía de su infancia.
Pero él no dijo nada.
—Explícate ahora mismo —dijo su madre.
—Escucha —dijo Kevin, mirando a Kylie e ignorando a su madre—. Claramente, hay una confusión. Tu abuelo me dio este reloj antes del incendio, y estaba terminado. Pero la buena noticia es que has confirmado que es obra suya. ¿Podrías certificarlo por escrito?
—No, no estoy confundida.
Ella se había ofrecido a ayudar a su abuelo a terminar la pieza y él había aceptado con celeite. Solo que no habían tenido tiempo de hacerlo antes de que fuera demasiado tarde. Miró a su alrededor y vio una cámara Polaroid en la mesa de la cocina. Se le aceleró el corazón.
—¿Esa cámara es tuya?
Kevin suspiró y se pasó una mano por la cara. Cuando volvió a mirarla, lo hizo con resignación.

—Lo único que tenías que hacer —le dijo, con cansancio— era certificar mi trabajo, para que yo pudiera ganar dinero y poner mi propia galería, en vez de trabajar para unos cuantos empresarios idiotas que no saben nada de ebanistería.

—No podía hacer eso —dijo ella—. No puedo autentificar algo que no es de mi abuelo. Estoy segura de que lo sabías.

Él se encogió de hombros.

—Supongo que has hecho tu elección. Pero ahora, yo tengo que hacer la mía.

A Kylie se le cayó el alma a los pies. Se metió las manos en los bolsillos y, con la derecha, encontró el teléfono. Movió la pantalla con un dedo hasta que llegó a lo que, con toda seguridad, era su aplicación de teléfono. Tocó la pantalla cerca de la parte superior, con la esperanza de que allí sí hubiera cobertura, e intentó llamar a Joe.

—No puedo creerlo —dijo su madre—. Desde el principio sabía que eras una manzana podrida.

—Claro —dijo Kevin, secamente—. De lo contrario, ¿por qué habrías salido conmigo?

Su madre lo miró con los ojos entrecerrados.

—¿Y qué significa eso?

Kevin dio un resoplido.

—Significa que tú solo sales con gilipollas. ¡Y eso que eres madre! ¿Qué idea le estabas dando a Kylie con eso? Es increíble que no haya salido traumatizada.

«Ja», pensó Kylie, «qué poco se imagina la verdad».

—Está bien —dijo, rápidamente, al ver que su madre empezaba a buscar con la vista algo con lo que golpear a Kevin en la cabeza—. Estamos hablando del trabajo del abuelo, y no de vuestro pasado...

—Cállate —dijeron los dos, al unísono, mientras se fulminaban con la mirada.

—¡Dijiste que tú eras la excepción! —gritó su madre.

—¡Y tú dijiste que ibas a cambiar! —le gritó, a su vez, Kevin.

Kylie suspiró y, sin perderlos de vista, miró a su alrededor en busca de algo que pudiera ayudar a resolver la situación. Vio un par de piezas apoyadas contra la pared del fondo. Un armario y un espejo a juego.

—¡Oh, Dios mío! —exclamó—. Eso también es de mi abuelo.

Miró a Kevin fijamente, y añadió:

—También estaban en el taller el día del incendio, donde, supuestamente, todo se quemó.

—La mayoría de las cosas, sí —dijo él—, pero no todo.

Su madre entrecerró los ojos y le preguntó, furiosa:

—¿De dónde has sacado estas cosas? ¡Son de mi padre!

Kevin se encogió de hombros.

—Ya sabéis cómo era. Un gran artista, un pésimo hombre de negocios.

—Entonces, ¿te aprovechaste de él a través de mí? —inquirió la madre de Kylie.

—Eh, él me ofreció pagarme si terminaba algunas cosas —dijo Kevin—. Y yo hice eso, exactamente, solo que él no me pagó. No podía.

—Él nunca hubiera hecho eso —replicó su madre—. Era el hombre más honrado que yo he conocido.

Kylie se había quedado inmóvil.

—Los caballos —susurró.

—¿Qué? —preguntó su madre—. ¿Qué caballos?

Pero Kevin estaba asintiendo, y su gesto confirmó los miedos de Kylie.

—Le encantaban las carreras de caballos —dijo él—. Y las apuestas.

Lo cierto era que su abuelo era adicto a las apuestas, aunque Kylie siempre había pensado que había conseguido rehabilitarse. Su madre estaba atónita. El abuelo de Kylie había sido maravilloso en muchas cosas, y parecía que una de ellas era guardando secretos.

—Él no dejaba de decirme que me conseguiría el dinero —dijo Kevin—. Pero eso nunca ocurrió.

—¿Y por qué no me lo dijiste? —le preguntó su madre.

—Porque él me suplicó que no lo hiciera. No quería que lo supiera nadie —dijo Kevin, y miró a Kylie con cara de disculpa—. Pero yo también necesitaba el dinero. Así que, de vez en cuando, tomaba alguno de sus muebles y lo vendía.

—Eso es robar —dijo su madre.

—Yo lo llamaba «sueldo». Me lo debía.

Kylie vio algo que había más allá de la cámara Polaroid. Era un robot de cocina muy moderno y, sobre él estaba su pingüino, colocado a pocos centímetros del borde del vaso. Si caía en él, quedaría destruido por las cuchillas con solo encender el procesador. A ella se le formó un nudo de angustia en el estómago. Movió la cabeza.

—¿Cómo es que él nunca te pilló robándole?

Al ver la expresión de culpabilidad de Kevin, se dio cuenta de la verdad.

—Sí te pilló —dijo.

—Una vez —admitió él—. Me sorprendió una noche, ya tarde, cargando algunas cosas en mi furgoneta. Me dijo algo como: «Sabía que me estaban robando, pero no me imaginaba que eras tú».

Así era su abuelo. Solo veía lo bueno de las personas.

—Él te quería. Seguro que se quedó destrozado.

—¿Destrozado? No, no exactamente —dijo Kevin—. Sacó una pistola y me apuntó, y yo tuve que tirarme al suelo porque disparó.

—¿Te disparó? —preguntó Kylie con horror.

—No, disparó al techo. Supongo que fue una advertencia. La bala rebotó y dio en el enchufe en el que estaba enchufado el soldador. Empezó a arder en pocos segundos. Fue todo de chiripa. Él solo quería asustarme. Así —dijo, y tomó un arma que había a su espalda.

Kylie y su madre dieron un grito y se arrojaron al suelo.

—¡No os voy a disparar! —dijo él, espantado—. Solo quería enseñaros lo que pasó aquella noche, porque es algo que tenía muy pocas posibilidades de pasar.

Entonces, apretó el gatillo y una bala dio en el techo. Y rebotó hacia otro lugar.

Y, entonces... nada.

—¿Lo veis? —dijo él, y se encogió de hombros—. Un accidente.

Kylie se puso en pie de golpe, tan furiosa, que le temblaba todo el cuerpo.

—¡No puedes disparar en una habitación cerrada! ¡Vas a herir a alguien!

—No os estaba apuntando a ninguna de las dos.

—¡Oh, Dios mío! —exclamó Kylie—. Hay un motivo por el que no quieren que los idiotas tengan pistolas, ¿sabes?

—No exageres.

—¿Que estoy exagerando? ¿Me estás tomando el pelo? ¡Durante todos estos años me he culpado a mí misma del incendio!

—Bueno, pues eso fue una tontería —dijo Kevin—. Tú ni siquiera estabas allí.

—¡Pero había estado aquel día! ¡Y tú sabías que yo me culpé de lo que sucedió! —gritó Kylie—. ¡Podrías haberme contado todo esto mucho antes!

—Sí, claro. Seguro que la policía habría comprendido muy bien que yo me llevara algo en pago por lo que me debían. Tal vez me habrían metido en la cárcel. Y habría manchado la reputación de tu abuelo, de paso. Él fue bueno conmigo, aparte de que no me pagara. No quería poner en peligro su carrera.

—¡Mentiroso, cerdo, ladrón! —gritó la madre de Kylie, poniéndose en pie.

—¿De verdad? —preguntó Kevin, dando un paso hacia atrás—. ¿Quieres que hablemos de eso? ¿Cuántas veces le pediste tú dinero prestado, por llamarlo de algún modo?

—¡Yo soy su hija! Si alguien no admite que le ha robado alguna vez dinero a sus padres, es que no está siendo sincero.

—Yo nunca les robé dinero a mis padres.

Ni ella, tampoco, pero no podía pensar. Estaba temblando de ira y le daba vueltas la cabeza.

—¿Por qué no encontró nadie la bala, ni el arma, aquella noche?

—Tu abuelo se asustó. Dijo que no tenía licencia de armas, y que no estaba registrada. Me obligó a que me la llevara, y no sé por qué no encontraron la bala ni el casquillo. Yo me llevé la pistola y me marché, sin saber que el fuego estaba empezando a arder y a ganar fuerza. Si hubiera sabido lo que iba a pasar, no lo hubiera dejado allí jamás.

—No puedo creerme esto —dijo Kylie—. Pensaba que tendrías una buena explicación, y que esto no sería más que otro callejón sin salida. No quería que fueras tú. Tú fuiste bueno conmigo, y creía que te caía bien. Pero nos abandonaste para siempre y, ahora... ahora no solo eres un desertor, sino también, un ladrón.

A Kevin se le suavizó la mirada.

—Claro que te tenía cariño, Kylie, y nunca os abandoné, chicas.

—Sí, claro que sí —dijo su madre—. Me dijiste que estábamos bien juntos, y que veías un futuro. Después, un día dijiste que tenías que ir a Nueva York para un trabajo, pero no me llamaste al volver.

—Todo eso lo decía muy en serio, y sí que te llamé. Pero me respondió tu última conquista.

Su madre puso los ojos en blanco.

—Bueno, si eso te pareció tan grave como para dejarlo...

Del techo, por las grietas, estaba empezando a salir un humo que formaba volutas. Kylie lo miró con espanto.

—Eh, oye —les dijo, pero ninguno de los dos le prestó atención.

—A mí me parece que no dices más que mentiras —dijo su madre.

—No, de verdad veía un futuro para nosotros tres —dijo Kevin, y se giró hacia Kylie—. Tu madre me dijo que me esperaría. Solo me fui para tres semanas, pero seguro que ella no esperó ni un día.

—Eh —dijo su madre, a la defensiva, pero Kevin enarcó una ceja y ella hizo un gesto de rendición—. Está bien, en aquella época era una cabeza de chorlito.

—¡Eh! —gritó Kylie, señalando el techo—. ¡Olvidad el pasado! Tenemos un problema...

—Y, para ser sincera —continuó su madre—, era joven y estúpida, y no distinguía a un buen tipo de uno malo.

Siempre los elegía basándome en lo que podían hacer por mí. Y, peor aún, siempre los elegí por encima de mi propia hija —dijo, y miró a Kylie con los ojos llenos de lágrimas—. Pero tuve suerte de que mi hija fuera paciente conmigo. Y voy a aprender a ponerla por delante de todo, empezando ahora mismo. Ven aquí, mi niña —dijo, y le tendió la mano moviendo los dedos.

—Mamá —dijo Kylie con un nudo en la garganta, y le tomó la mano—. Tenemos que salir del barco ahora mismo.

—Mierda —dijo Kevin, al darse cuenta de la cantidad de humo que salía por las rendijas—. Hay un incendio de verdad. ¿Lo he hecho yo?

—¡Sí, lo has hecho tú! —exclamó la madre de Kylie, y tiró de ella hacia la puerta. Sin embargo, antes de que pudieran salir, el techo se derrumbó encima de ellas. Algunas partes estaban ardiendo, pero no las que cayeron sobre Kylie. Tardó un minuto en salir de entre la madera, pero lo consiguió, tosiendo, y buscó a su madre.

—¡Mamá!

—Estoy aquí —dijo su madre, y apareció cubierta de polvo. Frente a ella, las llamas estaban ganando fuerza.

Kylie se arrastró hasta ella y la ayudó a levantarse.

—¿Dónde está Kevin?

—¡No lo sé!

—¡Kevin! —gritó Kylie, mientras su madre tiraba de ella hacia la salida.

Subieron tambaleándose las escaleras y salieron del barco. En el muelle, se giraron para buscar a Kevin.

—¡Kevin! —gritó Kylie, una y otra vez, presa del pánico—. ¿Ha conseguido subir a cubierta? —le preguntó a su madre.

—No lo sé, cariño.

De repente, la noche se iluminó y se oyeron voces y ruidos. Los primeros en responder aparecieron en masa a través del humo. Kylie se tambaleó y tuvo que sentarse en el suelo, y observó con asombro aquella locura.

Un hombre emergió del grupo y corrió hacia el muelle.

—¡La he encontrado! —gritó Joe, a su micrófono, y se dirigió hacia ella. El resto del equipo apareció detrás.

—Kylie —dijo él, con la voz ronca, al tiempo que caía de rodillas a su lado.

Vaya. Estaba preocupado por ella, pero sus ojos reflejaban mucho más. Aunque se resistiera, estaba preocupado por ella, ella le importaba. Eso lo sabía. No era culpa suya, al menos no por completo, tener traumas emocionales, pensó Kylie, y le puso una mano en la mejilla.

—Eres tan guapo, Joe. Es una pena que seas tan idiota.

Lucas se echó a reír, pero, al ver la mirada asesina que le lanzó Joe, se giró hacia la madre de Kylie.

—¿Está bien, señora?

—Nunca lo estaré si vuelves a llamarme «señora» —respondió ella. Estaba un poco magullada, pero, por lo demás, ilesa.

Joe giró la cara hacia ella y le pasó el dedo por un chichón que le había salido en la frente. Kylie se estremeció de dolor y le dio un manotazo.

—Kevin sigue en el barco —le dijo, y lo agarró por la pechera de la camisa—. Tenemos que salvarlo.

Joe señaló la figura de un hombre sentado al otro lado del muelle, con una máscara de oxígeno.

Ella sintió un enorme alivio y se desplomó sobre Joe.

—Yo no quería estar aquí —le dijo—. Yo...

—Ya hablaremos de eso luego, cuando no tengas el pelo echando humo.

—Te envié un mensaje.

—Sí, y decía: «Siri, mensaje para Joe».

—¿Qué? —inquirió ella, y movió la cabeza—. No, no. Se supone que tenía que decirte dónde estaba yo. Esa zorra. También te llamé. ¿Te dijo eso?

—Recibí la llamada. Estuvimos conectados todo el tiempo, y por eso he llegado a tiempo para ver cómo te salvabas a ti misma. Estoy orgulloso de ti, Kylie.

Al oír aquello, ella intentó mirarlo a los ojos, pero, de repente, el suelo empezó a temblar con tanta violencia que a ella le costó hablar.

—¿Qu-qué pasa?

—Shh... —dijo Joe, abrazándola—. Estás en shock.

—No, no es... Eh —dijo ella, cuando Joe empezó a palparle el cuerpo en busca de posibles heridas—. Estoy bien.

Sin embargo, empezó a toser con fuerza.

—No, de verdad, estoy bien —consiguió decir, con la voz muy ronca.

Él siguió sujetándola sin perder un ápice la tensión.

—Estás sangrando.

—¿Qué? No, no. Yo...

Se miró las piernas, y se dio cuenta de que tenía el pantalón vaquero rasgado desde la cadera a la rodilla, y que se había hecho una larga herida que sangraba y estaba cubierta de suciedad.

—Eh... —murmuró, mientras empezaba a perder el conocimiento—. Es verdad que estoy sangrando.

En aquel momento, se le nubló la visión.

—Kylie —dijo Joe, en el tono más intenso que ella hubiera oído jamás de sus labios—. Kylie, quédate conmigo.

Ja. Ojalá lo dijera de verdad.

Capítulo 32

#AúnNoHasEscuchadoNada

Joe todavía estaba lleno de adrenalina y tenía el corazón acelerado a causa de su carrera hacia el puerto. Corría mientras escuchaba la conversación de Kylie por su teléfono, pero, como la cobertura no era buena, no había podido oírlo todo. Sin embargo, el sonido del disparo le había llegado alto y claro, y había estado a punto de morir de un infarto hasta que había vuelto a oír su voz.

–Kylie, los paramédicos te van a mirar ahora.

Ella se tambaleó y se aferró a él.

–Siento que estés disgustado.

–Ahora vamos a preocuparnos por ti.

–La regla de los cinco años –le dijo ella, y le tomó la cara con ambas manos para poder mirarlo a los ojos–. Si no va a importarte dentro de cinco años, no permitas que te disguste.

Él hizo un gesto negativo con la cabeza y la abrazó, apretando la cabeza contra su pelo.

–Tú sí que vas a importarme dentro de cinco años, Kylie.

Ella no respondió. Siguió mirándolo a los ojos.

—Entiendes por qué he venido sin ti, ¿verdad? No podía dejar sola a mi madre.

—Y has estado increíble, nena —le dijo su madre, que se había acercado, y se puso de rodillas a su lado—. Pero vamos a dejar que estos chicos tan guapos hagan su trabajo y se ocupen de ti, ¿de acuerdo?

—Yo puedo cuidarme sola —dijo Kylie, mirando a su alrededor con el ceño fruncido—. ¿Sigue temblando el suelo?

—Eres tú —le dijo Joe, suavemente. Tomó una manta de emergencia que le entregó Lucas y se la puso sobre los hombros. Le preocupaba la herida que tenía en el muslo, porque era muy profunda. Además, tenía un corte en la mejilla y otro en la sien. Tenía las pupilas dilatadas y respiraba como si hubiera corrido una carrera. Todo aquello no presagiaba nada bueno—. Lo has hecho muy bien, Kylie. Cuidaste de tu madre. Y, ahora, deja que cuidemos de ti.

Ella cerró los ojos.

—Yo estoy bien.

—Claro que sí, nena. Pero ahora, estás conmigo. Te quiero, y estás conmigo.

No hubo respuesta.

Él le apartó el pelo de la cara.

—Kylie.

Nada. Se había quedado inconsciente entre sus brazos y, por segunda vez en una hora, a él se le paró el corazón. Los siguientes minutos fueron de una actividad frenética, porque se la entregó a los médicos y no se separó de su lado hasta que la llevaron a la ambulancia.

Su madre subió con ella, las puertas se cerraron y el vehículo se puso en marcha rápidamente.

—Al hospital —le dijo a Lucas y fue corriendo hacia su furgoneta.

Lucas lo alcanzó y lo adelantó, toda una hazaña.

—Yo conduzco —le dijo.

Como no quería perder el tiempo discutiendo, se sentó en el asiento del pasajero. Lucas los llevó al hospital a toda velocidad, en ocho minutos.

Sin embargo, pasaron varias horas antes de que Joe pudiera ver a Kylie. Tuvieron que sedarla para quitarle el yeso que tenía en la herida, y darle puntos de sutura en el corte de la sien.

Mientras, la temida sala de espera para él fue llenándose de gente. Acudieron todos los amigos de Kylie del Edificio Pacific Pier, incluyendo a su propia hermana, que lo abrazó con fuerza y, después, le dio una buena colleja.

—Eso, por Kylie —le dijo Molly.

—Eh, no es culpa mía que esté aquí —dijo él, frotándose la nuca.

Pero era mentira. Él le había fallado. Los había fallado a los dos, y no sabía si iba a poder perdonárselo.

—No me refería a eso —dijo Molly. Suspiró y volvió a abrazarlo, y añadió—: Joseph Michael Malone, no es culpa tuya que Kylie esté aquí. Y la colleja te la he dado porque corre el rumor de que esperaste a que se desmayara para decirle que la quieres.

Él se quedó boquiabierto y se giró para mirar a los chicos.

Lucas. Archer. Max. Reyes.

Lucas lo saludó.

Joe le mostró el dedo corazón bien estirado.

—Oh, por favor —intervino Molly—. No trates de echarles la culpa a ellos por ser tan tonto. Ya hemos hablado de esto. Eres demasiado lento.

—Vaya —dijo él.

Molly se puso en jarras.

—¿Sabes que nadie dice eso de «vaya» mejor que alguien a quien se le ha acusado de algo que hizo de verdad?

Joe sacó el teléfono móvil y miró la pantalla. Estaba oscura; no tenía ninguna llamada.

—Lo siento —le dijo Molly—, pero la persona que esperas que te llame está sedada y, aunque no lo estuviera, te iba a ignorar igualmente.

Joe se marchó de la sala de espera, porque su hermana tenía razón otra vez. Él había sido muy lento en muchas cosas. Se suponía que tenía que proteger a Kylie, pero él la había apartado de la investigación y, por ese motivo y bajo su vigilancia, ella estaba herida. Aquello iba a torturarlo durante mucho tiempo.

Anduvo por los pasillos hasta que, finalmente, convenció a una enfermera con la que había salido hacía un año de que le indicara cuál era la habitación de Kylie. Esperó hasta que su madre se fue y, entonces, se coló dentro.

Ella tenía los ojos cerrados, y parecía que estaba durmiendo plácidamente, así que él acercó una silla a su cama y se sentó.

No se había dado cuenta de que se había quedado dormido hasta que oyó su voz baja y ronca.

—Vete a casa, Joe.

Ella se estaba sentando cuidadosamente, con el pelo alborotado, moviéndose con tanta lentitud que él supo que tenía dolores de los pies a la cabeza.

—¿Cómo te encuentras?

—Mejor que tú, parece. Tienes un aspecto horrible.

Sí, bueno, aquellas doce últimas horas habían estado a punto de acabar con él.

Kylie se quedó mirándolo y cerró los ojos.

—No vamos a hablar de esto —susurró.

—¿De qué?

—De que crees que mis heridas son culpa tuya —dijo ella—. Así que ahora vas a cambiar de opinión sobre lo de mantener una relación conmigo por un sentimiento de culpabilidad. Pero yo no quiero, Joe. En estas circunstancias, no. Habría querido si tú hubieras querido durante todo el tiempo.

Él cabeceó.

—No es así, Kylie. Yo...

—¡Oh, Dios mío, ya estás despierta! —exclamó su madre, que entró a la habitación con una sonrisa de alivio—. He traído gelatina. Roja, verde, amarilla... —le puso una bandeja a Kylie en el regazo, y continuó—: Y acabo de hablar con tu médico. Dice que puede darte el alta dentro de unas horas. Te voy a llevar fuera de la ciudad para que te recuperes durante unos días. Tengo un amigo en Aptos, que nos deja usar su casa de la playa.

Kylie hizo un mohín.

—Mamá...

—Por favor, Kylie —le dijo su madre. Le tomó la mano y se la apretó contra el pecho—. Deja que haga esto por ti.

Kylie miró a su madre y asintió. Después, volvió a tenderse en la cama y cerró los ojos sin mirar a Joe.

—Kylie —dijo él.

—Me duele la cabeza —murmuró ella.

Entonces, su madre y él salieron de la habitación para que pudiera descansar un poco más. Y, después, cuando le dieron el alta, se marchó de la ciudad con su madre y dejó atrás los jirones del corazón de Joe.

Capítulo 33

#DeTodosLosCafésYLocalesDelMundoApareceEnElMío

Una semana más tarde

Kylie salió del coche de Uber delante de su casa. No le resultó fácil con la bolsa y las muletas, porque se suponía que todavía no debía poner peso sobre la pierna, pero se las arregló, porque necesitaba estar a solas.

O, más bien, lejos de su madre.

Sorprendentemente, se lo habían pasado muy bien en la casa de la playa. Su madre había estado dulce, atenta y servicial, y todo aquello era nuevo. Incluso le había hecho la comida. Y habían tenido que llamar a los bomberos solo una vez, y porque su madre quería saber si en Aptos había bomberos guapos, así que había quemado unas galletas para activar la alarma de incendios con el humo.

Sin embargo, era hora de que ella recuperar a su vida. Sus amigas la echaban de menos. Gib, también. El trabajo, también. Y Vinnie.

Quería recuperar la normalidad. O, al menos, la normalidad que pudiera haber en su vida. Estaba muy afectada por lo que había ocurrido.

El barco todavía estaba precintado por la policía, debido a la investigación, así que no sabía si había podido recuperarse algo. Pero, que ella supiera, nadie había encontrado el pingüino, y eso la había hundido. De todos modos, ya sabía que no necesitaba la figurita para recordar siempre a su abuelo.

Kevin, que no había resultado herido más allá de una intoxicación por inhalación de humo, estaba colaborando, y ella se lo agradecía.

Sin embargo, había algo más que la tenía dolorida, y era que se le había roto el corazón. Había intentado no pensar en ello durante toda la semana que había pasado con su madre, pero el hecho de llegar a su casa fue como arrancar una tirita de golpe.

Recordó a Joe en cuanto entró por la puerta. Joe, y todas las veces que había estado en aquel porche, cuidando de que a ella no le pasara nada. Joe, que la había empujado suavemente al interior y la había besado no tan suavemente, y la había llevado al cielo. Joe, riéndose por algo que ella había dicho. Dios, cuánto le gustaba su risa. Joe, dentro de su cuerpo, mirándola a los ojos y revelando emociones que nunca podía describir con palabras.

Con un suspiro tembloroso, atravesó el salón. Oyó algo a su espalda y se volvió. Entonces, vio a Joe en el umbral, como si lo hubiera conjurado pensando en él.

Llevaba su acostumbrada ropa de trabajo, y fue para ella lo mejor que había visto en toda la semana. Sin embargo, no quería que él lo supiera, así que endureció su alma y su corazón.

—¿Eso es una bolsa de magdalenas de Tina? —le preguntó, al fijarse en que llevaba una bolsa en la mano.

—Tu madre me ha dicho que no has comido mucho.
—¿Has hablado con mi madre?
Él se encogió de hombros.
—No contestabas a mis mensajes ni a mis llamadas.
Ella suspiró.
—¿Qué estás haciendo aquí, Joe?
—Necesitaba verte y cerciorarme de que estás bien.
Ella extendió los brazos.
—Ya lo ves.
Él sonrió.
—Me alegro mucho de verte. Te he echado de menos, Kylie.
—Lo sé.
Él se quedó sorprendido, y ella sonrió.
—Supongo que no sabes que no eres tan difícil de descifrar, cuando dejas que alguien se acerque a ti. Aunque, cuando me miras, siempre tienes una expresión de desconcierto o de diversión, y es difícil saber qué pensar al respecto. Las chicas me han dicho que es una mirada de amor.

Ella le mantuvo la mirada, como si estuviera desafiándolo a que la contradijera, pero él no lo hizo.

Aquello le dio una esperanza con la que no sabía qué hacer, así que la mezcló con la ira, y todo ello explotó dentro de ella.

—Eso me animaría si no fuera porque, después, vas y haces una estupidez como cuando todo terminó. Me enfadaste tanto cuando me mentiste diciéndome que ibas a dejar que interviniera... No —dijo, al ver que él abría la boca—. Me mentiste, Joe, por omisión, o como sea. Ni siquiera intentes negarlo. Y eso no es lo peor. Te acuestas conmigo, y no solo se trata de sexo. Me acaricias, me besas y me miras de un modo que me dice que hay mucho más, pero lo niegas. Quieres que piense que solo es un revolcón, y que podrías irte en cualquier momento. Pero no lo es. Y eso no es algo que se le haga a una amiga. Es algo que se le hace a una aventura de una noche, sí. Y yo no voy a ser alguien que no te importa lo suficiente como para no decirle la verdad, alguien con quien te acuestas cuando te viene bien. No soy un juguete, Joe. Ni siquiera para ti.

Por fin, él caminó desde la puerta y se acercó a ella, con un brillo peligroso en los ojos.

—No eres un juguete, Kylie. Ni de lejos. Con la excepción de mi padre y mi hermana, yo siempre he estado solo, nunca he tenido relaciones. Nunca he vivido con una mujer. Nunca me he enamorado de nadie porque es más fácil mantener a todo el mundo a distancia que convertirme en una persona vulnerable por lo que siento por los demás. Sé que no está bien, pero así es como he vivido durante mucho tiempo, y es lo que me lleva a hacer cosas por las que tú piensas que no te quiero.

Ella tomó aire para hablar, pero él le puso el dedo, suavemente, en los labios.

—Por eso lo eché todo a perder la noche que íbamos a ir a buscar a Kevin —continuó—. Me di cuenta y volví por ti, pero tú ya te habías ido —dijo, y movió la cabeza de lado a lado—. Bueno, eso no es totalmente cierto. Molly fue la que hizo que me diera cuenta. Tú eres parte de mí, Kylie, mi mejor parte. No eres solo mi amiga o mi amante. Lo eres... todo.

Kylie se quedó sin respiración al oír aquello, y se quitó el dedo de Joe de los labios.

—Tengo una pregunta —susurró.

Él asintió.

—¿Por qué accediste a ayudarme el primer día, cuando recibí la primera foto?

Al principio, él no respondió, pero ella esperó. Aunque no conociera las técnicas para hacer un buen interrogatorio, sabía que la única forma de conseguir que él respondiera era mantenerse en silencio. Sin embargo, fue lo más difícil que había hecho en toda su vida, y tuvo que morderse la lengua para conservar aquella pequeña ventaja.

—No creo que deba decírtelo —respondió Joe por fin.

Ella se quedó boquiabierta.

—¿Qué? ¿Por qué no?

—Porque no tengo la costumbre de darle a mi adversario información que pueda utilizar contra mí.

—¿Adversario? —preguntó ella—. ¿Es así como me ves?

—Kylie —dijo él con una carcajada áspera—. Llevamos en una partida de ajedrez desde el primer día, y tú vas a ganar. Cuando no miro, me cambias las piezas de tu lado del tablero. No necesitas ninguna ayuda mía.

Ella lo miró fijamente y, por primera vez en varios días, consiguió sonreír de verdad.

—Me has echado de menos —susurró. Al darse cuenta, sintió una satisfacción casi petulante—. Creo que quiero oír cómo lo dices.

Él se quedó callado. Con cuidado, la tomó en brazos y la dejó en el sofá. Ella se lo agradeció, porque estaba muy cansada. Se quedó allí mientras él cerraba la puerta con llave y recorría la casa para comprobar que todo estaba en orden.

Cuando volvió, se sentó en la mesa de centro, frente a ella, con seriedad.

—Sí —dijo.

—¿Sí?

—Sí, te he echado de menos. Con todas mis fuerzas. He echado de menos esto —dijo Joe, señalándolos a los dos.

—Entonces, ¿hay un «esto»? —preguntó ella, con suavidad. Casi tenía miedo de hablar por si acaso él paraba.

Él se inclinó hacia delante y la abrazó. Con delicadeza, la sentó en su regazo.

—Mucho antes de que nos diéramos el primer beso, yo sabía que había algo. Me daba mucho miedo, y lo negué durante una temporada, pero no era capaz de continuar —dijo. Retrocedió un poco y la miró a los ojos—. Tú confiabas en mí. Me mirabas como si tuviera valor para ti. Creíste en mí, y no hay mucha gente en mi vida que haya hecho eso —añadió.

Después, se inclinó hacia ella y la besó.

Fue un beso increíble, y ella estaba intentando trepar por su cuerpo como si fuese una enredadera. Entonces, él interrumpió el beso, y a ella se le paró el corazón al ver la expresión de su cara.

—¿Qué? —preguntó.

—Necesito que me lo digas ahora, Kylie.

—¿El qué?

—Que me quieres.

De repente, Kylie notó que desaparecían todo el estrés y la tensión. Le rodeó el cuello con los brazos y se relajó contra él.

—Yo también te quiero, Joseph Michael Malone.

Él no sonrió.

—No estaba seguro de si me habías oído en el puerto.

—Sí, te oí. No lo olvidaré nunca. También oí que Molly te gritaba en el hospital. Además, hay un grupo de wasap.

—Voy a tener que darle una paliza a mi equipo —dijo él.

Entonces, tomó su cara entre las manos y volvió a besarla. Aquel beso fue aún más intenso que el anterior y, cuando terminaron, a los dos les faltaba algo de ropa.

—Quiero que estés segura de todo —dijo Joe.

—Estoy segura de que, si paras, te voy a matar.

Él sonrió.

—Quiero decir que quiero que estés segura de mí. Sabes que no va a ser fácil tener una relación conmigo. Seguro que habrá días en que querremos matarnos el uno al otro.

—Ahora ya hay días como esos.

—Qué graciosa —dijo él y volvió a besarla—. Casi se me olvida —añadió—. Tengo una cosa para ti.

Entonces, se metió la mano en uno de los bolsillos del pantalón y sacó una pequeña talla de madera.

Ella pestañeó. Se dio cuenta de que la había hecho él, pero, más allá de eso, no sabía qué era.

—¿Has hecho un... pene?

Él se quedó asombrado, miró la talla y se echó a reír.

—Bueno, sí. Digamos que es eso —respondió, y movió las cejas de un modo sugerente—. Para cuando no pueda estar contigo. Ten cuidado con las astillas.

Ella sonrió y volvió a besarlo.

—Quédate conmigo, Joe —le dijo contra los labios—. Quédate siempre conmigo, para que no necesite un pene de madera.

Él se echó a reír de nuevo, y el sonido fue tan relajado, que ella volvió a sonreír.

—Esto es como un sueño —murmuró.

Él dejó la talla y se colocó entre sus muslos.

—¿Y esto? ¿Te parece un sueño?

Kylie tuvo ganas de desnudarlo por completo al notar el calor de su cuerpo.

—No, me parece muy real.

—Bien. Ahora, cómete alguna magdalena, porque vas a necesitar energía para lo que tengo pensado.

A ella le gustó cómo sonaba eso, y se comió una de las magdalenas de arándanos que había en la bolsa de Tina. Cuando terminó, él la llevó a la cama y la depositó cuidadosamente sobre el colchón. Se tendió sobre ella y la miró a los ojos.

—Deberíamos hablar de las condiciones.

—Claro —dijo ella, moviéndose contra él—. Pero, antes, para poder negociar como es debido, necesito conocer las ventajas de la oferta.

—Será un placer —dijo él.

Entonces, la besó profundamente.

Pasó mucho tiempo antes de que ella pudiera volver a pensar. Lo primero que se le ocurrió era que no sabía lo que iba a ocurrir, pero que, sin duda, iban a conseguir que aquello funcionara.

Joe hizo que sus dedos se entrelazaran con los de ella y se llevó su mano a la boca para besarle el dorso. Fue un gesto pequeño y dulce, pero Kylie ya sabía que él hablaba más con los actos que con las palabras. Y, en aquel momento, sus actos le estaban diciendo todo lo que necesitaba saber.

—Ahora eres mío —susurró.

Él sonrió. No parecía que tuviera ningún problema con eso.

—Me parece muy bien.

—Y yo soy tuya.

—Mi sueño se ha hecho realidad —dijo él.

Epílogo

Dos semanas después

El primer día que Kylie volvió al trabajo, Joe entró en Maderas recuperadas y se encontró a Gib en el mostrador. Gib alzó la vista desde el monitor del ordenador y lo miró con una expresión seca.

–¿Algún problema? –le preguntó Joe.

–Me caen bien los otros tipos con los que trabajas –dijo Gib–. Archer, Lucas, Reyes y los demás. Y me caen bien tus amigos, Spence y, sobre todo, Caleb, porque acaba de gastarse una fortuna comprando algunas de mis cosas. Y también le tengo afecto a tu hermana, a Molly. Es muy buena gente.

Joe no estaba seguro de qué iba a decirle, pero asintió. A él también le caía muy bien toda aquella gente.

–Pero tú nunca me has caído bien –dijo Gib.

Joe se echó a reír.

–Bueno, eso no es exactamente una noticia fresca.

Gib no sonrió.

–Voy a pensar que todo el mundo sabe de ti algo que yo no sé, y que eres un buen tipo.

¿Y qué podía responder él?

—¿Vas a cuidarla bien? —le preguntó Gib.

Joe asintió.

—Sí.

Después de conseguir la aprobación de Gib, Joe fue a la trastienda, donde estaba el taller. Allí encontró a Kylie, con su enorme delantal, cubierta de serrín y con unas gafas protectoras. Estaba inclinada sobre una sierra, cortando algo que hacía chispas. Estaba rodeada por una nube de serrín y tenía cara de concentración.

Para no sobresaltarla, se quedó allí un momento. Era increíble que, con solo verla, la calidez inundara su corazón y calmara su alma. Al enamorarse de ella se había vuelto un blando, pensó. Sin embargo, ya no podía dar marcha atrás. Prefería sufrir la debilidad de tenerla en su vida que volver a su existencia sin ella.

Era muy afortunado y sentía mucha gratitud, porque Kylie también estaba enamorada de él, y había estado luchando por él. Esperó hasta que ella terminó, apagó la sierra y miró con atención la pieza en la que estaba trabajando. Entonces, se acercó.

Ella se giró y, al verlo, en su cara apareció una sonrisa espléndida. Aquello le alegró el día, la semana, el mes... la vida entera.

—Hola —dijo Kylie. Se quitó las gafas y se lanzó hacia él.

Él la tomó entre sus brazos y la besó.

—Ummm —dijo ella cuando terminó el beso, con los ojos cerrados y una sonrisa en los labios—. Echaba de menos esto.

Joe se había levantado seis horas antes, y estaba seguro de que la había besado minuciosamente antes de irse.

—Tengo una cosa para ti —le dijo.

Ella abrió los ojos y él la dejó en el suelo con cuidado. A Kylie se le estaba curando bien la pierna, pero seguía doliéndole un poco y, por el leve temblor de su cuerpo, él se dio cuenta de que ella se había excedido con los esfuerzos aquel día.

–Siéntate.

–Dame, dame –dijo ella–. ¿Son magdalenas de las de Tina?

–Algo mejor. Siéntate.

Ella puso los ojos en blanco, pero se sentó.

Y él se sacó su adorado pingüino del bolsillo.

Kylie sonrió con sorpresa y tendió las manos hacia él.

–No se quemó –susurró, abrazándolo contra el pecho.

–No quedaron muchas cosas intactas –dijo él–, pero algunos de los muebles de tu abuelo, sí. Todo está considerado como prueba del caso.

Ella alzó la vista y lo miró a los ojos.

–Y hay algo más –supuso.

Él se metió la mano al otro bolsillo y sacó otra pequeña talla. Era otro pingüino, idéntico al que tenía ella.

A Kylie se le escapó un jadeo de asombro.

–Oh, Dios mío. ¿Hay dos? ¿Este también estaba en el barco?

–No.

–Entonces, ¿dónde?

–Hace un tiempo, me dijiste que pensabas que podía haber más tallas, así que investigué un poco y la encontré.

Ella se quedó asombrada.

–¿Cómo?

–Tu madre tenía los archivos de tu abuelo, o lo que quedaba de ellos, y yo los leí. Encontré una factura de hace años y me puse en contacto con la compradora, que era una exnovia de tu abuelo. Él le había vendido el pingüino y ella todavía lo tenía. Me dijo que era un recuerdo. Cuando le conté tu historia, cambió de opinión, y quiso que lo tuvieras tú –le explicó Joe, y se encogió de hombros–. Me lo vendió.

Kylie lo estaba mirando con los ojos muy abiertos.

–Ha tenido que ser carísimo.

Él volvió a encogerse de hombros.

–Joe...

Él le metió un mechón de pelo detrás de la oreja y se la acarició.

–Quería que lo tuvieras.

A Kylie se le empañaron los ojos.

–Pero...

Él le puso un dedo sobre los labios.

–Quería que lo tuvieras tú –repitió.

Ella se quedó callada. Estaba tan conmovida que no podía hablar.

–Nadie había hecho nunca nada igual por mí. Gracias.

Él tomó los dos pingüinos y le mostró que podían encajarse como las piezas de un rompecabezas, y que formaban una sola figura.

–Encajan –dijo Kylie, maravillada.

–Sí. Como nosotros, Kylie.

Ella cabeceó y lo abrazó.

–Eres increíble, ¿lo sabías?

–No, no lo sabía –dijo él, y volvió a levantarla del suelo con delicadeza. Cerró los ojos y se deleitó con el mero hecho de tenerla entre sus brazos–. Tal vez debieras decírmelo, lentamente y con detalles.

Ella se lo llevó a casa e hizo exactamente eso.

ÚLTIMOS TÍTULOS PUBLICADOS EN HQN

El camino del amor de Sherryl Woods

Antes beso a un hobbit de Carla Crespo

El ático de la Quinta Avenida de Sarah Morgan

La príncesa del millón de dólares de Claudia Velasco

Hora de soñar de Kristan Higgins

El año del frío de Jane Kelder

Las chicas de la bahía de Susan Mallery

Con solo tocarte de Victoria Dahl

La chica del sombrero azul vive enfrente de María Draghia

La viuda y el escocés de Julia London

El guerrero más oscuro de Gena Showalter

Spanish Lady de Claudia Velasco

Enamorarse: clases prácticas de Olga Salar

El viaje más largo de Sherryl Woods

Fuera de combate de Anna Garcia

www.ingramcontent.com/pod-product-compliance
Lightning Source LLC
LaVergne TN
LVHW040134080526
838202LV00042B/2900